TORMENTA DE GUERRA

THE REALMGATE WARS

TORMENTA DE GUERRA

THE REALMGATE WARS

NICK KYME · GUY HALEY · JOSH REYNOLDS

minotauro

Título original: *War Storm*
Traducción: Simon Saito Navarro

Ilustración de cubierta: Stepan Alekseev y Dian Martinez

Versión original inglesa publicada en Gran Bretaña en 2015 por Black Library
Games Workshop Limited.,
Willow Road, Nottingham,
NG7 2WS, UK
www.blacklibrary.com

Edición publicada en España por Editorial Planeta, 2019
© Editorial Planeta, S. A., 2019
Avda. Diagonal, 662-664, 7ª planta. 08034 Barcelona
www.edicionesminotauro.com
www.planetadelibros.com

Esta es una obra de ficción. Todos los personajes y situaciones descritos en esta novela son ficticios, y cualquier parecido con personas o hechos reales es pura coincidencia.

ISBN: 978-84-450-1065-5
Preimpresión: Realización Planeta
Depósito legal: B. 7.182-2021

Impreso en España

El papel utilizado para la impresión de este libro está calificado como **papel ecológico** y procede de bosques gestionados de manera **sostenible**.

De la confusión de un mundo dividido nacieron los Ocho Reinos.
Los incorpóreos y los divinos aparecieron en la vida.

En el firmamento surgieron mundos nuevos, extraños, todos ellos
embellecidos con espíritus, dioses y hombres. La más noble de las
divinidades era Sigmar, quien durante más años que los que pueden
contarse iluminó los reinos, los bañó de luz y de majestuosidad
mientras forjaba su reinado. Poseía la fuerza de un relámpago y su
sabiduría era ilimitada. Mortales e inmortales se arrodillaban ante
su trono elevado. Se erigieron grandes imperios y durante algún
tiempo se desterró la traición. Sigmar dominó la tierra y el cielo
y durante su reinado se vivió una gloriosa era de mitos.

Sin embargo, la brutalidad es tenaz. Tal como se había predicho,
la gran alianza de dioses y hombres se rompió. Mitos y leyendas
se desmoronaron y se sumieron en el Caos. Las tinieblas asolaron
los reinos. La tortura, la esclavitud y el miedo sustituyeron el
esplendor anterior. Sigmar, indignado por el destino que estaban
siguiendo los reinos mortales, les dio la espalda y fijó su atención
en los restos del mundo que había perdido hacía mucho tiempo;
escrutó los despojos carbonizados en busca de una señal de
esperanza. Y entonces, en el tenebroso acaloramiento de su ira,
atisbó algo magnífico. Un arma nacida de los cielos. Un faro
lo suficientemente potente para perforar la perpetua noche. Un
ejército extraído de todo lo que había perdido.

Sigmar puso a trabajar a sus artesanos y durante largas eras
volcaron todos sus esfuerzos en la tarea de dominar el poder de
las estrellas. Cuando la gran obra de Sigmar estuvo terminada,
devolvió la mirada a los reinos y descubrió que el dominio del
Caos era casi absoluto. Había llegado el momento de la venganza.
Por fin, con la frente atravesada por un relámpago llameante,
decidió enviar sus creaciones.

La Era de Sigmar daba comienzo.

ÍNDICE

Arrastrado por la tormenta – Nick Kyme   11

Tormenta de espadas – Guy Haley   99

Las Puertas del Alba – Josh Reynolds   185

ARRASTRADO POR LA TORMENTA

Nick Kyme

CAPÍTULO UNO

FORJADO POR LOS DIOSES

El relámpago golpeó a Vandus Hammerhand como si fuera una flecha arrojada desde los cielos. Primero fue la luz, un resplandor lacerante tan brillante que le robó toda conciencia de sí mismo. El tormento le hizo pensar en blancas dagas de dolor puro. Calor, furia y el tamborileo de vigor inmortal corriendo por sus venas alcanzaron un *crescendo* tan atronador que se transformó en un silencio ensordecedor.

Luego la paz, la sensación de un consuelo y una quietud genuinos.

Vandus acabaría aprendiendo que siempre era así. Era lo que tenía nacer de la tormenta y ser llevado por ella.

Reforjado, renovado. Revivido. En eso consistía ser eterno. Pero, como ocurría con todas las hazañas propias de los dioses, tenía un precio.

Antes...

Después de derrotar a Korghos Khul, los Hammerhands partieron hacia el norte.

A pesar de que los Marea de Sangre se habían dispersado, no tardarían en reorganizarse. La guerra contra el dominio del Caos aún estaba lejos de su final, pero los Stormcasts de Sigmar habían cosechado una importante victoria en las Puertas de Azyr y ahora había que aprovechar el impulso que habían cogido.

Por lo tanto, los Hammerhands se dirigieron al norte.

Miles de ellos, recubiertos de sigmarita pura, cruzaron el delta Ígneo. Liberators manchados de sangre y de la mugre de la guerra marchaban con los grandes martillos terciados sobre el bruñido espaldar. Adustos Retributors caminaban con resolución en un silencio desalentador, con los martillos relámpago firmemente sujetos al pecho. Por encima de ellos, unidades de sobrenaturales Prosecutors habían alzado el vuelo y estriaban el marchito cielo. En cuanto a los guerreros heraldos tocaran sus cuernos de guerra para anunciar la proximidad de una horda enemiga, sus enmascarados camaradas de infantería cerrarían filas y levantarían los escudos.

Los enemigos eran abundantes, pues los que habían sellado con sangre su vínculo con Khorne infestaban el delta Ígneo y las tierras que lo rodeaban.

Otros Stormcast Eternals se ocuparían de proteger el portal del reino que habían abierto en Azyr. Al menos ahora contaban con un bastión en la península del Azufre, algo que defender. Sin embargo, la vanguardia no podía permitirse el lujo de descansar. Tenían que seguir avanzando, a pesar de que los músculos les pesaban como si fueran de plomo.

Solo se detuvieron cuando cayó la noche y llegaron a los riscos. Acamparon en una llanura rocosa y protegida. El ejército montó en ella el campamento mientras algunos de sus comandantes ascendían la suave pendiente que conducía a otra llanura menos extensa para decidir la mejor ruta.

—Es una tierra extraña —murmuró Dacanthos mientras observaba la escarcha que le recubría los dedos del guantelete. Apretó el puño y el hielo saltó de él.

—Pienso como tú —repuso Sagus, apoyándose en la cabeza de su martillo relámpago mientras el viento cortante del delta trataba de perforarle la armadura. El aire apestaba a sangre y a cenizas, y transportaba unos repulsivos graznidos, como de cuervos burlándose de ellos, aunque eran unos sonidos más graves, como emitidos por unas bestias de mayor tamaño. Ya habían avistado varias criaturas carroñeras.

Los Hammers de Sigmar habían dejado atrás el desierto abrasador. Aquí, en los escabrosos riscos y las colinas bajas, prevalecía un invierno riguroso.

La nieve ocultaba en parte la deformidad del terreno; los montículos que lo jalonaban parecían las garras petrificadas de algún leviatán de la antigüedad, un gólem atrapado para siempre en el momento de su agonía. Ocho cumbres enanas se alzaban de la monótona tundra como si fueran cuernos, y había unas cavidades vacías que pudieron albergar ojos.

—Es un lugar lúgubre, esclavizado por las tinieblas —aseveró Vandus con voz grave, sin disimular el desagrado que le producía aquel sitio. Contempló el delta Ígneo y más allá desde el borde de un barranco. Vastas extensiones de bosque colonizaban buena parte de las tierras orientales, pero los árboles tenían un aspecto que no era natural; estaban inclinados y retorcidos, con las ramas petrificadas.

El Lord-Celestant entornó los ojos. Juraría que había visto moverse algo en las oscuras profundidades del bosque. Alzó la vista para recorrer con los ojos una meseta mucho más vasta que la elegida por su ejército para acampar. El hielo que la recubría le daba el aspecto de un glacial. Una niebla grasienta se deslizaba por su base y envolvía el suelo con una repugnante brea.

Más al norte, Vandus entrevió la silueta imponente de una torre inmensa, velada por montones de nubes piroclásticas. Era una de las ocho torres de latón que circuían los dominios de Khul. He aquí, pues, la misión que les había encargado su dios, aunque él sabía que su destino lo aguardaba en otra parte.

—Apesta de verdad —dijo entre dientes Vandus mientras se daba la vuelta para dirigirse a sus hombres—. Pero lo de abajo es peor… —Hizo un gesto a Dacanthos y a Sagus para que se unieran a él en el borde del barranco, convencido de que quien hubiera abajo no repararía en las figuras que observaban desde lo alto.

Los guanteletes de Sagus crujieron estruendosamente cuando apretó los dedos alrededor del mango de su martillo.

—Escoria miserable… —dijo el Retribútor con una rabia apenas contenida—. Me encantaría echarlos de este lugar, arrancarlos de estas tierras como si fueran barro pegado a las botas.

Dacanthos no dijo nada y se limitó a mirar a través de los ojos sin vida de su máscara, con el cuerpo tembloroso por una ira justificada.

Muchos metros más abajo, en una cuenca de roca negra como el carbón atestada de humo y plagada de montoncitos de ceniza y de nieve, estaban los seguidores de Khorne conocidos como los cuajos de sangre.

Hordas de guerreros se habían reunido para descansar después de una larga marcha. De una gran hoguera que ardía en el centro ascendía una columna de humo que casi alcanzaba el barranco desde el que observaban los Stormcasts. Los hombres de las tribus vestían unas prendas de cuero con púas y unas pieles apelmazadas por la sangre seca que dejaban a la vista sus torsos y sus brazos. Vandus y sus hombres los conocían como los segadores sangrientos. A pesar de que se trataba de una facción menor de los numerosos y poderosos Marea de Sangre, eran unos guerreros fuertes y musculosos. Suplían la destreza que les faltaba con agresividad y adoración a Khorne.

Estaban de juerga alrededor de la hoguera, bramando y luchando. Las largas sombras que proyectaban sus cuerpos se contorsionaban a la horripilante luz del fuego, convertidas en un reflejo de lo que llegarían a ser aquellos hombres si vivían lo suficiente para adorar con fervor a su dios. El altar de un segador sangriento era el campo de batalla, y sus ofrendas, la crueldad y la muerte.

No eran más que chusma, pero chusma peligrosa. Sus aceros eran gruesos y afilados, mellados en la batalla y ennegrecidos por la sangre de inocentes. Pero con el tiempo se habían vuelto arrogantes y soberbios.

—¿Cuándo quieres enviarles la tormenta de la ira, mi Lord-Celestant? —preguntó al fin Dacanthos.

—Pronto —dijo Vandus, volviéndose ligeramente cuando sintió que las miradas se posaban en él—. Primero quiero consultarlo con nuestro Lord-Relictor.

Los tres guerreros se volvieron simultáneamente hacia Ionus Cryptborn. El Lord-Relictor surgió de las sombras como si formara parte de ellas y ellas de él. La morbosidad lo perseguía como una maldición, y su yelmo con forma de calavera le confería un aspecto tenebroso en consonancia con su porte general.

Ionus hizo una leve reverencia y los pergaminos con juramentos que colgaban de su armadura dorada se agitaron.

—Te ruego que me escuches, lord Hammerhand.

Vandus se colgó el martillo tempestuoso del cinturón e hizo un gesto con la cabeza a sus compañeros para que los dejaran a solas. Los dos guerreros mascullaron unas palabras de respeto al guardián de la reliquia y se retiraron.

Cuando se marcharon, de vuelta a la llanura donde se había congregado el ejército, Vandus inició la conversación.

—No lograrás disuadirme, Ionus —advirtió a su interlocutor.

—Me hablaste de la Pirámide Roja de cráneos y comprendo ahora que no puedas pasarla por alto —dijo Ionus mientras se quitaba el yelmo y dejaba a la vista su rostro demacrado y siniestro—. Ojalá nuestros caminos coincidieran. Ojalá que tú, como yo, te dirigieras a las torres de latón tal como ha ordenado Sigmar.

En la voz de Ionus había cierto tono de reproche, de lamento ante la posibilidad de que sus caminos se separaran para afrontar las batallas venideras. Era impropio de él, pero a su Lord-Celestant se había metido entre ceja y ceja parar los pies a Korghos Khul y destruir el terrorífico Portal de la Ira.

—Pero sé que tu resolución es inquebrantable, amigo —aseveró Ionus para concluir.

Vandus asintió. Se volvió a Ionus sonriendo, se quitó el yelmo de guerra y lo sostuvo bajo el brazo. En marcado contraste con el Lord-Relictor, Vandus tenía unas facciones nobles y limpias, la clase de rostro que solía esculpirse en las estatuas. Esos monumentos de viejas glorias, de una época pasada, habían desaparecido, pero Vandus estaba decidido a ver su resurgimiento. Tendió una mano hacia Ionus.

—El destino nos reunirá, hermano.

Las comisuras de la boca del Lord-Relictor se arquearon apenas una fracción, pero estrechó el antebrazo del Lord-Celestant como era costumbre de los guerreros.

—Sí. La torre caerá y regresaré junto a tu hermandad. Unidos, aplastaremos a todas las criaturas que se proclamen señores de estas tierras. El dominio del Caos está cerca de su final.

El buen humor de Vandus se esfumó al recordar las cosas que había visto y la batalla desesperada que habían librado y ganado en las Puertas de Azyr.

—¿Es posible que sobreviviera? —preguntó Vandus.

—¿Khul?

—¿Quién si no?

—Está vivo.

Vandus enarcó una ceja.

—Pareces muy seguro, hermano.

—Solo es un presentimiento.

Vandus tenía la sensación de que se trataba de algo más que un presentimiento, pero prefirió no decir nada. Los métodos del Relictor eran un secreto para él, y tal vez fuera mejor así. Pero si Khul seguía vivo, como intuía Ionus, eso significaba que aún podría cumplirse su visión.

La cabeza de Vandus, cortada y levantada en alto por Khul, exultante mientras remataba su espantosa pirámide.

—He visto mi propia muerte, Ionus —dijo Vandus tras unos momentos en silencio.

—¿La visión de la que hablamos, la que te conduce a la Pirámide Roja?

Vandus asintió con la cabeza.

—¿Y estás dispuesto a entrar en los dominios de Khul a pesar de que sabes que significará tu muerte?

—Sí.

Ionus frunció el ceño.

—¿Por qué? A menos que creas que puedes escapar de una profecía.

—¿No has dicho siempre que somos los arquitectos de nuestro destino?

Ionus soltó una breve carcajada.

—Digo muchas cosas, pero no espero que todas se tomen en sentido literal.

—Sigo este camino porque debo hacerlo, amigo mío. Si no detengo yo a Khul, ¿quién lo hará?

—Y si lo desafías, es posible que acabes cumpliendo la profecía.

—Es un riesgo que debo tomar.

Ionus se quedó mirando un momento al Lord-Celestant y por enésima vez recordó por qué Sigmar había escogido a Vandus como vanguardia de su tormenta.

—Sí, supongo que sí. De todos modos, espero que no acabe contigo, Vandus. —Ionus lo dijo en broma, pero Vandus se puso serio.

—¿De verdad somos inmortales? Si nuestro destino es morir, ¿morimos?

—Somos tan inmortales como lo es la voluntad de Sigmar, pero ni siquiera el Rey Dios consigue siempre lo que quiere. —Ionus señaló a los cuajos de sangre que habían ido a liquidar y luego la tierra que se extendía más allá, con los peligros que escondía y los que mostraba.

Contemplaron las hordas que seguían de juerga abajo y, tras un breve silencio, Ionus dijo:

—Creen que son la muerte de estas tierras. Creen que ya han triunfado.

Vandus se echó a reír.

—Ellos no son la muerte. Nosotros somos la muerte.

Volvió a ponerse el yelmo con una actitud manifiestamente beligerante y finalmente se volvió hacia el Lord-Relictor.

—Y ya es hora de que demos su merecido a esos salvajes de ahí abajo.

Levantó en alto *Heldensen* para que los guerreros que se congregaban en la llanura lo vieran.

—¡Stormcasts, a las armas! —ordenó con voz tronante—. ¡Esta noche repartiremos muerte e impondremos la justicia de Sigmar!

Las huestes doradas prorrumpieron en una ovación lo bastante escandalosa para que las hordas congregadas abajo la oyeran. Algunos hombres de las tribus alzaron la vista y divisaron a los Stormcasts que comenzaban a aparecer encima de ellos; otros buscaron con desesperación sus armas y unos pocos se pusieron a bramar órdenes.

—Alimañas —gruñó Vandus, con el ruido de fondo de las armaduras de la cámara al completo de los Hammers de Sigmar que estaba reuniéndose a su espalda. Ionus estaba a su lado, de nuevo con el rostro cubierto por la calavera. Iba a ser su última batalla juntos en mucho tiempo. Solo si así lo quería Sigmar, sus caminos volverían a encontrarse.

—Apresuraos todo lo que queráis, no os servirá de nada.

Heldensen destelló como una llama dorada en la oscuridad. Esta vez, más de un millar de martillos se sumaron al saludo.

—¡Liquidadlos y limpiad esta tierra! —espetó con un rugido Ionus, incapaz de seguir conteniendo la justificada rabia que lo consumía.

La tormenta descendió con alas resplandecientes, convertida en un demoledor torrente de oro.

CAPÍTULO DOS

HERIDAS ABIERTAS

Al amanecer, el cielo se tiñó del color rojo de una herida abierta encima de los muertos amontonados que yacían en el tenebroso valle. Los cadáveres estaban negros, como si los rayos los hubieran achicharrado.

Vandus y sus Hammerhands abandonaron los cuerpos de los segadores sangrientos para que se pudrieran al sol. También dejaron atrás a Ionus y a su Hermandad del Trueno y enfilaron hacia la torre de latón que se encontraba más al sur, una de las ocho, y el símbolo del dominio de Khorne sobre la península del Azufre.

No era un asunto menor incumplir las órdenes del Rey Dios, pero Vandus sabía que Khul y su pirámide de cráneos se le habían aparecido por una razón. Estaba convencido de que su visión tenía su origen en el propio Sigmar. Vandus marchaba a la cabeza de la columna de Stormcast Eternals y escudriñó a través de las estrechas rendijas de los ojos de su máscara las titilantes capas de aire caliente que se extendían sobre la tierra como un velo. Ya habían dejado muy atrás las montañas recubiertas de hielo y el desierto volvía a reinar. Una llanura de lava los rodeaba, envuelta en gases tóxicos y nubes de ceniza.

Ante ellos apareció un risco que atravesaba aquella miasma, teñido de un repugnante color amarillo por las emanaciones del gas sulfúreo que salía a la superficie por las fisuras en la roca.

—El risco Volatus —masculló Vandus cuando reconoció la zona. Con la mirada fija en el cielo nublado, gritó—: ¡Kyrus!

Primero se oyeron las batidas de las alas y luego, del humo gangrenoso y a través del aire teñido de rojo sangre, apareció uno de los guerreros heraldos.

El Prosecutor plegó las alas e hizo una reverencia cuando aterrizó.

—Los cielos están despejados de enemigos pero bullen de inmundicia, mi señor. ¿Cuáles son tus órdenes?

Kyrus era un guerrero diligente, pero tenía un humor que era como una tempestad. Había montado en cólera cuando murió su anterior líder, Anactos Yelmoceleste, y jurado venganza. Ahora Prime hasta el regreso de Yelmoceleste, Kyrus estaba decidido a no desmerecer tal honor.

—Vuela con tus guerreros hasta el otro lado de esa cresta —dijo Vandus—. Quiero saber qué hay más allá de este humo fétido.

Kyrus asintió escuetamente y se elevó de nuevo en el cielo dejando una estela de fuego de Santelmo. Vandus contempló a la unidad de dorados Prosecutors que se deslizó por el aire siguiendo a su líder de alas resplandecientes antes de dar la orden de reanudar la marcha a la columna.

Todos los guerreros marchaban a pie salvo Vandus, que lo hacía a lomos de Calanax. El dracoth gruñó al aire pestilente como si este fuera un enemigo al que pudiera intimidar con su ira. Vandus enseguida le dio unas palmaditas tranquilizadoras en el cuello escamado.

—Tranquilo, amigo. Esta tierra nos pone nerviosos a todos.

Calanax expresó su comprensión con un gruñido pero se mantuvo alerta, como todos los demás. Arqueó su cuello serpentino, contempló a los Prosecutors que se alejaban rápidamente en el cielo y soltó un chillido sordo cuando desaparecieron por completo.

Los Hammerhands avanzaron arduamente hacia el risco Volatus, rodeados por una niebla del color de la bilis. A pesar de que apestaba a azufre, la inmediatez con la que se formaba y la manera insidiosa como se movía hacían dudar de su origen natural. Nada en estas tierras era natural… Todo exhibía las marcas de la corrupción.

La niebla se hizo más densa y los Stormcasts no veían más allá de sus guanteletes con los brazos estirados. Vandus no tardó en aminorar la marcha y extremar las precauciones a medida que se adentraban en aquel territorio y se reducía su visión.

—¡Sagus! —Vandus convocó al Retributor, cuyos paladines en armadura habían estado cubriendo los flancos de las filas traseras de la columna—. Cambiaremos a formación sigmarund y tus guerreros se colocarán en el centro.

»Dacanthos. Los Liberators rodearan la formación. Los Judicators de Malactus formarán el círculo interior, detrás del muro de escudos. Tened cuidado.

Los dos guerreros trazaron el sigilo del martillo sobre el pecho y corrieron a cumplir las instrucciones. El heraldo Laudus Skythunder transmitió la orden y la formación de la columna se transformó de una manera rápida y eficaz en un círculo de sigmarita.

Vandus se situó detrás del muro de escudos de los Liberators, delante de los Judicators y sus arcos de rayos y de cara al risco.

—¡Adelante! —bramó, y la formación se puso en marcha acompañada por el insistente repiqueteo del acero forjado por el dios.

Para entonces, la nube amarilla los envolvía por completo y los Stormcasts no veían siquiera sus propios pies ni las puntas de sus armas. Vandus presentía que algo se aproximaba.

—¡Hammerhands! —Su voz resonó como un repique de campanas, y ella sola casi se bastó para disipar el desánimo que sabía que se había apoderado de los corazones de sus hombres. ¡Manteneos unidos, manteneos juntos y ganaremos!

Sonó una trompeta y Calanax respondió con un chillido, pero la miasma incluso restó claridad a las notas habitualmente estridentes del heraldo Hammerhand.

—Mi señor... —masculló un Stormcast, Baered, que estaba hombro con hombro con sus hermanos en el muro de escudos, avanzando lentamente—. ¿Has visto eso?

Por supuesto que Vandus lo había visto. Asintió con el gesto serio. En la niebla habían comenzado a surgir apariciones. Al principio, imprecisas, meras volutas de humo que pasaban apuros para mantener su forma corpórea. Pero eso rápidamente cambió y ahora se mostraban cruelmente en los cuerpos antropomorfos de almas que llevaban mucho tiempo muertas.

Cada criatura asumía una figura distinta: una esposa, una hija, un hijo... Lo único que las apariciones tenían en común era que estaban muertas; solo eran retornados con el único propósito de causar tormento.

Y no eran mudas.

Siglos atrás, Vandus había sido Vendell Puñonegro, un herrero perteneciente a una tribu. El Caos se lo había arrebatado todo, también su pueblo. Ahora, todos los miembros de su tribu regresaban para asustarlo y sus figuras amarillentas se manifestaban en la niebla. Aunque los conocía a todos, no eran los hombres ni las mujeres de su vida anterior, sino espíritus formados por recuerdos amargos que solo querían hacerle daño.

Ayúdanos...

Mátanos...

Traiciónanos...

Vandus rápidamente les negó la entrada en su cabeza y apremió a sus guerreros para que hicieran lo mismo.

—Tened el valor de rechazar a esos demonios inquietos.

Los guerreros cerraron filas para comprimir el muro de escudos, como si la acometida de la hueste de espíritus lo hubiera encogido.

Nada le habría gustado más a Vandus que Ionus Cryptborn estuviera aquí con ellos ahora.

Una mano espectral fue hacia él... Su esposa muerta, con las figuras fantasmales de sus hijos encogidas a sus pies. La máscara mantenía a raya sus emociones, pero debajo del frío metal estaba llorando.

—Fuera de aquí... —balbuceó con la voz temblorosa. Reunió el valor necesario y dio un manotazo a los espíritus, cuya forma cambió. Las garras sustituyeron los dedos, y los ojos de los que habían sido sus seres queridos se convirtieron en huecos vacíos en centenares de cráneos descarnados. Todas a una, las figuras espectrales lanzaron el alarido de su muerte definitiva y el muro de escudos se descompuso, pues los hombres se dejaron caer de rodillas o salieron en persecución de las versiones ilusorias de sus familiares.

—¡Aguantad! —bramó Vandus, agachándose desde el cuello de Calanax para agarrar a Baered por el gorjal y devolverlo a la formación—. ¡Decanthos! —gritó con la esperanza de que su Prime le ayudara a recuperar el orden, pero ya era tarde.

El hedor de la sangre se intensificó en la garganta de Vandus. Los segadores sangrientos estaban aquí, guerreros de la Marea de Sangre.

Un grito de guerra gutural resonó en la oscuridad y su eco impidió a Vandus determinar de dónde procedía. A duras penas logró parar el golpe dirigido a su cuello antes de que el mango de *Heldensen* acudiera a su rescate. El bruto, un segador sangriento, le gruñó e intentó partirle el martillo con el hacha, pero Vandus lo derribó de una patada. Calanax arremetió contra él y le arrancó la cabeza cuando aún estaba tendido bocarriba en el suelo.

Otro segador sangriento apareció por su derecha, pero esta vez Vandus lo vio con suficiente antelación y se dio la vuelta al mismo tiempo que descargaba Calanax sobre el hombro del guerrero. La armadura de Vandus recibió un baño de sangre.

Los ataques se sucedieron, no solo contra el Lord-Celestant, también contra los Liberators que formaban el descompuesto muro de escudos. Al principio eran esporádicos, pero su intensidad crecía por momentos.

Muy pronto, una marea de guerreros fornidos con las armaduras y las pieles sucias de sangre cargaron contra la asediada masa dorada de los Stormcasts. Algunos salvajes lograron introducirse por los huecos abiertos en la línea de los Liberators y lograron abatir a un puñado de Judicators. Algunos hombres de Malactus sintieron pánico y dispararon sus arcos de rayos a lo loco. El Prime les bramó que pararan porque habían comenzado a abatir por error a camaradas Stormcasts.

—¡Dacanthos, recompón el muro de escudos y protege a la unidad de Malactus! —ordenó Vandus cuando vio aparecer al Liberator-Prime en la niebla.

Dacanthos, ya con la armadura rayada y abollada, asintió con cansancio, corrió de vuelta a la refriega y se puso a lanzar órdenes como si fueran lanzas para que sus guerreros recuperaran la cohesión.

Centenares de escaramuzadores se desplegaron a la vez mientras Vandus luchaba contra un mar de figuras imprecisas. Gritando hasta que se quedó afónico, reunió una pequeña hueste de guerreros que juntaron los escudos y formaron una isla dorada en medio de un océano del color de la sangre.

Vandus embistió aquella miasma a lomos de Calanax, que iba causando estragos con sus garras mientras su jinete repartía golpes a diestra y siniestra con el martillo. Asió las riendas del dracoth y pegó la cabeza al cuello de la bestia.

—Debemos frustrar este ataque, viejo amigo, para que nuestros camaradas tengan tiempo para reorganizarse —le dijo Vandus. El dracoth le respondió con un gruñido.

Vandus miró al cielo rezando para atisbar alguna señal del regreso de los Prosecutors, pero la vil niebla era demasiado densa. Cuando volvió a bajar la vista, una figura enorme horripilante surgió de la miasma. Era un khorgorath, y arremetió contra un grupo de Liberators que se habían quedado aislados de sus hermanos, cuyas protecciones hizo trizas como si fueran de pergamino y no de sigmarita forjada por un dios. Uno de los guerreros se estremeció, espetado por los tentáculos de hueso del khorgorath. Otro se quedó sin cabeza, engullida por la grotesca bestia. Dos más perdieron las extremidades y agonizaron convertidos en montones de oro salpicado de sangre hasta que la tormenta los reclamó.

El khorgorath, exultante, bramó.

Vandus ya se había enfrentado a esas bestias. Esta en particular era más espantosa que las demás. Una piel carmesí envolvía su cuerpo musculoso y sus gruesas piernas terminaban en unas pezuñas. En lugar de manos tenía garras, y los diminutos ojos en su cabeza con cuernos y colmillos delataban la maldad que gobernaba al monstruo.

La nube de inmundicia pareció retroceder en presencia del khorgorath, como si temiera su proximidad, o tal vez simplemente se apartaba para facilitar la cacería de la bestia. La idea de que la bruma fuera una criatura consciente provocó en el Lord-Celestant un temblor de inquietud, como también lo hizo la visión de sus soldados abatidos con tanta facilidad. Hubo de ser su intrépida montura quien lo venciera.

Calanax también conocía aquellas abominaciones y escupió una bocanada de chisporroteante aliento tormentoso contra el khorgorath. La bestia, envuelta en relámpagos, lanzó un alarido, pero Calanax no interrumpió el ataque y, con las riendas tirantes, galopó hacia el khorgorath con una furia que no aplacó hasta que redujo al monstruo a carne carbonizada.

Vandus solo se dio cuenta de su error cuando el cuerpo de la bestia ya no era más que un despojo negro e informe, pues el incontrolado entusiasmo del dracoth lo había separado del resto de su cámara y ahora se encontraban muy lejos de todos los demás. Apenas distinguía las siluetas de sus hombres; pero lo peor de todo es que estaban muriendo a espuertas. Los relámpagos destellaban en medio de la niebla e iluminaban fugazmente a los muertos, convertidos en estatuas conmemorativas, antes de desaparecer con un retumbante estallido.

El Rey Dios manifestaba su ira con los truenos que desgarraban el cielo.

Algunos guerreros habían logrado formar pequeños grupos de resistencia. Cerca de Vandus pasaron unos cuantos que caminaban pesadamente y a ciegas. Otros luchaban completamente solos. Cuando el muro de escudos de descompuso, también lo hizo la coherencia marcial de toda la cámara. El heraldo Skythunder trataba de restablecer cierto orden, pero un hacha le golpeó el cuello y lo derribó.

—Sigmar se apiade de él —dijo Vandus entre dientes. Sonó un trueno como respuesta.

Estaban masacrándolos. El Lord-Celestant distinguió en medio del fragor de la batalla otro sonido parecido a un zumbido. Con cierto retraso, cuando ya estaba a punto de hacer girar a Calanax, se dio cuenta de qué era lo que oía.

Un canto.

De la niebla sulfúrea surgieron otras figuras monstruosas, extraídas de las profundidades del Reino del Caos. Una hueste de demonios de piel rojiza avanzó hacia Vandus sobre unas patas arqueadas, aullando y escupiendo.

El Lord-Celestant sintió el calor abrasador que desprendían los cuerpos de los ocho desangradores que se acercaban formando un círculo en torno a él, con los negros aceros empuñados en sus nervudas manos.

Vandus advirtió que el cántico, procedente no de una sino de muchas gargantas, se intensificó cuando se echaron encima de él. Estaba llevándose a cabo un ritual, un siniestro sacrificio con el que se había dado la vida a aquellas criaturas.

El Lord-Celestant trazó un amplio arco en el aire con *Heldensen* cuando los demonios saltaron hacia él; tres desangradores salieron disparados hacia atrás y se descompusieron en terrones de oscura ceniza antes de que sus cuerpos tocaran el suelo. Calanax apretó los dientes alrededor de un cuarto monstruo y lo partió en dos con un corte limpio. El dracoth se empinó e hizo picadillo a un quinto desangrador con las garras, pero una espada infernal le hendió el pellejo escamado y lanzó un alarido de dolor.

Vandus desvió un golpe dirigido a su avambrazo, pero un desangrador consiguió atravesarle la armadura con el vil acero y le sobrevino una sensación abrasadora en el costado. El Lord-Celestant machacó las cabezas deformes de sus dos atacantes con el martillo y Calanax liquidó al último de los demonios con los cuernos.

Oculta por la niebla, una segunda oleada de desangradores cayó sobre ellos, esta vez en manada.

—¡Atrás, Calanax! —gritó con desesperación Vandus cuando comprendió que su aislamiento significaría su perdición.

El dracoth le respondió con un gruñido y retrocedió. Los demonios, que hasta entonces solo habían sido unas figuras oscuras en la neblina, rápidamente comenzaron a cobrar una forma definida a medida que se acercaban.

Avanzaban a saltitos con una velocidad sobrenatural, y a Vandus se le hizo un nudo el estómago cuando comprendió que no escaparían de la trampa.

Sin embargo, morirían con honor.

El dracoth se mantuvo firme en su sitio mientras Vandus vociferaba su grito de desafío a la horda de demonios:

—¡Por Sigmar! ¡Gloria al Rey Dios de Azyr!

Nadie sabía con certeza qué le sucedía a un Stormcast cuando moría. Cualquiera que fuera su destino, Vandus estaba decidido a afrontarlo con valor.

Dacanthos y una hueste de Liberators corrieron en auxilio de su Lord-Celestant y formaron un muro de escudos justo en el momento en el que la horda de demonios los embestía. Los aceros forjados en el infierno chocaron inofensivamente con la sigmarita de Azyr.

—¡Abríos! ¡Abríos! ¡Ya!

Todos a una, los Liberators obedecieron la orden de Dacanthos y el muro de escudos se abrió para formar un pasillo que dejaba el paso franco para los desangradores.

Sagus y sus Retributors, que esperaban desplegados detrás del muro, arremetieron contra los demonios cuando estos se adentraron en la formación y los liquidaron casi a todos con sus martillos relámpago.

Vandus oyó el zumbido de los proyectiles de los arcos de rayos de los Judicators.

Se había restablecido cierto orden en el ejército de los Stormcasts. Guiada por sus capitanes, la cámara había recuperado la cohesión y avanzado hacia su líder.

—Hermano, ¿cómo…? —le preguntó Vandus a Dacanthos durante un breve momento de respiro.

—Tu armadura, Lord-Celestant —respondió el Liberator-Prime—. Fue nuestro faro.

Solo entonces se dio cuenta Vandus de que una luz celestial bañaba cada centímetro de su armadura de guerra, que brillaba con intensidad. El resplandor ya estaba debilitándose, pero había servido para guiar a sus hombres y reunirlos.

Vandus levantó en alto *Heldensen*, a modo de saludo.

«Gracias, Sigmar…».

Porque, ¿quién si no había intervenido para ayudarlo?

Una vez derrotados los demonios, los guerreros volvieron a formar en sigmarund. Pero esta vez Vandus ocupó un sitio en el muro de escudos a lomos de Calanax.

A pesar del giro que había experimentado la batalla, los cuajos de sangre no se amedrentaron. Tampoco la infernal niebla se disipó.

—Todavía luchamos a ciegas —dijo Sagus desde las filas traseras.

—Ya. La única noticia buena es que hemos diezmado sus fuerzas.

Se oían estrépitos ensordecedores y hordas de frenéticos segadores y guerreros sangrientos daban rienda suelta a su ira contra los Stormcast Eternals. En todas las ocasiones, el muro de escudos se plegaba, los Retributors atacaban y los Judicators disparaban sus arcos desde el cielo.

Durante toda la batalla sonaba aquel cántico infernal, que ganaba intensidad y se hacía más apremiante a medida que pasaba el tiempo. No aparecieron más desangradores, pero Vandus percibía en el alma la misma opresión que había sentido en el delta Ígneo. Cuando el sacerdote de sangre había invocado el Reino de Sangre y Latón.

Pero esta vez era distinto, se trataba de alguna clase de manifestación procedente de la retorcida esencia de esta tierra y de la manera como el Caos la había corrompido con su maligna presencia.

Se acercaba algo más, algo vigorizado por la carnicería que estaba produciéndose.

Vandus sabía que esta batalla debía concluir cuanto antes. Sus guerreros tenían que atacar, pero la niebla cegadora hacía que el ataque fuera un suicidio y lo más probable era que terminara con todos sus hombres cortados en pedacitos. Mantener la formación garantizaba su supervivencia… siempre y cuando los cuajos de sangre no sacaran del pozo rojo una bestia infernal mediante sus sacrificios a Khorne.

La muerte y la perdición los esperaba en cualquiera de los casos.

Un toque de trompetas se elevó por encima del fragor de la batalla y Vandus comprendió que no le correspondía a él tomar la decisión. Kyrus había regresado.

Los Prosecutors descendieron en reducidas bandadas desde las alturas y arremetieron con sus martillos celestiales contra los cuajos de sangre.

Mientras sus guerreros continuaban asestando los ataques que les habían permitido despejar una pequeña porción de terreno entre los cuajos de sangre y sus hermanos Stormcasts, Kyrus aterrizó en una posición cercana para hablar con su señor.

—Lord Hammerhand, parece ser que hemos regresado justo a tiempo.

—Un par de martillos chisporroteantes se materializaron en los puños enguantados de Kyrus, que los arrojó hacia un grupúsculo de segadores sangrientos que pretendían reanudar el combate cuerpo a cuerpo.

Junto a Kyrus llegó una hueste de sus guerreros, que se interpuso entre su líder y Vandus para que él pudiera informar a su señor.

—Avisté la miasma en el cielo mientras regresábamos. Solo os cubre a ti y a tu cámara, lord Hammerhand.

—¿Nos sigue?

—Como una nube de moscas sulfúreas, sí. También vi algo detrás del risco, otra cámara de guerreros. —Se volvió cuando una trompeta dio la señal para alzar el vuelo.

Kyrus estiró el cuello para mirar arriba y unos rayos chisporroteantes le recorrieron las alas doradas.

—Prosecutor —se apresuró a decir Vandus, consciente de que la cercanía de refuerzos no les serviría de nada si ellos fracasaban allí—. Asciende a las alturas y acaba con esta nube. Cuando recuperemos la visión, ordenaré el ataque y aplastaremos a esas alimañas.

Kyrus asintió escuetamente y se elevó en el cielo acompañado por sus hombres, envueltos por el estallido de truenos.

Al ver partir a los Prosecutors, los cuajos de sangre redoblaron su ataque y la batalla recuperó su intensidad anterior, aunque solo brevemente, pues arriba estalló una tormenta y los truenos desgarraron el cielo.

La tempestad disipó la nube tóxica.

Los miembros de la unidad de Kyrus batían sus alas celestiales al unísono, y en cuanto Vandus alcanzó a ver a los guerreros heraldos a través de la nube sulfúrea que estaba desapareciendo rápidamente, supo que era el momento.

—¡Romped filas y atacad! —bramó sobre un Calanax encabritado.

El muro de escudos de los Liberators se fragmentó y los Retributors, armados hasta los dientes, ocuparon las primeras filas. Los adiestrados Judicators se desplegaron por los flancos y arrojaron una tormenta incesante de flechas hacia las dispersas filas de la retaguardia de la horda de cuajos de sangre.

Con los Retributors desatados, los Liberators se organizaron en pequeños grupos y se dedicaron a dar caza a todo aquel que lograba escapar de la ira de sus hermanos con martillos relámpago.

Vandus espoleó a Calanax para ponerlo al galope y las amplias zancadas del dracoth rápidamente pusieron a montura y jinete a la cabeza de la carga. Aún eran numerosos los guerreros de la Marea de Sangre, pero el súbito ataque de los Stormcasts los había dispersado y la desaparición de la niebla los había desorientado.

Vandus vio cadáveres de las hordas enemigas, hombres que sus guerreros no podían haber matado, y se le revolvió el estómago al pensar en el precio en sangre que los adoradores de Khorne estaban dispuestos a pagar por obtener el favor de su señor.

Uno de los cabecillas del Señor Calavera aún se aferraba a la esperanza de que aún contaba con el favor de su siniestro amo. Pero la sombra del Reino del Caos estaba desvaneciéndose, de la misma manera que las nubes sulfúreas se disipaban. Las torres de latón y las pirámides de calaveras, la lluvia carmesí de la furia desatada y los descarados bramidos de los demonios que llegaban desde el otro lado del velo... Todo estaba convirtiéndose en humo y en eco.

Fue distinto cuando el consangrador desató el infierno frente a las Puertas de Azyr, pero la sensación perturbadora era la misma. Vandus estaba deseando limpiar de su armadura la capa de sangre y muerte que la recubría.

Comenzaría por el cabecilla.

Montado en Calanax, Vandus apuntó al guerrero de aspecto atroz con su martillo.

El dracoth despachó en un abrir y cerrar de ojos al puñado de seguidores que le quedaban al cabecilla. Vandus desmontó sin despegar en ningún momento los ojos de su presa. El cabecilla lanzó un bramido feroz y corrió hacia el Lord-Celestant con una maza.

Vandus bloqueó la rápida sucesión de golpes y asestó un martillazo en el hombro de su rival con el que lo desarmó. Calanax se abalanzó sobre él y lo derribó.

—¿Esa imagen representa a tu señor? —le preguntó Vandus con asco, con la mirada fija en un sigilo grabado con fuego en el torso del cabecilla. El sacrificio de sangre había dejado una estela de otras imágenes borradas a medias, y Vandus encontró difícil contener su ira. Se imaginó haciendo puré al cabecilla, triturando sus huesos y devorando su corazón, arrancándole las extremidades y...

Cerró lentamente los ojos y su rabia se aplacó. Cuando volvió a abrirlos, había recuperado la calma y el impulso asesino había desaparecido.

—Es horripilante, ¿verdad? —espetó el cabecilla con los dientes ensangrentados. Las garras de Dracoth que le aplastaban el pecho contra el suelo le dificultaban la respiración—. A Khorne no le importa de dónde mana la sangre… —masculló, y una flema espantosa le subió por la garganta.

—Tu señor de la guerra, el que se hace llamar Korghos Khul, ¿sigue vivo? —preguntó el Lord-Celestant, mirando con ferocidad al cabecilla.

A pesar de las graves heridas mortales, el cabecilla se echó a reír.

—No es fácil matar a alguien como él —respondió—. Quieres ajustar cuentas con él, ¿verdad? Él mismo me lo dijo.

—¿Está aquí? —inquirió Vandus con una repentina agitación en la voz—. ¿Dónde?

El cabecilla volvió a reír y tosió sangre antes de hablar.

—En la Pirámide Roja os reencontraréis —dijo, animándose un poco más con cada palabra que pronunciaba—. Sostendrá tu cabeza seccionada… —Una espuma sanguinolenta escapó por su boca—. Seccionada en alto para la gloria de…

Calanax le arrancó la cabeza y la engulló.

Vandus aflojó la mano alrededor de *Heldensen*. Todo el cuerpo le temblaba de la ira y no se había dado cuenta de la fuerza con la que aferraba el mango del martillo.

«Saquearé la Pirámide Roja y luego derrotaré a Khul. Esta vez acabaré definitivamente con él», era lo que le había dicho a Ionus Cryptborn y lo que debía hacerse.

—Mil gracias, amigo mío —masculló Vandus mientras acariciaba las escamas del lomo del dracoth. La bestia le respondió con un retumbante gruñido.

Muerto el cabecilla, la batalla había finalizado.

Los Liberators liquidaron a los segadores y a los guerreros sangrientos, cuyo entusiasmo por la carnicería había disminuido considerablemente.

Los disciplinados Judicators abatieron con sus arcos de rayos a las manadas de khorgoraths.

Los Prosecutors hicieron una batida por los flancos para eliminar a todo aquel que huyera o hubiera escapado de los vengativos Retributors.

Los incansables paladines destruyeron casi todo lo que se les puso delante.

En un corto espacio de tiempo, la hueste del Caos fue aniquilada por completo; no quedó ni un alma.

Vandus, a lomos de Calanax, también participó en la cacería de khorgoraths, y *Heldensen* entonaba una letanía de purificación mientras aplastaba cráneos y mutilaba enemigos.

Kyrus interrumpió a su líder cuando descendió con suavidad del cielo y se plantó delante de Vandus y de su montura.

—Lord-Celestant… —comenzó a decir Kyrus, siempre tan diligente, tan solemne, aunque sus ojos y sus relumbrantes alas todavía irradiaban la justificada ira.

—¿Se trata de la otra cámara de la que me hablaste? —preguntó Vandus mientras Calanax corneaba al último guerrero sangriento del grupo con el que había estado luchando.

Kyrus asintió.

—Yo te guiaré, mi señor. —Señaló hacia el lejano risco con uno de sus chisporroteantes martillos—. Está allí.

—¡Decanthos! —bramó Vandus—. Acaba con esta escoria y reúnete conmigo en aquel risco.

El Liberator-Prime se golpeó el pecho con el guantelete a modo de saludo y para manifestar su conformidad.

Vandus ya había tirado de las riendas de Calanax para que girara la cabeza en la dirección que había señalado su Prosecutor.

—Llévanos allí, hermano.

Kyrus se elevó de un salto en el aire y voló a ras de suelo y con una velocidad moderada para que su Lord-Celestant pudiera seguirlo. Aunque no tenía por qué haberse molestado, ya que el dracoth era increíblemente veloz y los tres llegaron al risco Volatus en un momento.

Vandus contempló con satisfacción la imagen que le ofrecía la cima del risco del valle que se extendía abajo. Después de varios días de constantes escaramuzas contra oleadas aparentemente incesantes de enemigos, ahora se les presentaba la posibilidad real de refuerzos.

—Stormcasts —dijo el Lord-Celestant desde el borde del risco. Casi era palpable el alivio que transmitía su voz—. Después de todo, no estamos solos.

—Son los Goldenmanes —señaló Kyrus, cuya aguda vista le permitió distinguir con precisión la identidad de sus aliados.

Vandus veía los colores azul y dorado de los Hammers de Sigmar, pero no a quien lideraba a los guerreros. No obstante, conocía perfectamente al líder de los Goldenmanes.

—Lord-Celestant Jactos. Está dando caza a los rezagados de la Marea de Sangre.

A pesar de la lejanía de la batalla, Vandus iba en persecución de un enemigo derrotado. La cacería parecía un tanto desorganizada y el heraldo de los Goldenmanes ya estaba anunciando la victoria.

—Tan descarado y testarudo como siempre.

La ironía de las palabras de Kyrus hizo sonreír a Vandus mientras entornaba los ojos para tratar de localizar a Jactos Goldenmane en medio de aquel caos. Pero su buen humor se tornó inmediatamente horror cuando divisó un segundo contingente enemigo escondido en los peñascos que se alzaban en los flancos de la triunfante hueste de Jactos.

—No los han visto —masculló con preocupación Kyrus.

Vandus frunció el ceño y enarboló a *Heldensen*.

—¡Hammerhands, conmigo!

Los guerreros acudieron inmediatamente a la llamada de su Lord-Celestant. Había que darse prisa.

CAPÍTULO TRES

ENSANGRENTADO

La victoria estaba cerca. Jactos lo sentía y estaba exultante. Sus guerreros habían atacado a una nutrida horda de los miserables corrompidos que pretendían dominar estas tierras y la había derrotado en poco tiempo. Lo que quedaba de ella había emprendido la huida y ahora, liderados por los Prosecutors, los Stormcasts le daban caza, decididos a exterminar a todos los bárbaros.

—¡Gloria al Rey Dios! —exclamó Jactos mientras luchaba hombro con hombro con su Lord-Castellant, Neros, y una unidad de paladines.

Jactos contempló a sus Prosecutors, que se abatían sobre los segadores sangrientos y los liquidaban sin contemplaciones con sus martillos relámpago. Los guerreros heraldos eran la única unidad capaz de igualar en entusiasmo al Lord-Celestant, que derribaba enemigos con la espada rúnica y el martillo de guerra.

Jactos era un espadachín sin rival, y su agilidad mental y su velocidad de reacción eran anteriores a su conversión en un Eternal. Ahora ponía sus talentos forjados por el dios al servicio de la destrucción de los adoradores del Caos. Atravesó con la espada el corazón de un guerrero sangriento y el hombre comenzó a escupir sangre. Mientras extraía el acero de su víctima, Jactos giró sobre los talones y abrió un tajo en el estómago de otro enemigo. Entretanto, su martillo de guerra iba machacando cabezas y su capa flameaba a su alrededor mientras se abría paso por una hueste de segadores sangrientos.

—Buena cacería, Eriad —murmuró, y esbozó una sonrisa feroz bajo la máscara dorada mientras contemplaba cómo los Prosecutors estriaban el cielo como si fueran lanzas. Casi imaginaba la destrucción que se disponían a causar y el regocijo de Sigmar cuando viera su triunfo.

La voz de Neros lo arrancó de su ensoñación.

—Nuestras fuerzas están estirándose demasiado, mi señor. ¿No deberíamos detenernos y recuperar la formación?

Jactos echó un vistazo por encima del hombro. Habían dejado atrás a los Judicators e incluso los Liberators estaban pasando apuros para mantener su ritmo. Solo los pesados Retributors habían conseguido seguir el paso marcado por el ímpetu del Lord-Celestant.

—Quiero esta victoria, Neros. Nuestro enemigo ya está derrotado. Disfrutemos de ello y mostrémosles a los dioses del Caos que Sigmar ha vuelto y que se propone recuperar estas tierras.

El entusiasmo de Jactos era contagioso. El Lord-Castellant asintió y enarboló su alabarda.

—¡En el nombre de Sigmar, aniquilemos al enemigo!

Jactos se echó a reír. Cegado por la beligerante alegría que lo embargaba, no se había percatado de que el valle había estado estrechándose y ahora era apenas un desfiladero; tampoco de que los Prosecutors no habían regresado aún de su incursión.

Jactos continuó con su propósito, ajeno a todo salvo a su inminente victoria, y solo se dio cuenta de que estaba a punto de ocurrir algo malo cuando se fijó en que los peñascos habían adquirido el aspecto de calaveras y en que el vil viento susurraba su nombre.

A pie, el lugar donde los Prosecutors habían hostigado al enemigo se encontraba lejos, y la estrechez del desfiladero había mantenido oculto su extremo final. Hasta ahora.

Una depresión rocosa aguardaba a la cámara de Jactos Goldenmane, y la pendiente que bajaba hasta su fondo estaba cubierta de ceniza. Sin embargo, lo primero que le llamó la atención fue lo que había en la base del barranco de paredes lisas: un Prosecutor dorado y la mitad de su unidad ensartados en garras de hierro clavadas en el suelo, agonizando como jabalíes espetados. Todo debía de haber ocurrido muy rápidamente.

El alarido de desesperación de Jactos sonó más fuerte que un toque de difuntos.

—¡Hermanos!

Neros ya se disponía a levantar su farol protector para llamar al resto de los Stormcasts cuando algo descendió como un rayo desde los peñascos. El Lord-Castellant dio una sacudida y gruñó, con un hacha hundida en el pecho; cayó sobre una rodilla y la sangre que le manaba de la espantosa herida fluyó por su dorada armadura de guerra.

Les arrojaron otra hacha. Y otra. A las que siguió un diluvio de hierro negro.

Jactos se acercó a Neros y las desvió todas en el aire, pero la mayoría de los Retributors no eran tan rápidos.

Una tormenta de desolación surgió de los Stormcasts y los relámpagos iluminaron los peñascos. Sigmar estaba reclamando las almas de sus guerreros. Las macabras calaveras de las rocas parecían sonreír con más fruición según se apagaba el destello de los caídos y los muertos ascendían al cielo.

—¡Stormcasts, conmigo! ¡Conmigo! —bramó Jactos al oír el apremiante toque de su heraldo.

El tumultuoso rugido procedente de los peñascos se elevó por encima del sonido de la trompeta y acabó tapándolo.

Enjambres de cuajos de sangre surgieron como alimañas de cuevas y grietas que los Prosecutors de Eriad habían pasado por alto.

El resto de las unidades corrían para auxiliar a su Lord-Celestant, pero estaban desperdigadas por el valle y, cuando entraron en el angosto desfiladero, Jactos se dio cuenta de su segundo error fatal.

—¡Alto! ¡Parad! ¡Parad! ¡No…!

Demasiado tarde. Otra horda surgió de sus escondrijos para rodear a los Stormcasts por la retaguardia. Soltaron a los khorgoraths, sometidos por el látigo de un atizador sangriento, para que se pusieran a arrancar cabezas. Los Judicators, que corrían en la cola de los guerreros, se volvieron demasiado tarde. Apenas habían disparado sus arcos de rayos cuando las monstruosidades del Caos cayeron sobre ellos.

Jactos vaciló, debatiéndose entre quedarse con Neros y acudir al lugar en el que los mermados Retributors se preparaban para recibir la carga de una fuerza mucho más numerosa.

El Lord-Castellant aún vivía, pero le hacía gestos a Jactos para que se marchara.

—Vete. ¡Organiza la hueste! Si no pones orden en los guerreros, tampoco serviría de nada que te quedaras.

Un grifocán agarró con su poderoso pico el hombro de Nero y lo arrastró hacia los Retributors que aguardaban la embestida enemiga. Neros había perdido la alabarda, pero conservaba el faro protector. Con la otra mano asió los arneses de su fiel bestia mientras esta lo arrastraba por el suelo, con la intención de mantener a ambos vivos aunque solo fuera un poco más de tiempo.

Lo que había comenzado como una victoria segura se había convertido cruelmente en una abyecta aniquilación.

Jactos vio cómo se esfumaban sus posibilidades de gloria, su oportunidad de demostrar su valía a su Rey Dios. Había deseado con todas sus ansias ser el primero; envidiaba a Vandus Hammerhand por el honor que se le había concedido. Jactos sabía que su par Lord-Celestant lo merecía, pues Vandus tenía algo especial, algo relacionado con el destino y la indefectibilidad. Pero, si él no estaba destinado a liderar la vanguardia, se repetía Jactos, por lo menos podría forjar su gloria en otra parte.

Ahora todas sus ambiciones se habían hecho trizas y tenía en la boca el amargo sabor del fracaso.

—¡Muro de escudos! —bramó, tratando de dar la vuelta a esta debacle, pero los Liberators estaban demasiado lejos y algunos habían acudido en ayuda de sus camaradas asediados.

Jactos pensó rápido y se volvió hacia Priandus, el líder de sus Retributors. Apenas tenían tiempo, pues muy pronto estarían rodeados por los guerreros que descendían a toda prisa para atacarlos. Jactos echó otro vistazo al enemigo y reparó en la silueta de otro ejército recortada en la cima del risco. Entonces supo que estaban condenados.

—Priandus…

Priandus apretaba su martillo relámpago contra el pecho mientras contemplaba fijamente a los enemigos que con absoluta certeza acabarían con él. Junto a él, hombro con hombro, había un puñado de Retributors.

—Vete —dijo Priandus con seriedad—. No irán a por ti hasta que nos hayan matado a todos. Por lo menos nuestro sacrificio habrá valido la pena.

Jactos echó a correr seguido por el grueso de los Retributors en dirección a los Liberators, con la esperanza de cohesionar sus dispersas unidades.

A la orden de Jactos, uno de los fornidos guerreros levantó a Neros del suelo y lo ayudó a caminar mientras el grifocán los seguía dando saltitos.

La mera desesperación de la situación hizo que Jactos lograra organizar a las dispares facciones de los hombres que le quedaban. Mientras los guerreros formaban filas y pegaban los escudos, el Lord-Celestant echó un último vistazo a Priandus, pero el Retributor-Prime había desaparecido, engullido por una hueste bárbara de guerreros consagrados a la sangre.

—¡Hacédselo pagar caro! —gritó a sus hombres con el corazón desbordado de rencor. Los pocos Judicators que quedaban vivos alzaron el vuelo. Retributors y Liberators juntos aguardaron la carga que con total seguridad acabaría con ellos.

El ejército de la Marea de Sangre los embistió; en realidad, sus dos ejércitos, como dos mazas sangrientas rebosantes de violencia y ansiosas de destrucción.

Atrapados en medio, la defensa de los Stormcasts flaqueó, pero se mantuvo como un círculo dorado que desafiara las tinieblas. Jactos luchó duro, decidido a dar ejemplo a sus hombres. Los actos de valentía eran inútiles dada la situación, pero siempre quedaba la propia satisfacción. Por lo menos Neros estaba vivo, protegido por los Judicators, rodeados a su vez por los Liberators y los Retributors. Por ahora…

La desesperación hizo mella en Jactos cuando vio que del risco descendía un tercer ejército, el mismo cuya silueta había avistado minutos antes.

Sin embargo, esa desesperación se tornó rápidamente esperanza y luego alegría cuando vio las armaduras doradas, no del rojo sangre de los discípulos de Khorne, resplandeciendo con el sol que bañaba el risco Volatus. Cuando los guerreros vieron la llegada de refuerzos lucharon con una ferocidad redoblada. Vociferaron sus gritos desafiantes y aclamaron a su salvador.

—¡Vandus! ¡Vandus! ¡Vandus!

El grito se convirtió en un mantra y les procuró más protección que un millar de escudos de sigmarita.

Le llamaban Hammerhand, y lideraba a sus Stormcasts por la pendiente del risco, con la capa ondeando a su espalda y la llamada a las armas en los labios.

—¡Aguanta, Jactos!

Vandus encabezaba la vanguardia de su ejército a lomos de un dracoth y dejaba una estela de muerte a su paso.

La batalla no se prolongó mucho más. Entre los Hammerhands y los Goldenmanes aplastaron a la Marea de Sangre. Triturados por los escarpes, perforados por los arcos de rayos o aporreados por los martillos celestiales de vengativos seres alados, fueron incontables los muertos.

La batalla concluyó. Jactos estaba vivo, como también lo estaba su vergüenza.

Vandus se acercó a él después de la contienda, mientras los Prosecutors finiquitaban a los enemigos supervivientes.

—Me alegra verte, Jactos —dijo Vandus, tendiéndole la mano.

Jactos asintió con la cabeza, agradecido pero exhausto.

—Has llegado justo a tiempo, Lord-Celestant. —Miró a Vandus con un respeto reverencial y se quitó el yelmo antes de estrecharle la mano. Su melena larga y dorada dejaba claro el origen de su título honorífico. Tenía un porte noble, muy distinto del aspecto del herrero bárbaro que tenía enfrente.

—Te observé desde el risco —continuó Vandus. Sus ojos oscuros tenían una mirada franca y seria—. Fuiste más allá de tus límites, Jactos, y tu hueste se estiró demasiado. Recuerda que en estas tierras el enemigo nos supera en número y no conocemos todos los peligros que esconde.

Jactos, escarmentado, se puso un poco tenso.

—¿Habla la sabiduría de Sigmar?

Vandus levantó una mano.

—No, solo son las palabras de un herrero que sabe un poco sobre la guerra.

—Tú tienes tanto de herrero como yo de orruk —replicó Jactos, dando una palmada en el hombro a Vandus—, pero de todos modos fui un necio.

Todos los miembros de los Stormcasts ambicionaban extender la gloria de Sigmar y cobrarse venganza contra las criaturas que habían hecho pedazos sus reinos, pero Jactos más que ninguno de ellos.

Un grito llegado del otro lado del campo sembrado de cadáveres interrumpió la conversación de los dos guerreros. Era Neros, que sujetaba en alto el farol protector. Junto a él estaba su grifocán. Los guerreros que recibieron el baño de luz del farol vieron cómo sus armaduras se reparaban: la magia celestial cerró las profundas hendiduras y las grietas abiertas por las hachas.

No obstante, no había cura para Eriad, que seguía empalado en la garra de hierro.

Jactos corrió hacia el desdichado Prosecutor con Vandus pisándole los talones.

—No podemos sacarlo de ahí —dijo Neros en voz baja, de espaldas a Eriad, que se retorcía de dolor—. Moriría. Ni el farol puede salvarlo.

Jactos miró con tristeza a su Prosecutor. La barra que le atravesaba el cuerpo debería haberlo matado, pero el metal tenía algo que impedía a Eriad morir. Jactos se fijó en unos tentáculos que habían brotado de aquel mástil y que le perforaban la piel para introducirse en su cuerpo como si fueran gusanos.

—Me… quema… Mi señor —balbuceó Eriad. Cada palabra que pronunciaba parecía provocarle un dolor atroz.

Jactos desenfundó la espada rúnica y los sigilos estelares que recorrían el acero brillaron con intensidad.

—Sigmar está esperándote, hermano —le dijo con solemnidad al Prosecutor—. Te llama para recibirte en sus salones como a un héroe.

Cuando ya se disponía a darle una muerte misericordiosa, la mano extendida de Eriad lo detuvo.

—Es-espera… ¿Moriré…? ¿Qué va a… ser de mí?

Jactos dudó. No tenía una respuesta para él. Nadie sabía lo que significaba de verdad ser un Eternal.

—Deja que la tormenta se lo lleve, hermano —dijo Vandus detrás de él, con un tono tranquilizador pero apremiante.

—Cierra los ojos, Eriad —le pidió Jactos tras unos instantes de suspense. El Prosecutor apenas había dejado caer los párpados cuando Jactos le hundió la espada rúnica en el pecho y le atravesó el corazón para poner fin a su tormento.

En el cielo se formó una tormenta y de sus turbulentas profundidades surgió un solitario relámpago que impactó en Eriad y lo envolvió con un halo coruscante. Estalló un trueno, y el relámpago transformó el cuerpo de Eriad en un resplandor cegador y lo ascendió a los cielos, donde desapareció en la furiosa tormenta.

Todos los que lo vieron experimentaron el asombro y el desasosiego de quien ha presenciado un milagro.

—¿Ese es el destino que aguarda a todos los hombres que pasan por el Yunque de la Apoteosis? —masculló Jactos—. ¿Estamos destinados a regresar a las estrellas cuando morimos? ¿Y luego qué?

Notó una mano fuerte y tranquilizadora en el hombro, y entonces comprendió por qué Vandus había sido el elegido de entre todos.

—No temas a la tormenta, Jactos. Pues para nosotros representa la vida y la muerte. No nos corresponde a nosotros cuestionarla. Nuestra misión consiste en cumplir nuestro deber y, cuando llegue el momento, morir con honor en el nombre de Sigmar. Para eso nos forjaron. Somos la única esperanza de la humanidad y no existe mayor honor.

Jactos asintió lentamente con la cabeza y volvió a ponerse el yelmo.

—He oído la llamada a las armas, Vandus.

—También yo, hermano.

—La llamada llega desde el otro lado de los páramos y de la Pirámide Roja.

—Tuve una visión —explicó Vandus—. En ella, un señor de la guerra, un asesino de los Hierrofunestos, trepaba por una pirámide roja hecha de calaveras sangrientas. Detrás de ella había una puerta, un portal al mismísimo Reino del Caos.

—Una puerta así podría vomitar incalculables engendros del infierno.

—Sí, y debo cerrarla. En este momento, mi Lord-Relictor está buscando las torres de latón que prestan su poder a las torres.

Jactos se volvió. Sus ojos eran dos relámpagos a través de las rendijas de su máscara.

—Pongo mi espada al servicio de tu misión, Vandus. Para los Goldenmanes será un gran honor luchar al lado de los Hammerhands.

Vandus sonrió bajo el rostro implacable de su yelmo de guerra.

—El honor será mío, hermano —repuso con la voz tomada por la emoción—. Juntos lucharemos y aplastaremos a la Marea de Sangre.

—El señor de la guerra de tu visión… ¿sigue vivo, Vandus?

Vandus adoptó una actitud sombría e iracunda.

—Si aún vive, tendremos que derrotarlo. Su voluntad, su dominación lo es todo. Si acabamos con él, acabaremos con sus hordas.

—Con martillo y espada —sentenció Jactos.

—¡Por Sigmar! —corearon los miembros de las cámaras a su alrededor.

Jactos saboreó el momento; como saboreó la oportunidad que se le presentaba con Korghos Khul para restituir el honor perdido.

CAPÍTULO CUATRO

EL RECOLECTOR DE CRÁNEOS

Korghos Khul vivía. Yacía bocarriba en el suelo; recordaba vagamente el momento en el que sus propios guerreros lo habían pisoteado en su frenético afán por llegar a los Stormcasts.

Había luchado con el guerrero dorado, ese que había sido en el pasado Vendell Puñonegro. Si bien le dio una buena paliza, su rival había esquivado la muerte por segunda vez. Ahora, a pesar de su aturdimiento, el señor de la guerra de Khorne se juró que no habría una tercera vez.

Mientras tramaba su venganza tirado en el suelo al mismo tiempo que volvía en sí, se dio cuenta de una cosa: era cierto que había sobrevivido, pero algo había cambiado. Lo percibía en el aire caliente que vibraba a su alrededor; lo oía en los truenos retumbantes que estallaban en el cielo y lo veía en los que habían llegado con los relámpagos, arrojados por la tormenta.

Durante algún tiempo, después de la batalla, su consciencia había estado entrando y saliendo de una nebulosa oscura plagada de sueños tenebrosos. Lejos de tener un efecto balsámico, su letargo había consistido en un sueño intermitente y lleno de paroxismos. Abrió los ojos y los entornó al recibir la lacerante luz del sol mientras una sensación que no había experimentado en muchos años comenzaba a tomar forma en su interior.

Derrota.

Y con ella irrumpió la ira del Dios de la Sangre, que apremió a Khul para que se levantara e insufló fuerzas a sus extremidades, llevadas al borde de la extenuación por ese al que llamaban Hammerhand, un hombre resucitado, renacido, un hombre al que Khul debería haber matado hacía muchas décadas...

—Vendell Puñonegro... Vandus...

Mientras pronunciaba entre dientes el nombre de su archienemigo, reparó en los carroñeros que se paseaban entre los cadáveres, arrancando trozos de carne a los cuerpos. Ellos también lo vieron.

El delta Ígneo tenía el aspecto que presentaba cuando Khul cayó: una llanura pestilente cubierta de lava y de rocas negras. La única diferencia era que ahora no eran los guerreros dorados los que iban a por él, sino sus aliados de la Marea de Sangre.

Lejos de acobardarse por el despertar de Khul, los sanguinarios cabecillas y paladines que merodeaban entre los muertos vieron ante ellos una oportunidad única.

Así se las gastaba la Marea de Sangre. Para llegar al trono de Khorne había que escalar una pira de cráneos.

Cinco guerreros rodearon a Khul blandiendo hachas o espadas y estrecharon el círculo en torno a él lentamente, con una ambición asesina grabada en los ojos, sobre todo cuando se dieron cuenta de que su víctima estaba desarmada.

Khul sonrió y dejó a la vista sus afilados dientes. Al otro lado de los orificios de los ojos de su yelmo con forma de calavera, el mundo había adquirido un color rojo de vísceras. Apretó los puños hasta que le crujieron los nudillos.

—Acercaos. Probad suerte, a ver quién goza del favor de Khorne.

Los cabecillas carroñeros cargaron rugiendo hacia él.

El primero en llegar fue un bruto guerrero barbudo que empuñaba un hacha. Khul lo agarró hábilmente por la muñeca para evadir el golpe y lo derribó; le rodeó el cuello con un musculoso brazo y se lo partió. Antes de que el cabecilla cayera al suelo, Khul le había arrancado el hacha de las manos y la había hundido en el pecho de otro guerrero; la extrajo en medio de un torrente de sangre y la arrojó hacia el tercero de sus atacantes, que cayó desplomado, con el mango del hacha descollando de su rostro.

Tres muertos en otros tantos parpadeos minaron el ímpetu de los otros dos, y ese instante de duda tuvo consecuencias fatales para ellos. Khul lanzó un bramido y corrió hacia ellos. El cuarto cabecilla lo acometió con la espada, pero apenas le hizo un rasguño en el antebrazo protegido por la armadura. Khul le agarró las barbas rubicundas y la emprendió a cabezazos con él hasta que le partió la máscara y los huesos que había debajo. El cuerpo del cabecilla se rindió y sus piernas se doblaron como juncos partidos. Khul se quedó con su espada.

El paladín cayó al suelo y Khul se quedó cara a cara con el último cabecilla.

—Estás pensando que ha sido un error —le dijo Khul, con la respiración acelerada por una furia incontrolable y el cuerpo empapado en sangre—. Lo ha sido, pero si me muestras el cuello, te daré una muerte rápida.

El cabecilla abrió los ojos con sorpresa, invadido por una inseguridad repentina, y acomodó la mano alrededor del mango del hacha. Miró el alma que Khul había arrebatado a una de sus víctimas. La sangre goteaba de la hoja.

Khul, con un brusco movimiento, se abalanzó sobre su rival y lo decapitó. Y luego se ensañó con él hasta reducir su cuerpo a un puré sanguinolento.

—No hay sitio para los débiles junto al trono de Khorne —dijo con la voz tomada, embriagado de ira.

Tiró la espada al suelo y fue a buscar su hacha. La voz de su arma resonaba en su cabeza; le llamaba y le exigía que aplacara su sed de sangre.

—Ya lo sé —masculló Khul, dirigiéndose a su hacha mientras envolvía con su mano el mango de cuero—. Obtendrás tu parte.

Contempló los cinco cadáveres e inició la horrorosa tarea de cortarles la cabeza y despojarlas de los músculos y de la carne.

El trabajo no le llevó mucho tiempo, y enseguida tuvo frente a él cinco cráneos mirándolo con las cuencas de los ojos vacías, con unos rictus sonrientes que daban a entender que estaban mucho más felices muertos que cuando vivían. Khul los apiló uno encima de otro y erigió un macabro altar para convocar a su dios.

Sonreía mientras se comía la carne de los cabecillas que acababa de matar, como si oyera unas palabras que nadie más oía, pues el silencio era casi absoluto en la llanura. Entonces percibió un sonido procedente del mundo corpóreo y alzó la vista con interés, con tiras de carne y de ligamentos colgándole de los dientes.

Ya blandía el hacha cuando un sabueso demoníaco apareció de entre los cadáveres.

—Faucesgrsises… —dijo Khul en un tono que sonó a la vez como un saludo y como un improperio.

La bestia se había dado un atracón por su cuenta y tenía la boca manchada de sangre. Miró fijamente a Khul, como si tratara de decidir si debía atacarlo, pero al percibir que Khul contaba con el favor de Khorne, se relajó y acudió al lado de su amo.

Khul lo agarró del cuello a pesar del tamaño descomunal del sabueso. La bestia forcejeó un momento, pero Khul no aflojó y el monstruo finalmente se dejó someter por él.

—Me perteneces, criatura —le dijo con los dientes apretados, y la bestia le respondió con un gruñido de aceptación.

Khul oyó entonces un canto lejano. Percibió el olor a carne asada y divisó el resplandor de hogueras inmensas en el horizonte. Sus guerreros se habían reunido.

—El banquete ha terminado —le murmuró al sabueso mientras lo soltaba—. La guerra nos llama.

Khul gruñó, todavía escocido por la derrota, pero sonrió con los dientes apretados ante la perspectiva de una batalla y la presencia de un adversario digno de él.

La fortaleza estaba cerca.

—Conseguiré tu cráneo, Vendell Puñonegro —musitó mientras ponía rumbo al norte—. Y luego… se producirá mi ascensión.

CAPÍTULO CINCO

LOS QUE TRAEN LA TORMENTA

Ithar gritaba de dolor. Ionus Cryptborn posó la mano con delicadeza pero con firmeza en la frente del maltrecho guerrero para aplacar su angustia. Una mota de sanadora magia celestial penetró en el Retributor, pero apenas mitigó su dolor. Hacía falta algo más para mantenerlo con vida.

—Estate quieto, hermano —le susurró Ionus, con un ojo puesto en el cielo con la esperanza de ver el regreso de los Prosecutors de Sturmannon.

La pesada armadura de sigmarita de Ithar estaba destrozada; el peto dorado estaba lleno de hendiduras abiertas por hojas que habían llegado hasta el cuerpo del guerrero. Tenía huesos rotos y órganos perforados. Algunas partes de su cuerpo estaban quemadas. Si bien los paladines eran los Stormcasts más aguerridos, no eran invulnerables. La vida de Ithar pendía de un hilo, y así lo reflejaba el rostro pétreo de su Retributor-Prime.

—¿Vivirá? —preguntó Theodrus, sopesando con determinación el martillo relámpago—. ¿O misericordia es lo único que podemos procurarle ya?

Ionus levantó una mano para pedir tranquilidad.

—Solo necesito un poco más de tiempo, Theodrus —dijo, y volvió a concentrarse en su tarea.

Habían sufrido una emboscada. Dieciocho almas gravemente heridas en el ataque de una manada de khorgoraths.

Desde que el Lord-Celestant y la cámara de Ionus habían separado sus caminos, se habían sucedido los ataques. Al parecer, en estas tierras abundaban monstruos y peligros. Tras una larga marcha, habían divisado su objetivo: una imponente torre de latón. Los khorgoraths habían lanzado su ataque cuando los paladines lideraban la columna por un estrecho desfiladero que atravesaba un bosque con árboles que en lugar de hojas tenían cuchillas.

Los cuatro guerreros a los que las bestias les habían arrancado la cabeza desaparecieron y solo dejaron un rastro de fuego de Santelmo. El resto había sobrevivido, pero sus heridas eran brutales. Ahora Ionus debía intentar mantenerlos vivos. En la batalla que se avecinaba necesitarían todos los martillos de los que pudieran disponer.

Hasta el momento había conseguido salvar a todos los guerreros salvo a dos. Ithar era el último.

—Sigmar... —entonó con una voz sepulcral—. Oh, Señor de Azyr, Maestro de la Tormenta... —Ionus levantó en alto el martillo reliquia mientras sujetaba la boca de Ithar con la otra mano y lo posó suavemente en el pecho del guerrero. Cerca de ellos estaba el icono relicario, clavado en el suelo. El tótem con forma de esqueleto sujeto a él, con la espada entre los huesos de sus dedos, reposaba en silencio, y su mirada parecía estar emitiendo un juicio. La máscara dorada de Ithar que yacía junto a él se partió desde la coronilla hasta la barbilla.

—Escucha mis plegarias y concede tu gracia a este paladín para que pueda levantarse y luchar de nuevo en tu nombre. ¡Escúchame, Sigmar! —gritó Ionus. El cielo comenzó a poblarse de nubarrones—. ¡Concédenos tu gloria! ¡Haz venir la tormenta!

Un relámpago cayó desde el cielo e impactó directamente en el martillo de Cryptborn. Este se estremeció mientras el poder inmortal del dios le recorría el cuerpo y pasaba a Ithar. Un fulgor cerúleo comenzó a bañar lentamente el cuerpo del paladín herido y le cerró las heridas.

El resplandor desapareció bruscamente. Ithar estaba curado.

Ionus se tambaleó, agotado por el esfuerzo, y echó un vistazo al reloj de arena que había girado en el momento del inicio del ritual. Los últimos granitos caían por el estrecho conducto de cristal cuando Ithar se incorporó.

—Levántate —dijo Ionus, poniéndose en pie.

—Alabado sea el Rey Dios —masculló Theodrus, y se pegó el martillo al pecho para venerar al Señor de las Tormentas.

—Ya estamos todos —dijo Ionus, aunque su cansancio era evidente en su voz—. Las torres nos esperan. —añadió, dirigiéndose a su cámara ejemplar, que había observado todo el proceso en silencio.

Como llamados por el Lord-Relictor, los Prosecutors de Sturmannon aparecieron por el cielo del norte.

Los paladines congregados hicieron sitio para que aterrizaran. Ionus se mantuvo en su sitio y se preparó para recibirlos.

—Traigo noticias, Lord-Relictor —dijo Sturmannon.

—¿Sobre la guarnición de la torre?

—No es nada que no podamos derrotar, pero hay algo… sobrenatural en ella. No es una vulgar fortaleza construida con piedra y metal.

—Es un templo, Sturmannon —dijo Ionus con una voz que parecía salir de una sepultura—, pura y simplemente. Un monumento a la guerra. Y debemos destruirlo.

—Vi a un sacerdote en el parapeto. Tenía consigo un tótem que no se parece en nada a tu relicario.

Ionus sabía de quién hablaba Sturmannon. Desde la victoria en la batalla del delta Ígneo, Ionus se había preguntado por la suerte que habría corrido el sacerdote sangriento. Ahora obtenía la respuesta, y era verdaderamente desalentadora.

La torre de latón estaba cerrada. Ionus lo percibía y se afanaba en dominar los crueles pensamientos que brotaban en su cabeza, pues sabía que no eran completamente suyos. Mientras trataba de controlar ese impulso sanguinario que también estaban sufriendo sus camaradas Stormcast Eternals, otro pensamiento surgió en su mente, al principio le pasó desapercibido, pero enseguida le produjo un escalofrío paralizante.

Una voz ancestral y gélida resonó en su cabeza y le heló hasta la médula.

Se exige un precio. Se ha de pagar un precio.

Alma por alma.

Una mano se posó en el hombro de Ionus y le dio la vuelta. En un principio, el Lord-Relictor pensó que aquellos dedos eran meros huesos…

—¿Lord-Relictor? —La preocupación de Theodrus era evidente a pesar de la máscara dorada.

—Estoy bien —mintió Ionus, dando una palmada en la espalda al Retributor-Prime—. Estoy bien. Pongámonos en marcha. Démonos prisa, hermanos.

CAPÍTULO SEIS

LA PIRÁMIDE ROJA

Khul llegó a su guarida al tercer día. En los límites de sus dominios se erguían altos menhires que custodiaban el camino teñido de rojo que conducía a un vasto patio enlosado. En el centro se alzaba un gran arco de piedra rodeado por guerreros y construido sobre un estrado negro. Al otro lado del arco estaba la Pirámide Roja, cuya inmensa sombra se extendía sobre todas las cosas.

No había una fortaleza propiamente dicha. Tal era su dominio sobre estas tierras que Khul no la necesitaba. Había conquistado la península del Azufre, pero su salón del trono consistía en poco más que un asiento de piedra y los trofeos que lo rodeaban.

El patio estaba atiborrado de criaturas, si bien todas se cuidaban mucho de mantenerse alejadas del trono de Khul. Pertenecían a algunas de las hordas que había reunido para formar su Marea de Sangre. Los segadores sangrientos y los guerreros del Caos presentes solo eran una pequeña parte de los ejércitos de Khul.

El señor de la guerra tenía el cuerpo, el pelo y la armadura empapados en sangre. Su máscara con forma de calavera estaba salpicada de fluido arterial. Khul había sembrado la destrucción en la península del Azufre; se había dedicado a cortar cabezas para satisfacer su ira cegadora y saciar su sed de venganza.

Durante su sangrienta fuga, apenas consciente de la carnicería que estaba perpetrando, una visión lo había acosado. El rugido que oía dentro de su cabeza, tan estridente que le sangraban los oídos y le castañeaban los dientes, había hecho tambalearse en más de una ocasión al señor de la guerra. Era su dios hablándole. En la cabeza de Khul resonaban las promesas de Khorne, vociferadas desde la cima de la montaña de cráneos donde el Dios Sangre había instalado su trono.

Khul se veía a sí mismo, sentado a horcajadas en la elevada cúspide de la Pirámide Roja. Se había convertido en el verdadero paladín del Caos y blandía el hacha hacia el cielo infernal, donde las nubes de tormenta se estremecían y arrojaban una lluvia carmesí que inundaba la tierra. Él también estaba pintado de rojo, por las horripilantes carnicerías que había cometido en el nombre de Khorne y porque el Ojo de los Dioses se había posado en él.

Escogido.

Exaltado.

Khul se imaginaba transfigurado; su cuerpo humano solo era el caparazón de lo que acechaba en su interior. Crecía, y sus músculos se estiraban y se ennegrecían con el fuego infernal de la metamorfosis. Su armadura se combaba y reventaba para dejar salir una musculatura grotescamente agigantada.

Dolor.

Apretó los dientes y se dejó caer de rodillas. Se envolvió el pecho con los brazos. Se inclinó hacia delante y dos inmensas alas, negras y lustrosas como la obsidiana, brotaron en su espalda y se desplegaron. De sus sienes huesudas emergieron unos cuernos y sus nuevas pezuñas hicieron trizas sus botas.

Cuando se irguió de nuevo, ya no era un hombre. Un aura oscura rodeaba su cuerpo fuerte como el hierro y una larga melena de cabello hirsuto y negro como la noche caía desde su inmensa cabeza. Un gigante se alzaba sobre la Pirámide Roja y los mortales lloraban al verlo. Khul había ascendido para reclamar una corona demoníaca y luchar perpetuamente al lado de su señor como príncipe de la masacre. Arqueó el grueso cuello y bramó al cielo. Su grito de júbilo resonó en la vastedad de Aqshy...

De repente, los pensamientos de Khul regresaron a lo que era, no a lo que sería si erigía su pirámide de calaveras y reclamaba su recompensa. No olvidó su promesa mientras enfilaba por el camino teñido de rojo ni lo que le habían prometido a cambio.

—Un inmortal para rematar mi tributo, señor... —musitó mientras caminaba por las losas de hueso del patio.

Faucesgrises asintió con un gruñido, como si de algún modo hubiera estado al tanto de los pensamientos de Khul sobre su ascensión. La bestia seguía al señor de la guerra a escasa distancia, con el hocico y los colmillos todavía teñidos de rojo por el festín que se había dado. Se detuvo cuando lo hizo su amo.

Khul se había parado para contemplar la puerta. No era difícil fijarse en ella, ni siquiera con la imponente Pirámide Roja justo detrás.

El Portal de la Ira era una construcción inmensa y poderosa que había resistido el paso de los años y las constantes guerras para conquistarla. Pese a la distancia que los separaba, Khul percibía la ira y el odio que emanaban de la antiquísima construcción. A pesar de que era una edificación de piedra, no se trataba de unas ruinas mundanas. Khorne le había contado con voz susurrante cómo se había construido. Estaba ungida de sangre y la argamasa empleada estaba compuesta de vísceras y huesos humanos triturados. El portal emitía una luz y las sombras oscilaban en aquella revuelta miasma de sangre que se mantenía dentro del espacio delimitado por el arco. Era una entrada al Reino del Caos y al trono de calaveras del Dios de la Sangre.

Los guerreros acudían en manada a este lugar de odio y destrucción, atraídos por su maldad, abrumados por la sed de sangre que provocaba. Se agolpaban a centenares a la sombra de la puerta, donde devoraban los despojos del campo de batalla y canibalizaban corazones arrancados de los pechos de los muertos. Tambores hechos con cráneos huecos tocaban unas notas estridentes que marcaban el ritmo de los cuernos hechos con fémures. Algunas criaturas bailaban una rudimentaria y belicosa danza destinada a complacer a los Dioses Oscuros y atraer su mirada. Otros luchaban para ganarse su favor. La mayoría, sin embargo, simplemente devoraba su trozo de carne.

Se trataba de un ritual chamánico.

A pesar del escándalo con el que los hombres manifestaban su fervor, Khul oía el estruendo de la industria que llegaba desde las torres, situadas a varias leguas de distancia.

Los funestos monumentos, forjados con latón infernal y tachonados de calaveras de indignos, eran ocho; cada uno representaba una punta de la estrella del Caos, los ocho caminos que transitaban todos los adoradores de Khorne. Y en el centro de esa estrella estaba el Portal de la Ira.

Miles de herreros demoníacos y esclavos habían erigido las torres que abarcaban una vasta extensión de la península del Azufre, y a pesar de lo distantes que estaban, semiocultas por las nubes del humo sobrenatural que colmaban el cielo, Khul percibía su maligna presencia.

Cadenas invisibles para la vista humana mantenían en su sitio el portal. No estaban hechas de ningún metal conocido, sino de actos. En el lejano sur, las carnicerías, las conquistas, las masacres y la destrucción. Y en el norte, los fratricidios, las mutilaciones, el canibalismo y las matanzas.

El juramento de un asesino despiadado, grabado en muerte y en sangre, mantenía firmes las cadenas metafísicas que ceñían cada una de las ocho torres y, en conjunto, mantenían abierto el Portal de la Ira.

En ese preciso momento, el portal se rebelaba contra ese constreñimiento.

Si bien todavía era mortal, Khul veía lo que había más allá del reino corpóreo, y vio cómo las cadenas luchaban para sujetar su presa. La culpa era de la tempestad, que se deslizaba por el cielo tronando siniestramente; la tormenta que habían traído los guerreros dorados.

Khul podía presentir la amenaza. Los guerreros vendrían buscando el portal.

Se adentró en la luz enloquecedora que emanaba del Portal de la Ira y sintió el deseo insaciable que bullía en su interior. Hasta ese momento no se había dado cuenta de que los cuerpos que estaban devorándose no pertenecían solo a los enemigos abatidos por la Marea de Sangre. Mucha de la carne que conformaba el banquete era de guerreros de la horda de Khul, que en lugar de luchar contra los guerreros dorados estaban sirviendo de alimento para sus propios camaradas.

Khul vio al rey esclavo Hrulkar, al señor torturador Goreklad, al coleccionista de cráneos Fenskar, al señor de las bestias Agrik... Todos ellos cabecillas y paladines.

—Débiles... Miserables.

A Khul comenzaron a temblarle las manos; el temblor se trasladó a sus brazos y luego al resto de su cuerpo. Hasta el último de sus huesos se agitaba en un frenesí delirante mientras él espumajeaba por la boca.

—Aplaca tu sed —consiguió pronunciar a su sabueso con los dientes apretados.

Los segadores sangrientos más próximos a su señor hicieron una pausa en su jolgorio y alzaron la vista. Tenían la boca y los jubones manchados de sangre.

—¡Observa, Señor de las Calaveras! —espetó Khul con unos ululatos que resonaron en todo el campamento. Todo el mundo dejó lo que estaba haciendo para mirarlo—. ¡Un amanecer rojo!

El primer segador sangriento ni siquiera tuvo tiempo de gritar antes de que Faucesgrises se le echara encima y le desgarrara el cuello.

Los demás se dieron cuenta rápidamente de la locura que había poseído a su señor y blandieron las armas. Pero no les sirvió de nada. Khul, bramando e iracundo, cargó contra la multitud con un fervor que lo hacía imparable.

El sol relumbraba en el cielo como un ojo funesto que estuviera observando la carnicería.

Dos contra centenares. Pero Khul y su sabueso no se amedrentaron. Algunos huyeron de su brutalidad. Los que se quedaron acabaron hechos picadillo y decapitados: innumerables cabezas, sacrificadas en el altar de Khorne, del que en última instancia manaban todos los actos violentos.

Y durante la carnicería, el Dios de la Sangre hablaba a su vasallo escogido; su voz era el estrépito de la interminable destrucción y los alaridos de los condenados. Khul apretó los dientes, pero su dolor rápidamente fue sustituido por una furia asesina cegadora y absorbente.

Era un día de sangre, el amanecer rojo que Khul había profetizado.

Cuando la masacre concluyó, el sol se había puesto en el horizonte y se enfriaba en la negra noche.

Khul se dejó caer de rodillas. Cada vez que respiraba, todo su cuerpo se estremecía al borde del agotamiento por la carnicería. Cuchillas y no aire penetraban en sus pulmones. El corazón le aporreaba el pecho. Y aunque le dolían los músculos y las extremidades de la impresionante matanza, se puso en pie y se vio rodeado por un mar de sangre.

Incontables eran las cabezas de los bárbaros que flotaban en aquella líquida masa carmesí, pero lo que llamó la atención de Khul fue el portal.

El macabro fluido comenzó a bullir y emergió a la superficie una espuma rojiza, al principio con un aspecto inocuo. Pero entonces aparecieron un calor intenso y el tufo a muerto, a metal quemado... El hedor de un horno.

Algo se revolvió en aquella miasma de sangre y agitó la superficie del mar carmesí. Lentamente, pero de una manera inexorable, de la sangre coagulada emergió un cuerno ensortijado, negro como un hábito y pringoso como el aceite.

El soldado de Khorne pestañeó al materializarse, mientras se levantaba lentamente. Khul se fijó en la cadena que había utilizado para pasar a este reino y oyó un crujido de huesos cuando las pezuñas del demonio pisaron los cráneos que sembraban el suelo tras la interminable batalla del Dios de la Sangre.

Los que no estaban mancillados por el Caos habrían tenido la impresión de que el desangrador emergía como si el mar de sangre fuera profundo como un océano. No obstante, Khul sabía que era insondable; también sabía que ningún demonio de Khorne podría manifestarse jamás de una manera menos sangrienta. De la misma manera que la invocación requería muerte y violencia, estas eran una exigencia para la manifestación, y una hueste de desangradores se había disputado el derecho a entrar en el reino mortal. Los demonios luchaban a muerte entre ellos hasta que solo el más fuerte emergía triunfalmente.

Por lo tanto, el que ahora estaba frente a Khul era el más poderoso de todos.

El desangrador era la encarnación de la violencia: tenía las patas dobladas hacia atrás y un hocico alargado, y la piel roja y dura como el hierro envuelta por una palpitante nube de vapor. Hizo una reverencia de respeto, pero no de sometimiento, y miró fijamente al señor de la guerra con unos ojos negros y rebosantes de odio en su cabeza con cuernos.

—¿Tú eres el que me ha convocado? —preguntó con un tono desafiante. Su voz estridente sonó como el chirrido de hueso contra metal.

Khul asintió con el hacha colgándole flojamente de la mano.

El sangrador también estaba armado. Empuñaba un arma forjada en un metal desconocido por el hombre y por todas las criaturas de los Reinos Mortales. Una espada infernal.

—Entonces… —comenzó a decir el demonio mientras recorría con la mirada la carnicería y la ofrenda de sangre que se extendía en torno a él—. Estamos a tu servicio.

Las cadenas aetéricas que se hundían en el mar de sangre no estaban sujetas a nada, pero se pusieron tensas y los cuerpos de una horda de desangradores cobraron forma. Parpadearon y olfatearon el aire mientras lo saboreaban con sus largas lenguas rosadas. No llegaron solos. Unas descomunales bestias metálicas aparecieron con ellos: los aplastadores, las monturas de acero de Khorne. Aunque no eran unas meras monturas; eran unos monstruos, mucho mayores que un caballo, y guardaban cierto parecido con un toro. Su coraza estaba manchada con la sangre del millar de enemigos que habían matado. Las bestias aullaron y gruñeron, y sus hocicos despidieron nubes de humo. Los ruidos que emitían tenían un timbre metálico y eran molestamente discordantes. Incluso a Khul le ponían los pelos de punta y le llenaban la cabeza de imágenes de conquista.

En cuestión de minutos, el señor de la guerra tuvo una legión de jinetes demoníacos a su servicio, con sus espeluznantes estandartes ondeando con calaveras encadenadas y tiras de carne curtida.

Todos a una, alzaron las armas.

Su líder, uno de los heraldos de Khorne, le saludó con la espada.

—Nombra a los que tenemos que matar —dijo con voz ronca, y su aliento de ceniza de sangre corrompió la brisa.

—Vendell Puñonegro —respondió Khul, pues Khorne le había mostrado el ejército que marchaba hacia sus torres y a quien lo lideraba—. Devorad a sus vasallos, pero a él traédmelo para que pueda cortarle su cabeza de cobarde.

El heraldo hizo otra reverencia y los aplastadores partieron hacia el sur. El suelo tembló bajo sus pies y rayos rojos estriaron los cielos.

—Ahora tendrás que enfrentarte a una tormenta, Puñonegro —masculló Khul.

Su risa cavernosa retumbó por encima de los truenos.

CAPÍTULO SIETE

LAS TORRES DE LATÓN

—¿Cómo entramos en la torre? —preguntó el Retributor Theodrus. Su impaciencia por entrar en batalla era evidente—. ¿Cuáles son tus órdenes, mi señor?

Ionus Cryptborn había reunido su ejército en un vasto cañón en cuyas paredes se veían las vetas de lava. La oscuridad de la noche y el humo sulfúreo que ascendía desde la cuenca del cañón bastaban para ocultar a sus hombres sin llegar a inquietar a uno solo de los Stormcasts.

El brillo de la lava reflejado en las armaduras confería a estas un resplandor trémulo, aunque no lo suficientemente intenso para delatar la presencia de los guerreros.

—Paciencia, paladín —pidió Ionus—. El tiempo me ha enseñado a ser precavido cuando se trata de atacar la fortaleza de tu enemigo. Además, no estamos en una situación como para despreciar la cautela.

Un aura siniestra envolvía la torre de latón.

Las armas defensivas estaban recubiertas de metal, tan calientes que el aire vibraba a su alrededor. En la fachada se habían fijado calaveras, y otras muchas se amontonaban en su base como si fueran macabros contrafuertes. Gárgolas truculentas y demoníacas observaban desde las almenas. Salientes puntiagudos, gruesas cadenas de hierro y un rastrillo con púas obligaban a los asaltantes a mantener la distancia, si bien quien iba a desafiar el poder de la Marea de Sangre en estas tierras no era el Relictor.

Ni arqueros ni máquinas de guerra defendían la fortaleza, pero sus muros eran gruesos y su altura le daba una ventaja considerable.

Alrededor de la torre se intuía la presencia de un bosque, aunque los árboles se habían talado y solo quedaban los tocones, que rezumaban una savia roja que guardaba un inquietante parecido con la sangre. Aquella truculenta imagen hizo pensar a Ionus en cuellos sin cabeza más que en troncos cortados, como si un nutrido ejército se hubiera adentrado en las inmediaciones de la torre y los guerreros hubieran sido decapitados uno a uno sin remedio.

Tal vez hubiera ocurrido en realidad, aunque Ionus no albergaba ningún deseo de averiguarlo.

Sea como fuere, la guarnición avistaría y enviaría un ejército antes de que los elegidos de Sigmar alcanzaran siquiera la fortaleza. Eso daría tiempo a los guerreros que estaban dentro para organizar la defensa o pedir refuerzos.

El ataque debía ser rápido y definitivo. Después de haberse separado de Vandus y de dejarlo sin apoyo, ahora no podía fracasar.

—Si pudiéramos acercarnos sin que nos vieran… —murmuró Ionus, y echó un vistazo al cielo tormentoso. Su rostro adusto esbozó una sonrisa bajo la máscara con forma de calavera—. Ya sé qué vamos a hacer.

Rhoth se dejó caer contra la almena, engulló el trozo de carne y tomó un trago de la cerveza que los suyos fermentaban en tinas de hierro negro. Era una bebida fuerte; primero provocaba una ira cegadora, y luego asolaba el organismo con una sensación febril que generaba unas ganas incontrolables de beber más.

—Vacía… —dijo gangueando a Gannon, otro segador sangriento de la guarnición. —Rhoth tendió la mano hacia el hacha y la agarró por el mango al tercer intento—. Oye, cerdo. Estoy hablándote.

Pero Gannon no le escuchaba. Tampoco lo hacía el resto de los centinelas apostados en el parapeto, pues todos estaban mirando al otro lado de las almenas y señalando.

Rhoth se levantó pesadamente, echó un vistazo a través de las púas de latón que remataban el borde de la torre y descubrió qué era lo que había atraído la atención de sus compañeros.

—¿Qué es eso? —preguntó, y por un momento temió estar sufriendo aún las alucinaciones provocadas por la oscura cerveza.

Una tormenta, una enorme masa de nubes, se deslizaba en dirección a ellos empujada por fuertes rachas de viento aullante. Los truenos retumbaban y los relámpagos iluminaban fugazmente sus tenebrosos huecos internos.

—Nada que haya visto antes —balbuceó Gannon, dejando caer el fémur mordisqueado de su mano carnosa.

Pero la tormenta no estaba en el cielo, sino que se arrastraba por el suelo como si fuera una alfombra de niebla.

Rhoth sacudió la cabeza para despejarse.

—¿Cómo es posible?

La calma reinaba en el interior de la tormenta mientras los Stormcasts avanzaban tenazmente. Incluso los voladores Prosecutors se ocultaban en los nubarrones que su Lord-Relictor había hecho aparecer y batían sus crepitantes alas al compás de las dolorosas pisadas de los paladines enfundados en pesadas armaduras.

Ionus lideraba la hueste, con su icono levantado ante él como si fuera un faro.

—Preparaos —ordenó a sus guerreros sin apenas necesidad de elevar la voz, pues tal era su dominio sobre la tormenta—. Cuando lleguemos a las puertas, estarán perdidos.

—Yo atacaré la cúspide de la torre —dijo Sturmannon, que volaba al lado del Lord-Relictor.

—Ten cuidado. Ignoramos qué horrores podría haber dentro.

Ionus pensó de nuevo en el sacerdote de sangre, de quien sabía que acechaba en el interior de la torre. Una vez más se imaginó a Vandus luchando solo contra Khul y contra la profecía.

No había tiempo para lamentaciones. La puerta de la torre se alzaba ahora ante ellos. El rastrillo de hierro, con calaveras ensartadas y tachonado de pinchos, bloqueaba el paso. Cuando el velo de la tormenta se escindió y dejó a la vista a los guerreros que ocultaba, ninguna fuerza enemiga acudió a su encuentro y la puerta permaneció cerrada.

Por el contrario, los segadores sangrientos apostados en el parapeto, seguros de estar a salvo detrás de sus muros de latón, les lanzaron insultos y obscenidades. Entre abucheo y abucheo, unos cuantos les arrojaron hachas y les tiraron piedras.

No cayó Stormcast alguno, pues sus armaduras repelieron los ataques muy poco entusiastas de la guarnición.

Theodrus reunió a los Retributors en preparación para demoler la torre pieza a pieza si era necesario.

—Podemos destruir esas puertas si queremos —dijo a su Lord-Relictor con tono beligerante—, y luego a esa chusma que hay dentro…

—Espera —ordenó Ionus, si bien sabía que los Retributors estaban ansiosos por atacar. Lo mismo ocurría con los Prosecutors de Sturmannon, que aguardaban suspendidos en el cielo con sus alas de luz, inalcanzables por las hachas que pudieran arrojarles desde la superficie. Los insultos eran cada vez más incisivos y el heraldo se moría de ganas por entrar en acción.

—Puedo liquidar a los del parapeto, Lord-Relictor.

—No, espera… —Había algo que le daba mala espina, pero Ionus aún tenía que identificar qué era.

Los árboles talados, un ejército arrasado y con todos sus soldados decapitados, el suelo teñido de rojo y el aparente recelo de la guarnición…

—¿Cuándo habéis tenido noticia de que un siervo de Khorne evite la lucha? —preguntó.

—Lord-Relictor, no podemos demorarnos más —repuso Theodrus, y dio la señal de ataque.

Ionus no trató de impedirlo, pues carecía de un argumento de peso para hacerlo. Pero cuando los Retributors se adentraron en el bosque de hombres decapitados y las gárgolas acuclilladas en la parte superior de la torre se pusieron a hablar, se dio cuenta de que su preocupación había estado justificada.

Sin embargo, ya era tarde.

Desde la oscura torre del homenaje de la fortaleza de latón, una figura descomunal observaba a través de una rendija en el muro al ejército congregado a las puertas del bastión, y sonrió cuando vio que los Stormcasts se acercaban espoleados por el mortífero deseo que la torre despertaba en todos los guerreros.

—Venís buscando sangre —musitó en la penumbra Threx Marcacráneo—. Y la tendréis.

Sus voces sonaban como chirridos metálicos. Las gárgolas no eran estatuas grotescas; tenían una función que iba más allá de la de simples elementos decorativos macabros.

—¡Aguantad! —bramó—. ¡Y defendeos!

Los árboles talados… ¡eran una trampa! No eran tocones ni troncos, sino conductos que salían al exterior.

La tierra comenzó a temblar y del suelo rojo emergió una fuente de sangre abrasadora que se llevó por delante una porción de la vanguardia del ejército. Los Retributors salieron catapultados por el cielo.

Algunos guerreros se estrellaron contra el suelo con un ruido ensordecedor, con las armaduras chamuscadas y los cuerpos calcinados. Los relámpagos resquebrajaron la noche a medida que Sigmar reclamaba las almas de sus siervos y la cámara de Ionus perdía efectivos.

Se oyeron gritos y el estrépito de la confusión y de los esfuerzos para restablecer el orden.

Rápidamente se produjo una segunda erupción de sangre y los gritos de agonía de los paladines de Azyr colmaron el aire. Algunos trataron de mantenerse firmes ante los chorros de sangre, pero salieron disparados igualmente. No existía armadura de sigmarita ni martillo relámpago que pudiera ayudarlos.

Se produjeron otras dos erupciones de sangre que rociaron de gotitas abrasadoras la armadura de Cryptborn mientras trataba de ponerse a cubierto. La sangre se filtró por las rendijas de su armadura e Ionus hizo una mueca de dolor al sentir una quemazón en la piel.

—Ya es suficiente —gruñó con los dientes apretados mientras miraba a los Prosecutors de Sturmannon, que hacían piruetas en el aire y se lanzaban en picado para esquivar la espantosa lluvia de sangre.

Ionus masculló unas palabras mágicas para convocar al Señor de las Tormentas y provocó una lluvia de relámpagos.

Un pálido rayo surgió de las nubes, recto y puro como una lanza, e impactó en la cúspide de la torre. Su luz hizo retroceder las tinieblas, destruyó una de las gárgolas e hizo enmudecer al resto. La lluvia de sangre se interrumpió y cesaron los rayos que desgarraban la noche.

Ionus oyó de nuevo las burlas de los segadores sangrientos y volvió su rostro serio hacia ellos.

—¡Así que los cuajos de sangre son unos cobardes! —Su voz sonó potente como el toque de un cuerno—. ¡Lo sabía! ¡Los que se esconden no son dignos de blandir una espada!

Las carcajadas que llegaban del parapeto se tornaron gritos beligerantes, y un segundo después, el rastrillo de la puerta comenzó a alzarse.

—Idiotas bobalicones —dijo entre dientes Ionus—. Qué fácil es provocaros. —Hizo un gesto con la cabeza a Theodrus para que liderara el ataque—. Aniquiladlos. No quiero que quede ni uno vivo.

Una horda salió en tropel por la puerta de la torre, aullando y gruñendo. Guerreros barbudos en armaduras de color rojo sangre y blandiendo anchas hojas de acero cargaron contra el muro de Retributors. Los guerreros de sangre dieron rienda suelta a su ira con los paladines dorados, que resistieron la embestida con su firme determinación y sus formidables armaduras. La guarnición de la torre de latón nunca se había enfrentado a un enemigo como aquel, liderado por un guerrero que prefería morir a fracasar.

La ira dominaba a Theodrus. La ira y el sentimiento de culpa.

Los recuerdos de su vida anterior a la reforja eran vagos y fugaces. Así les ocurría a algunos, mientras que otros conservaban recuerdos más nítidos y completos. Nadie sabía el porqué ni sentía la necesidad de averiguarlo. Sin embargo, en el calor de la batalla, cuando el corazón se le aceleraba y las palabras de justicia brotaban de sus labios, Theodrus recordaba.

Recordó el templo de la colina. Recordó al viejo y el día en el que llegó renqueando a su pueblo y relatando los horrores. Hasta el templo llegaron jinetes decididos a profanarlo.

Todos eran conscientes de los peligros que acechaban al otro lado de las murallas del pueblo y de la lejanía del templo, pero Theodrus no podía permitir que se perpetrara aquel sacrilegio. En aquel entonces se llamaba Thaed, si bien ahora ese nombre apenas significaba nada para él. Thaed reunió a la mayoría de los guerreros que vivían en el pueblo y salió al galope con destino al templo. Sin embargo, cuando llegó allí lo encontró vacío; no había ni rastro de jinetes. Por el contrario, divisó en el cielo, en la misma dirección inquietante del pueblo, la luz cegadora de una hoguera. El viejo, que no era un anciano, ni siquiera un ser humano, les había engañado. El pueblo, sin guerreros para protegerlo, fue pasto de las llamas, que acabaron con todo, incluso con la familia de Thaed.

Desde entonces, Thaed erró por los bosques, completamente ido, hasta que regresaron los jinetes. No obstante, ya no eran simples jinetes, sino conquistadores, con sus filas engrosadas por monstruos. Thaed no podía hacer nada para impedir que arrasaran las tierras, aun así, les plantó cara y murió empuñando la espada. La luz apareció enseguida, y el recuerdo de su dolor permaneció sepultado hasta que volvió a blandir un arma poseído por la ira.

Mientras luchaba, Theodrus pronunció los nombres de sus parientes y amigos, de todos los hombres, las mujeres y los niños que habían formado parte de su vida. Eso le daba fuerzas; su deseo de venganza era más letal que cualquier espada, más demoledor que un martillo. Los relámpagos estallaban; viles hombres caían y Theodrus lideraba su hueste.

—¡Venganza! —bramó con los ojos empapados en lágrimas de pena y de odio, ocultos bajo las facciones impávidas de su máscara—. ¡Venganza!

Jamás se cobraría la venganza justa, aun así, prosiguió la escabechina.

CAPÍTULO OCHO

DIEZMOS OSCUROS

La batalla era cruenta en la penumbra de los adustos muros de la torre. Ionus se regocijaba mientras luchaba hombro con hombro con los Retributors.

En la primera línea de batalla, la lucha era salvaje y los guerreros sangrientos arremetían imparablemente con sus hachas; el aire vibraba con la vehemencia de su ira mientras hendían la sigmarita forjada por el dios.

De las heridas de los Stormcasts mutilados surgían chorros de color carmesí que embadurnaban sus armaduras doradas. Uno de los guerreros acabó ensartado en una hoja con el filo de sierra y su máscara comenzó a babear la sangre que tosía; otro murió instantáneamente, decapitado, y desapareció en una cegadora explosión de luz un momento después. Intensos destellos iluminaban la penumbra que se extendía a lo largo de la línea de batalla a medida que el infernal frenesí de hachas se cobraba sus inevitables víctimas.

El combate se convirtió en una lucha caótica y brutal de desgaste. Las primeras líneas de ambos bandos se fundieron en cuanto el ímpetu y la fuerza de la carga introdujeron a los combatientes en las filas enemigas y se individualizaron los duelos. Lo cierto es que la línea de ataque de los cuajos de sangre nunca había existido como tal, ya que solo era una masa indisciplinada de asesinos enloquecidos que no dejaban de gritar.

Mientras que guerreros sangrientos luchaban con una ferocidad y un frenesí descontrolados, los Retributors se empleaban con disciplina y determinación. Sus martillos relámpago subían y bajaban con una eficacia implacable, aplastando cabezas y hendiendo las robustas armaduras del enemigo. Los bárbaros insistían en sus acometidas incluso mientras agonizaban, dominados por una ira incontenible, pero los paladines eran meticulosos en su quehacer y golpeaban a sus rivales hasta que los reducían a una masa informe.

Los Retributors recobraron minuciosamente la formación y avanzaron hacia la torre.

—¡A por ellos! —bramó Cryptborn mientras aplastaba a un guerrero sangriento con su martillo relicario—. ¡No os detengáis!

Enarboló su báculo relicario y de él salió disparado un rayo que destruyó a un montón de enemigos.

—¡Todos a una! ¡Todos a una! —gritó Cryptborn al mismo tiempo que un chorro de sangre le rociaba la máscara con forma de calavera. Atisbó fugazmente a Theodrus, que estaba exhortando a los guerreros de su unidad—. ¡Theodrus! ¡Espera! ¡Ordena a tus hombres que esperen!

Entre martillazo y martillazo, Theodrus se volvió al oír su nombre; asintió con la cabeza y se puso a organizar a sus guerreros.

Los paladines de Theodrus formaron lentamente el martillo, una formación ofensiva destinada a atenuar el ataque del oponente plantándole delante una cuña de armaduras de varias filas de grosor, para luego contraatacar con una columna de hombres, estrecha pero extensa. Los Prosecutors que giraban en el cielo y se abatían en picado verían un martillo desde lo alto, de ahí el nombre.

Ionus alzó la vista al recordar a los heraldos.

La unidad de Sturmannon estaba asediando las murallas de la torre. Se lanzaban en picado por el aire, evadían espadas y lanzas y asestaban golpes con sus martillos celestiales. A pesar de su extraordinaria agilidad, no todos los Prosecutors conseguían su propósito y algunos caían del cielo ardiendo como cometas, con las alas llameantes. Unos rayos cegadores ascendían por el aire antes incluso de que los heraldos se estrellaran contra el suelo.

Cryptborn, ceñudo, volvió a concentrarse en la batalla, y sus ojos se cruzaron con los de Theodrus, que brillaban de devoción, puros como dos lagos de aguas cristalinas, pero ardían de venganza. Theodrus alzó el martillo.

—¡Por Sigmar y por Azyr!

Sus guerreros sudorosos y embadurnados de sangre le respondieron con un rugido.

Una figura descomunal se sumó a la batalla. Parecía más una bestia que un ser humano; tenía un cuello muy grueso y unas espaldas anchas. En una mano enorme empuñaba un hacha con el filo mellado de tantos huesos que había partido, mientras que en la otra sostenía un tótem inmenso que palpitaba con luz demoníaca. El icono, con la calavera que representaba a Khorne resplandeciendo en todo su antiesplendor, emanaba un calor infernal. Era el demagogo; el collar de calaveras que le engalanaba el cuello delataba su posición; la armadura carmesí erizada de pinchos… era el enrabietador.

—El consangrador… —dijo entre dientes Ionus Cryptborn.

Era el mismo monstruo de la batalla de las Puertas de Azyr. Entonces proclamó su nombre a su Dios de la Sangre para implorar su favor. Y lo recibió; la ayuda llegó en forma de una espantosa lluvia de sangre y de furia cegadora que arrasó a todo aquel que tocó. Fue la manifestación del reino de Khorne en el mundo real.

—Threx Marcacráneo —dijo Cryptborn.

Marcacráneo quitó de en medio a sus propios guerreros y enterró el hacha en el cuerpo de un Prosecutor que se había abatido desde el cielo para enfrentarse a él.

En el peto de la armadura del heraldo se abrió una profunda grieta teñida de carmesí. El guerrero soltó un grito ahogado y sus manos apresaron el aire crepitante antes de que los martillos cobraran forma. Marcacráneo lo liquidó con un cabezazo brutal y torció el gesto cuando otro rayo de luz ascendió vertiginosamente hacia el cielo.

—¡Matadlo! —espetó Cryptborn, que sabía lo que iba a suceder a continuación mientras se abría paso por la muchedumbre para llegar hasta el consangrador—. ¡Abatidlo!

Un Prosecutor se lanzó en picado hacia el consangrador con la intención de vengar a su camarada, seguido de cerca por otro, ambos blandiendo crepitantes martillos.

El primero murió cuando el consangrador lo agarró por el cuello, pero mientras jadeaba en su agonía, Marcacráneo le arrancó el arco dorado de las alas, que chisporrotearon hasta que su luz se atenuó reducida a un titilante fuego de Santelmo. Marcacráneo le partió el cuello con un terrible giro de muñeca y arrojó el cuerpo sin vida del heraldo como si fuera una lanza contra su camarada, que cayó del cielo.

Marcacráneo también acabó con él; le plantó en el pecho una bota recubierta de tachuelas para inmovilizarlo y de un hachazo en la inexpresiva máscara puso fin a su sufrimiento.

Theodrus y sus paladines habían abierto una senda por las filas enemigas y Ionus la atravesó a la carga.

Las miradas del consagrador y del Lord-Relictor se cruzaron y Marcacráneo sonrió. Sabía que era demasiado tarde para que lo detuvieran y, con un rugido triunfal, clavó el icono de Khorne en la tierra empapada en sangre.

El hedor de sangre fétida inundó el desfiladero y corrompió el aire. Una tormenta de ira desatada por el icono lanzó por los aires a Ionus.

Un puñado de paladines corrieron al auxilio de su Lord-Relictor y una horda de segadores sangrientos khornates invadió el espacio que mediaba entre el consagrador y sus enemigos.

Ionus se levantó del suelo maldiciendo.

—¡Cerrad filas! —bramó con los dientes apretados y mirando con ferocidad al descomunal sacerdote sangriento.

«Tú y yo nos encontraremos pronto», se prometió.

Por el momento, la lucha prosiguió. Los Stormcasts estaban imponiéndose, pero el final de la batalla aún estaba lejos.

Se reanudó la lluvia carmesí y los cuajos de sangre enloquecieron. Los paladines nos tardaron en sufrir las consecuencias, y el funesto rugido de lejanos demonios del reino de la matanza pareció sonar más cercano.

La turbadora corrupción que mancillaba los dominios de Khorne y el arrebato que provocaba en sus seguidores fueron el mero prólogo de lo que vino a continuación…

Comenzó con un trueno, un estrépito ensordecedor procedente de la tierra más que del cielo.

Se alzó una nube de polvo apenas visible en la oscuridad… Y luego apareció un ejército recortado en el negro horizonte. La luz de la luna se reflejaba en las lorigas de sus monturas.

—¿Caballeros? —preguntó entre dientes Theodrus, que se había tomado un breve respiro.

Los dos ejércitos luchaban con ferocidad a su alrededor.

—En ningún caso mortales —respondió Ionus con la voz ronca—. No son caballos, ni sus jinetes son caballeros. Por lo menos no lo son de carne y hueso. Yo... —comenzó a decir antes de sufrir unas violentas convulsiones. Al principio las achacó al icono, que intentaba inundarle el cerebro de odio; pero según se filtraba el frío en sus huesos comprendió que se trataba de otra cosa.

Era algo antiguo, del pasado, del tiempo en el que él era otro.

La torre de latón se difuminó y adquirió la consistencia del humo. Los rostros de sus camaradas Stormcasts se congelaron y se convirtieron en hielo negro.

—¡No, ahora no! ¡No!

A pesar de que se le estaba desgarrando la cabeza, Ionus oyó el estrépito de la carga de los aplastadores y sus monturas hasta que lo rodeó un silencio sepulcral.

Abrió los ojos, aunque no se había dado cuenta de que los había cerrado, y se encontró de pie en medio de un largo pasillo de fría piedra gris. Del techo caía una lluvia incesante y triste de motas de polvo.

La oscuridad reinante, abyecta e impenetrable, apenas permitía a Ionus ver lo que había a su alrededor. Imaginó mausoleos, el suave crujido de madera putrefacta, huesos y tierra fríos como la escarcha invernal.

Conocía el lugar en el que se encontraba, pues había estado allí en otra vida. Eran los Túmulos Profundos, uno de los numerosos inframundos de Shyish, el Reino de la Muerte.

—¿Qué hago aquí? —preguntó hacia la oscuridad.

Su voz resonó como si se burlara de él.

—¡Respóndeme!

—*Se debe el diezmo. Ha de pagarse el diezmo.*

También esas palabras resonaron, tan inquietantes y atemporales como las anteriores.

—*Alma por alma.*

Una inteligencia maligna observaba a Ionus desde la penumbra, si bien él apenas la percibía; únicamente atisbaba una silueta indefinida y dos penetrantes esferas de un siniestro color verde que no atenuaban la oscuridad; más bien todo lo contrario, la absorbían.

—*Has vuelto a desafiarme, Eonid ven Denst* —dijo la voz, que sonaba como el crudo invierno y llena de una sabiduría inabarcable, como la entropía y la lenta restauración del orden. Como la encarnación de la muerte.

—Hace mucho tiempo desde que se me conocía con el nombre de Eonid ven Denst —repuso Ionus con un tono ligeramente desafiante.

Desde la oscuridad llegó un murmullo seco, como el susurro de un millar de cadáveres.

Ionus se dio cuenta de que eran carcajadas. Estaban mofándose de él.

—*Se debe el diezmo. Ha de pagarse el diezmo* —repitió la voz, aunque la tenebrosa figura de su propietario permaneció inmóvil—. *Alma por alma.*

Se produjo un resplandor y apareció una mujer formada por una turbadora luz.

La sombra se inclinó hacia delante desde su trono cuando Ionus gritó y tendió las manos hacia su esposa. Sus dedos recubiertos de sigmarita comenzaron a corroerse y a oxidarse antes de que alcanzara a tocarla. La gracia que Sigmar le había concedido se desvaneció en un abrir y cerrar de ojos.

Fue una cuestión de segundos que Ionus Cryptborn, el Lord-Relictor y el Stormcast Eternal acabaran reducidos a Eonid ven Denst, el Príncipe Amatista.

La representación de la esposa de Ven Denst se retorció de dolor, con la boca abierta, articulando un grito mudo que él solo podía oír en sus recuerdos.

—¡Por favor! —suplicó Ven Denst con las lágrimas estriando su pálido rostro. Por fin sintió a su esposa, pero cuando sus pieles se rozaron suavemente, ella comenzó a marchitarse y a descomponerse—. ¡Por favor…! —Repitió con la voz, en otro tiempo firme y potente, convertida en un sollozo—. Por favor…

Ven Denst se derrumbó sobre las rodillas con las manos llenas de ceniza. Alzó la vista hacia su torturador, pero solo la oscuridad le devolvía la mirada, con un sentimiento muy alejado de la piedad o la compasión.

—Me prometiste que cuidarías de ella… que nos reuniríamos en la muerte.

—*La vida eterna conlleva el sufrimiento eterno. No deberías haberme desafiado. Lo recuerdo todo. Recuerdo los Días del Hueso Destrozado.*

Ven Denst dejó caer la ceniza que aferraba y se puso en pie ante su acusador. Sintió que recobraba las fuerzas. Cerró una mano enguantada que no era la del Príncipe Amatista y apretó los dedos alrededor del martillo relicario. Volvía a ser Ionus Cryptborn.

Lo asaltó un último pensamiento: vio a Vandus postrado de rodillas, asediado por el Caos, y a un oscuro paladín que se cernía sobre él con el hacha preparada. Era la profecía tal como Vandus la había descrito.

—*Se debe el diezmo. Ha de pagarse el diezmo.*

»*Alma por alma.*

—Déjame —espetó Cryptborn. Y repitió voz en grito cuando no recibió respuesta—: ¡Déjame!

Golpeó el suelo con el báculo relicario y un destello incontenible lo cegó.

Ionus, mientras la luz se atenuaba, oyó voces y percibió el olor de sangre, además de un hedor a metal caliente y azufre.

Una unidad de paladines rodeó a Ionus y repelió la carga de una horda de atacantes. Los lideraba Theodrus, convertido en un inquebrantable baluarte de sigmarita en medio de un mar furioso.

—Lord-Relictor… —La máscara no era capaz de disimular la preocupación que rezumaba su voz.

Ionus levantó una mano para indicarle que se encontraba bien.

—¿Dónde están los demonios? —preguntó todavía aturdido, aunque ya poniéndose en pie.

No fue necesario que Theodrus le respondiera, pues en ese momento recibieron la estruendosa carga de los aplastadores.

Una columna de caballería demoníaca penetró como una lanza hasta el corazón de las filas de Stormcasts. Ionus no pudo más que observar cómo la formación de sus hombres se fragmentaba en varias partes. Las bestias que montaban los demonios eran verdaderas monstruosidades. Los guerreros fueron aplastados por las pezuñas de hierro, destripados por los cuernos y desgarrados por los dientes de aquellas deleznables criaturas. Una multitud de rayos resquebrajó la oscuridad.

—¡Aguantad! —bramó Ionus mientras notaba cómo cedía la línea de batalla de sus hombres a medida que caían—. ¡Formad!

Un Retributor espetado comenzó a agitar brazos y piernas. Sus camaradas corrieron a socorrerlo y aporrearon con sus martillos a la montura que lo apresaba, pero el esfuerzo que exigía era descomunal. Además de su extraordinaria fuerza, las bestias demoníacas eran casi inmunes a todo salvo a los ataques más brutales.

Después de tener tan cerca la victoria, los Stormcast Eternals ahora se veían superados y acosados por todos los flancos.

El número de Prosecutors no paraba de descender y ya solo eran capaces de hostigar las primeras filas enemigas. Cualquiera que se acercara demasiado a los aplastadores era abatido, y Ionus ordenó el repliegue de sus fuerzas para que no vendieran tan barata su vida.

La formación del martillo de los paladines se había convertido en un círculo, con todos los guerreros vueltos hacia los incontables enemigos y combatiéndolos. Sigmar los había creado para esa clase de tareas, pero Ionus sabía que las fuerzas de los guerreros de su cámara tenían un límite, y comenzó a reconocer la sabiduría en la decisión de atacar el Portal de la Ira para impedir la entrada de las innumerables huestes del Caos.

—¡Juntos! —gritó de nuevo—. ¡Todos a una, hermanos! ¡Todos a una!

Simultáneamente, Theodrus pronunció los nombres de los camaradas caídos, que arrojó al enemigo como si fueran maldiciones. Tiró a uno de los demonios de piel roja de su montura, le dio una paliza y luego hizo picadillo a la bestia.

Otros guerreros no fueron tan afortunados.

Ionus vio cómo media docena de demonios derribaban a un puñado de Retributors. Algunos murieron troceados por los aceros forjados en el infierno; otros simplemente perecieron por aplastamiento. Ninguno sobrevivió y esa parte de la línea de combate desapareció.

Ionus gruñó para sus adentros. Habían estado ganando y ahora comenzaban a sucumbir. Había perdido de vista a Marcacráneo, pero aún notaba la presencia del consagrador. La lluvia roja le manchaba la armadura y le quitaba todo el lustre. Los truenos volvían a agitar los cielos, pero esta vez eran la voz del Dios de la Sangre, no la del Dios de las Tormentas, y poco a poco hacían mella en su voluntad.

Un puñado de Stormcasts, con Theodrus entre ellos, corrieron hacia las filas de la retaguardia perseguidos por una impresionante bestia demoníaca y su jinete. El monstruo lanzaba dentelladas a un lado y a otro y arrancaba brazos y piernas a los guerreros.

Solo Ionus le plantó cara cuando se levantó sobre las patas traseras. La bestia volvió a ponerse a cuatro patas y la mera fuerza del golpe de sus pezuñas contra el suelo estuvo a punto de lanzar por el aire al Lord-Relictor, pero Ionus a duras penas logró mantenerse en su sitio y repeler un golpe brutal con el mango de su martillo relicario. Sus hombros se sacudieron dolorosamente y él apretó los dientes bajo la máscara con forma de calavera.

A continuación, invocó la tormenta y arrojó un proyectil de luz contra la bestia. Unos terribles tentáculos de crepitante magia celestial recorrieron la piel metálica del monstruo, pero no hicieron más que encolerizarlo.

El jinete lanzó otra acometida. Ionus volvió a detener el ataque con el martillo y contraatacó con un golpe dirigido a la pata delantera de la bestia. Esta vez, para alivio suyo, el Lord-Relictor vio que la armadura del monstruo se agrietaba y que de su herida escapaba el icor de su esencia.

La enardecida bestia pateó el suelo, bufó y trató de embestir a Ionus, pero otro paladín se interpuso en su camino y se llevó el golpe. Ionus se acercó rápidamente, lo que hizo más difícil que el monstruo lo viera. El jinete gruñó y aulló sobre su montura mientras bregaba con ella para no irse al suelo.

Ionus arremetió de nuevo contra la pata delantera de su oponente. Esta vez la loriga se partió y comenzó a manar a borbotones una sangre viscosa mientras la demoníaca montura chillaba de dolor. Un tercer golpe derribó bruscamente a la bestia. El jinete voló por el aire y aterrizó a los pies de Theodrus, que lo hizo puré con el martillo.

Entretanto, Ionus hundió hasta el fondo el báculo relicario en el ojo de la bestia. Invocó de nuevo la tormenta y desde el cielo enrojecido cayó un rayo. Ya no había loriga que protegiera a la montura, así que a la bendita ira de Sigmar la hendió.

—Estamos perdiendo, Lord-Relictor —masculló sin aliento Theodrus.

Los segadores y los guerreros sangrientos estaban ávidos de sangre y luchaban con un frenesí arrollador. Ahora que la torre había revelado cuál era la verdadera guarnición que albergaba, entre sus nutridas filas había khorgoraths y bestias aún más grandes.

—No te dejes vencer por la desesperación, Theodrus —dijo Ionus.

Pero el Lord-Relictor sabía, mientras la lluvia de sangre teñía de rojo infernal a los Stormcasts, que no aguantarían mucho más. Sentía que la presencia de la torre le absorbía la fuerza a medida que caían Stormcasts a manos de los ejércitos del Dios de la Sangre.

Desde la vil torre se extendió una sombra alargada sobre las huestes de khornates, como si su dios hubiera puesto los ojos en ellos y les concediera su gracia.

Ionus miró primero la torre y luego al enemigo, y vio una oportunidad al alcance de la mano.

—Alabado sea Sigmar... —musitó antes de hablar a sus hermanos—. Theodrus, resiste todo lo que puedas. Intenta mantenerlos entretenidos.

El Lord-Relictor abandonó la línea de batalla y sus hombres cerraron el hueco que había dejado mientras él se adentraba en la masa cada vez más diezmada de Stormcasts. Los paladines formaron un círculo en torno a él, dejándole el espacio necesario para sus oraciones.

Ionus se arrodilló y, con el báculo relicario sujeto con ambas manos, imploró al Señor de las Tormentas. Su voz apenas se distinguía en medio del tumulto, pero puso todas sus fuerzas para que se elevara por encima de él. Invocó de nuevo a Sigmar y cerró su mente a las despiadadas imprecaciones que trataban de crisparle los nervios.

Apretó con más fuerza el báculo y se aisló del fragor de la batalla que lo envolvía.

—Mi señor Sigmar, escúchame por favor... —suplicó—. Envía tus relámpagos y conviérteme en su recipiente.

Un estruendo grave desgarró el cielo. Esta vez no eran los gritos apagados de los demonios, sino la voz superior de un Rey Dios encolerizado. Todo comenzó lentamente, con un lejano destello que escindió las nubes carmesíes y la aparición de un viento que purificó el aire.

Ionus rezó con más fervor, con los dedos tan apretados al báculo que empezó a sentir un dolor abrasador en los nudillos de las manos.

—Sigmar... —imploró con voz ronca, y notó otra presencia en el hombro, aunque esta vez le insuflaba fuerzas—. ¡Sigmar!

Una columna de centelleantes relámpagos irrumpió en el cielo, tan pura y brillante que ningún siervo del Caos soportó su visión. Los agonizantes demonios comenzaron a aullar de dolor mientras sus seguidores mortales se tapaban los ojos. La columna se estrelló contra el suelo, a los pies de la torre, y carbonizó la tierra. Ni siquiera el relámpago arrojado por un dios podía destruir por completo el monumento de Khorne, pero Ionus había identificado su punto débil. El suelo se resquebrajó al recibir el impacto del relámpago y comenzó a abrirse.

Se oyó un estrépito funesto procedente de la torre: el latón chillaba mientras cedía a su propio peso y se inclinaba irremediablemente hacia la sima que se había formado junto a ella. Theodrus y los Retributors que se habían abierto paso por la muchedumbre de enemigos aprovecharon la oportunidad y la emprendieron a martillazos con la base de la torre.

Todavía cegada por el relámpago del dios, la hueste de Khorne no reaccionó a tiempo y la torre se derrumbó sobre ellos.

Una inmensa columna de humo y escombros ascendió por el cielo y un estruendo ensordecedor de metal retorciéndose resonó por todo el campo de batalla. De un solo golpe, Ionus había dado la vuelta a la lucha. Las piedras malditas de la torre aplastaron los cuerpos de mortales y demonios indiscriminadamente e hicieron añicos sus extremidades. El repugnante tufo a azufre saturó el aire a medida que los aplastadores se desvanecían, pero lo que más se alargó fueron los chillidos de los cuajos de sangre. Los que quedaban contemplaron horrorizados los restos de su hueste y la magia del sacerdote de la tormenta que había derribado la torre.

Ionus, con los vítores de los Stormcasts resonando en sus oídos, dio la orden de atacar con un rugido atronador.

La situación había dado un vuelco. Incluso la siniestra lluvia había amainado en presencia de la fría luz crepuscular que precedía al amanecer y se filtraba a través del velo rubicundo de las nubes que habían asediado a los elegidos de Sigmar.

Los Retributors cargaron contra los supervivientes enemigos y aporrearon lo que quedaba de la torre con sus martillos hasta que la redujeron a escombros y polvo.

Los demonios que quedaban siguieron luchando hasta que incluso su vil señor los abandonó y volvió a disolverse en la sangre de los caídos. La mayoría de sus seguidores mortales, cuyo deseo de vivir era mayor que el de luchar y morir por Khorne, huyeron.

Al cabo de un par de horas no quedaba nadie a quien derrotar y la batalla concluyó. Si bien se había pagado un precio muy alto por la victoria, pues casi la mitad de los hombres de Cryptborn habían caído.

Ionus no encontró ninguna prueba de que Threx Marcacráneo siguiera vivo, y cuando Theodrus acudió junto a él, todavía seguía buscando entre los escombros y los cadáveres.

—Esta noche he presenciado el milagro —dijo el Retributor-Prime, arrodillándose con humildad ante su Lord-Relictor.

Ionus miró a su alrededor y reparó en que todos los guerreros se habían postrado en señal de respeto. Incluso los Prosecutors habían inclinado reverencialmente la cabeza con una rodilla hincada en el suelo.

—La victoria es de todos —afirmó Ionus, alzando la voz para que todo el mundo lo oyera—. Hemos evitado un gran mal. Sin embargo, no puede decirse que nuestra misión haya terminado y aún tendré que exigiros un gran esfuerzo.

—Hablo en el nombre de la cámara cuando os aseguro que os seguiremos adonde vayáis, mi señor —dijo con vehemencia Theodrus—. Como si es al Reino del Caos y volver.

Ionus posó una mano en el hombro del paladín en señal de camaradería.

—Es una posibilidad. No vamos a atacar más torres. Nos dirigiremos al norte. Ahora, levantaos.

La cámara al completo se puso en pie acompañada por el tintineo de las armaduras de sigmarita.

—¿Noreste? —preguntó Theodrus.

Ionus reparó en la incredulidad que revelaba el tono de su voz.

—Nos uniremos a Vandus y marcharemos con él hacia el Portal de la Ira. Nuestros hermanos no estarán solos cuando se enfrenten a Korghos Khul.

Los Retributors asintieron todos a una. Ionus sabía que les había dolido abandonar al Lord-Celestant.

Esa era la voluntad de Sigmar, reflexionó Ionus, pero oyó otra voz en los márgenes de su conciencia, la de alguien con quien tenía una deuda y que estaba decidido a cobrarla, una criatura tan antigua y poderosa que no se rendiría hasta que consiguiera su objetivo.

CAPÍTULO NUEVE

LA IRA DESATADA

Vandus contempló la cenicienta península del Azufre desde la cima de la colina. A lo lejos distinguió los estandartes del Lord-Celestant Jactos Goldenmane, que se dirigía hacia el oeste.

Por encima de ellos se alzaba la monolítica Pirámide Roja de Korghos Khul. A su sombra se encontraba el mismísimo Portal de la Ira. No era más que un vasto patio de piedra, pero estaba atestado de guerreros.

—Dos flancos, mi señor —dijo Dacanthos—. Acorralaremos a la Marea de Sangre y los aplastaremos.

En la reunión que habían celebrado los Lord-Celestants a la sombra del risco Volatus se había trazado un plan: Jactos atacaría desde el oeste y Vandus desde el este una de las torres de latón de Khul. Los dos ejércitos evitaban la confrontación con la guarnición de la fortaleza, pues las cruentas batallas que habían librado con las partidas de guerra que todavía preponderaban en la península del Azufre los obligaron a separarse más de lo que le habría gustado a Vandus. Aun así, el plan todavía podía salir bien.

Las hordas de Khul, su Marea de Sangre y el resto de las partidas de guerra secundarias que le habían jurado lealtad destacaban por su desorganización. Habían respondido a la incursión de los guerreros de Sigmar con violencia, pero sin una estrategia clara, con ataques a las numerosas Hermandades del Trueno que penetraban en la península del Azufre. Eso había dejado vulnerable la fortaleza de Khul, así como el Portal de la Ira.

Vandus se proponía aprovechar la falta de previsión del señor de la guerra. Él y Jactos asaltarían juntos la fortaleza y destruirían el portal del reino. Privadas de refuerzos, las fuerzas de Khul acusarían aún más el golpe.

El plan era sólido, pero Vandus no se fiaba. En el momento de dividirse las cámaras, le había parecido que Jactos estaba demasiado ansioso por entrar en la batalla a pesar de que sus guerreros habían estado al borde de la aniquilación.

—Es demasiado ambicioso —dijo Vandus para sí con los ojos entornados.

—Lord Goldenmane sabrá refrenarlos.

—No lo creo.

Vandus maldijo entre dientes el ímpetu de Jactos, recogió *Heldensen* de donde yacía y fue hasta donde su cámara de guerreros lo esperaba abajo.

—Al parecer, nuestros camaradas de los Hammers de Sigmar tienen prisa —declaró en voz alta dirigiéndose a sus hombres—. ¿Quién de vosotros cree que podemos seguir su ritmo?

—¡Yo! —gritaron al unísono todos los Stormcasts.

—Eso pensaba yo —respondió Vandus, ocultando la irritación que le causaba la actitud de Jactos y decidido a alcanzar cuanto antes a los Goldenmanes—. ¡En marcha! ¡Directos a la gloria!

Laudus Skythunder transmitió con el cuerno la orden de iniciar la marcha. Vandus se tomó un momento para observar la Pirámide Roja.

—En este preciso momento está allí —le dijo a Calanax, que esperaba a su señor no muy lejos de él, rezumando ira por todos los poros de su piel—. El reinado de Khul debe acabar —aseveró Vandus mientras recordaba la profecía que anunciaba su muerte—. Y seré yo quien termine con él.

En el patio resonaba el chirrido de un hacha que estaba siendo afilada.

Khul estaba solo, sentado en un trono, con las piernas separadas y con el cráneo de un orruk sujeto entre los pies. El hueso de la salvaje criatura, duro como el acero, era una fantástica piedra de afilar. Sin embargo, la tarea era innecesaria, puesto que el hacha khornate nunca se desafilaba. Era tan afilada y la brujería negra que impregnaba la hoja era tan potente que podía hender hasta la misma estructura de la realidad.

Mientras frotaba el filo contra el cráneo del orruk, Khul paseó la mirada por los harapientos estandartes que colgaban a su alrededor y los numerosos trofeos que había conquistado. Nada ni nadie, ningún rey ni rival, había podido desviarlo de su camino.

—¿Acaso no me comporté con honor? —preguntó a los retornados de sus enemigos, muertos mucho tiempo atrás—. ¿Acaso no os derrotó el oponente más fuerte?

Había salido victorioso de todas las batallas, si bien no siempre lo había hecho de acuerdo con su retorcido sentido del orgullo marcial. A veces, sus ansias de gloria lo habían obligado a perpetrar actos no del todo honorables. Eso lo carcomía un poco, aunque podía asegurar que todos sus rivales habían aceptado sin temor y sin dudarlo sus desafíos. Y habían sido muchos. Nunca había sufrido una derrota. Sin embargo, ahora era diferente. A pesar del regocijo que le producía enfrentarse con oponentes tan dignos, tenía la sensación de que los guerreros dorados amenazaban su supremacía. Sin duda, el hecho de que los liderara Vendell Puñonegro era una señal de Khorne. Khul estaba convencido de que no era una casualidad.

—El destino te ha traído a mis dominios —dijo, lanzando una mirada a los cráneos apilados en torno a él. Estos, los restos de indignos, débiles y cobardes, lo miraban con las cuencas de los ojos vacías. En la Pirámide Roja no había sitio para ellos, pues Khul no podía insultar a su señor con unas ofrendas tan deshonrosas. No. Solo reyes y señores eran dignos de ello, y todos los de estas tierras ya habían muerto. Khul los había matado. Salvo Vendell Puñonegro, un inmortal que coronaría su gloriosa obra y le garantizaría la ascensión al reino de los demonios.

Cerró la mano alrededor del cráneo del orruk y lo hizo añicos; dejó caer los restos. Se levantó del trono y arrancó uno a uno los estandartes de sus soportes.

—¡Nada! —bramó mientras pisoteaba los trofeos.

A los pies del trono, Faucesgrises se revolvió ligeramente sin despertar del todo de su profundo sueño.

Khul estaba furioso. Sabía que los aplastadores habían fracasado, que Threx había sido derrotado y que una de las torres había caído. Lo sentía en la sangre, por cómo le bullía y por el dolor que le infligía Khorne. Las cadenas que mantenían cerrado el Portal de la Ira estaban tensándose y retorciéndose, y Khul oía los gritos con los que pedían que las soltaran.

Dirigió la mirada más allá de los límites de su guarida, hacia donde sabía que estaba observándolo su presa.

—Pronto, Vendell Puñonegro —prometió Khul, sin apenas prestar atención a la nutrida hueste que estaba congregándose y aguardaba sus órdenes—. Tú y yo, a vida o muerte.

Ya se disponía a darse la vuelta cuando algo más le llamó la atención en el horizonte: un ejército, lejano pero inconfundible.

—No vienes tú, Puñonegro… —dijo entre dientes Khul, y sonrió—. El muy cobarde envía a otro para que libre la batalla por él. —Se encogió de hombros, riendo—. Pues que corra la sangre.

Una neblina impregnada de sangre se elevó del suelo y envolvió a Jactos y sus guerreros. Aunque no era lo suficientemente densa para impedirles ver, sí resultaba bastante desconcertante; se adhería a las armaduras de los Stormcasts, les quitaba el lustre y les obstruía las articulaciones.

—Esta armadura me pesa como si fuera de plomo —rezongó el Lord-Castellant Neros mientras trataba de despegársela del cuerpo.

Jactos también notaba el peso sobrenatural de la sangre, pero no dijo nada. Mantuvo la mirada fija al frente.

Habían librado cruentas batallas y se habían enfrentado con interminables hordas hasta conseguir penetrar en los dominios de Khul, y las intensas luchas habían separado a los Hammerhands y a los Goldenmanes, hasta el punto de que los había obligado a seguir caminos distintos. Jactos se alegraba de ello para sus adentros, aunque nunca se lo habría confesado a nadie. Prefería que fuera así, sin otra cámara de guerreros ni huestormenta que interfiriera en sus asuntos. Estaba decidido a enfrentarse con el señor de la guerra antes que Vandus. Aunque le hería el orgullo admitirlo, lo cierto era que había fracasado en el risco Volatus. Ahora enmendaría su error y le demostraría a Sigmar que era digno de su gloria.

Sonrió cuando vislumbró la pirámide entre la niebla; apenas visible pero inconfundible. Sin embargo, no estaba sola. Unos grandes menhires esculpidos para representar demonios marcaban la entrada en los dominios de Khul. Los obeliscos de piedra eran enormes y se alzaban por encima de la neblina carmesí. Las retorcidas facciones de sus caras expresaban furia e ira irrefrenable. Rezumaban, como la transpiración de un hombre, una necesidad imperiosa de matar, y empuñaban látigos, mazas y hachas.

—Sedientos de sangre… —masculló Neros al reconocer a los espantosos demonios tallados en piedra.

Si estas eran las bestias que protegían los dominios de Khul, la tarea que tenían por delante los Stormcast Eternals podría calificarse de verdadera hazaña. Incluso para las otras huestormentas, como los Anvils de Heldenhammer y los Lions de Sigmar, los sedientos de sangre representaban una amenaza.

Su visión no hizo mella en el entusiasmo de Jactos.

—Valor, hermanos —dijo, señalando con su espada rúnica la guarida que se alzaba al otro lado de los menhires—. Nuestra presa está cerca.

Neros sopesó la alabarda mientras arrojaba ante sí la luz de su farol protector.

—No es lo único que está cerca, mi señor.

Las hordas de cuajos de sangre surgieron rápidamente de la niebla, como no podía ser de otra manera con estas criaturas omnipresentes en esta tierra estéril. Sus gritos de guerra desgarraron el aire. Esta vez no se trataba de una emboscada, sino de una batalla campal.

—Después de todo, parece ser que Khul no ha dejado desprotegidas sus fronteras —dijo Jactos mientras sacaba el martillo.

La gloria lo llamaba, pero antes tendría que despachar a aquellas bestias inmundas.

—¡Stormcasts! —bramó—. ¡A las armas!

Lejos de allí, otros guerreros lucharon con el mismo fervor y la misma convicción.

Vandus y su cámara jamás permitirían que los Goldenmanes los superaran.

Una horda de guerreros cargó hacia ellos por la llanura cenicienta levantando nubes de polvo y de ceniza.

Los Hammerhands los recibieron desplegados en apretadas filas, con los Liberators en primera fila, con los escudos levantados, y los Judicators detrás de ellos. Malactus levantó el brazo para dar el alto a su unidad.

Todos los guerreros pertrechados con un arco de rayos apuntaron con él al cielo.

—¡Fuego!

La tronante voz de Malactus llegó incluso a los hombres de las tribus que corrían en tropel por la llanura, embadurnados de sangre. Algunos vacilaron al oírla, pues se preguntaron qué presagiaría. Recibieron una respuesta inmediata en la forma de proyectiles relampagueantes disparados por los arcos de rayos.

Cayeron hombres a montones, abatidos por la precisión de los Judicators. Los segadores sangrientos, dominados por su sed de sangre y el impulso de la carga, tropezaron con los cadáveres de sus compañeros y se fueron al suelo. Guerreros sangrientos enfundados de pies a cabeza en armaduras se derrumbaron con proyectiles hundidos en la garganta o en las cuencas oculares. La línea de batalla de los cuajos de sangre, o lo que quiera que fuera aquello, se fragmentó y se dispersó. Los Liberators no lo dudaron y los embistieron con los escudos; los apartaron a golpes y los pisotearon. Todo aquel que sobrevivía al paso de los Liberators era inmediatamente liquidado por los martillos y las espadas.

La matanza fue rápida, pero no por ello menos dolorosa para los cuajos de sangre.

Vandus había luchado en el corazón de la batalla mientras Calanax se quedaba atrás con sus unidades, y le había sentado bien formar parte integral de la hermandad.

No obstante, Vandus se desanimó cuando vio lo lejos que había llegado Jactos. El Lord-Celestant se hallaba en medio de la lejana muchedumbre que se extendía ante sus ojos.

Decanthos se acercó a él en la vanguardia.

—Están acercándose a la Pirámide Roja.

Vandus asintió, y su voz delató el gesto ceñudo que escondía bajo la máscara.

—Más rápidamente que nosotros. A este paso, nuestras cámaras nunca entrarán en los dominios de Khul al mismo tiempo que ellos.

Las gigantescas estatuas del Caos que conducían a la guarida de Khul parecieron burlarse de ellos. Cada una de ellas representaba a uno de los principales demonios de Khorne y todas juntas componían un siniestro panteón de sedientos de sangre. Vandus se fijó en una que blandía un par de hachas en sus ajironadas alas. Otra tenía un látigo enrollado a la muñeca. Y una tercera sujetaba un hacha de dos hojas.

La Pirámide Roja se alzaba por encima de todas ellas y, frente a ella, se encontraba el Portal de la Ira. El arco de su entrada apenas se diferenciaba del que habían tomado en el delta Ígneo, si bien este estaba corrompido por la oscuridad: era una puerta al Reino del Caos. Bajo el control de Khul, sus hordas serían imparables.

—Deberíamos darnos prisa —dijo Decanthos—, y rezar para que estas viles criaturas no estén también al servicio de Korghos Khul.

Estandartes y tótems se agitaban en el horizonte. Nuevas hordas de cuajos de sangre aparecieron ávidas de pelea. Las tierras de la península del Azufre estaban infestadas de ellas.

Vandus llamó con un grito a su dracoth y Calanax acudió corriendo. Se montó en la bestia y se volvió hacia el Liberator-Prime.

—La Puerta de Azyr solo fue un preludio en comparación con esto, Decanthos. —Al ver que los demás se había reunido en torno a él y estaban escuchándole, Vandus alzó la voz para dirigirse a ellos—. Nos encontramos frente a la puerta del infierno. Habéis de saber que para esto nos forjaron. Ahora se nos presenta la oportunidad de enviar de vuelta al lugar de donde ha salido al mal que ha arrasado estas tierras y se ha apoderado de ellas. Me enfrentaré al Caos con decisión y no me dejaré amedrentar por el demonio. ¡Lucharé y proclamaré que soy un Stormcast Eternal, un elegido de Sigmar! ¡Proclamaréis lo mismo que yo!

La ensordecedora respuesta afirmativa de los guerreros ahogó los gritos de guerra de los todavía lejanos hombres de las tribus y los hizo enmudecer.

—¡Por Azyr! —bramó Vandus.

—¡Por Azyr! —respondieron al unísono los guerreros.

—¡Acabad con ellos!

Los enemigos eran infinitos.

Centenares de segadores sangrientos, demonios y monstruos perecieron bajo los martillos de sigmarita y, aun así, seguían llegando más, en una marea imparable e incesante.

Jactos y sus guerreros habían dejado atrás a los ceñudos guardines de piedra y se habían adentrado en la guarida de Khul. Vandus había avanzado mucho, pero serían los Goldenmanes y no los Hammerhands quienes ofrecerían esta victoria a Sigmar.

Apenas quedaban cerca de un centenar de sus bravos Stormcasts. Los destellos azules que se producían tras la muerte de uno de ellos y su regreso a Azyr se volvieron cada vez más frecuentes.

Había perdido de vista a Neros, de quien se había separado en la última carga, aunque todavía le parecía oír los estridentes gritos de desafío de su Lord Castellant. No obstante, sus seguidores más cercanos, los paladines y un puñado de magullados Liberators, se mantenían a su lado. Su determinación se conservaba inquebrantable y luchaban sin miedo, demostrando una entereza inimaginable en hombres inferiores.

Sin embargo, a diferencia de lo que ocurría con los siervos de Khorne, el número de Stormcasts era limitado, y, por mucho que le doliera reconocerlo, Jactos era consciente de que sus filas menguaban irremediablemente.

Los Goldenmanes, asediados desde todos los flancos por inmensos khorgoraths, monstruosos engendros del infierno y mortales cuajos de sangre, se encontraban en una situación apurada cuando Jactos por fin alcanzó la base de la Pirámide Roja.

Su intención inicial había sido llegar al Portal de la Ira, enfrentarse y derrotar a Khul en su mismo umbral y ganarse así la gloria eterna de Sigmar. Sin embargo, las hordas enemigas lo habían empujado hacia allí, y aunque apenas unos pasos lo separaban de la puerta, el camino hasta ella estaba plagado de enemigos. Solo cuando distinguió la figura que descendía de la Pirámide Roja comprendió por qué lo habían empujado hasta allí.

Destripó a un khorgorath de un tajo con la espada rúnica y el monstruo cayó al suelo caliente mientras el humo de su sangre ascendía por el aire fétido.

—¡Conmigo, Liberators! —bramó—. ¡Conmigo, Retributors!

Esta vez el cuerno de su heraldo no transmitió la orden de recuperar la formación. Ulius Stormcry había caído.

Aun así, Jactos siguió luchando como si hubiera oído el cuerno y se plantó ante la criatura que identificó como Korghos Khul.

Un ser brutal, envuelto en una armadura del color de la sangre y con la mitad del rostro oculto bajo un yelmo con forma de calavera descendía a grandes zancadas de la Pirámide Roja. Un sonido de huesos pulverizados, de cráneos partidos y de dientes que salían disparados acompañaba cada uno de sus pesados pasos. Khul no parecía haber advertido su presencia, pero entonces sus ojos se posaron en el Lord-Celestant y se entrecerraron.

Un monstruoso sabueso de piel roja, con un collar de latón y una encrespada cresta de pellejo en el cuello, merodeaba entre sus pies. Khul lo agarró del pescuezo y el sabueso gruñó con un odio desbordante hacia los Stormcasts.

—Faucesgrises huele el miedo —dijo el señor de la guerra mientras bajaba tranquilamente de la pirámide y se detenía frente a Jactos. Su mano recubierta por un guantelete aferraba un hacha de dos hojas que rezumaba un poder letal. Khul resopló—. Ya pareces derrotado.

Jactos no se dejó intimidar y apuntó con la espada rúnica al señor de la guerra.

—¡Será tu cabeza, no la de mi señor Hammerhand, la que adorne tu Pirámide Roja! —declaró—. ¡Y luego contemplaré cómo se descompone en trozos de hueso y en ceniza!

—Ah… —repuso Khul—. Así que has venido a salvar a Puñonegro de mi hacha. Un acto valiente, pero equivocado. Has de entender, mocoso —añadió, sopesando con ambas manos el hacha mientras avanzaba—, que las profecías no siempre son exactas.

Los seguidores de los dos paladines, como si presintieran lo que estaba a punto de suceder, retrocedieron para dejarlos a solas y formaron un círculo en torno a ellos.

Khul soltó un rugido y dio un salto hacia Jactos. El combate había comenzado.

Neros divisó por fin a Jactos a través de la refriega y vio que su Lord-Celestant estaba rodeado.

—Está enfrentándose al Señor de Khorne —farfulló, sin posibilidad de intervenir.

Incluso desde la distancia el duelo resultaba aterrador. La mera agresividad de Khul y su aparente fuerza suponían una dura prueba para cualquier Stormcast, pero Jactos sorteaba y repelía con destreza todos sus ataques y los respondía con velocidad y contundencia. Khul recibió un martillazo demoledor en el pecho y cayó de espaldas.

Jactos estaba ganando… Pero Neros no se hacía ilusiones. Habría dado lo que fuera por estar al lado de su Lord-Celestant. Sin embargo, mientras luchaba codo con codo con sus camaradas contra la marea de enemigos, lo único que podía hacer el Lord-Castellant era observar.

Junto a Jactos luchaban un puñado de guerreros cuyo número descendía rápidamente, y ya solo quedaban unos pocos de los Liberators y Retributors que se habían escindido del grupo principal de Neros. A pesar de que luchaban como los héroes en los que Sigmar los había reforjado, no eran inmunes a los ataques del enemigo.

Cayó un Liberator con el escudo y la armadura partidos por la mitad. Otro paladín machacó la cabeza de un khorgorath, pero inmediatamente recibió una docena de hachazos. La batalla se había convertido en una lucha de desgaste que los Stormcasts estaban destinados a perder.

Cuando vio morir al último de sus hombres, Jactos supo que estaba luchando solo. Su mundo se redujo al sanguinario señor de la guerra que miraban fijamente sus ojos a través de las rendijas del yelmo y que intentaba matarlo y a la porción de tierra en la que se desarrollaba el duelo.

Se apartó cuando vio acercarse el hacha y saltaron chispas de su armadura de sigmarita. Contraatacó con un golpe que Khul evadió a duras penas y recibió un puñetazo brutal que le hizo ver las estrellas. Todavía con el golpe resonando en sus oídos, propinó una patada en el vientre al señor de la guerra, que cayó despatarrado al suelo. Pero Khul se recuperó rápidamente y volvió a estar en pie antes de que Jactos pudiera asestarle el golpe definitivo y decapitarlo. La hoja rúnica impactó en el hacha de Khorne y sonó el chirrido discordante de la sigmarita contra el metal demoníaco.

Con el martillo, Jactos golpeó la armadura de Khul y le abrió una grieta en la hombrera. El señor de la guerra cayó de rodillas al suelo. De la brecha comenzó a manar sangre y Khul gritó de dolor al mismo tiempo que se abalanzaba sobre el Lord-Celestant.

—Nunca vencerás —espetó Jactos con tono desafiante a pesar de que estaba rodeado—. Sigmar liberará los Reinos Mortales de la tiranía.

Khul se puso en pie riendo y escupió un pegote de sangre.

—Mira a tu alrededor, idiota. La batalla ha terminado.

A pesar de que los seguidores de Khul podrían haber aplastado a Jactos en cuestión de segundos, el señor de la guerra los obligaba a mantenerse al margen para poder enfrentarse con él en solitario. Incluso el sabueso permanecía aparte. El enfrentamiento se había convertido en un duelo regido por un retorcido sentido del honor, y Jactos era consciente de que probablemente no saldría vivo de él aunque derrotara a Khul.

«Entonces regresaré, reforjado, para cumplir mi venganza», juró para sus adentros.

—Te equivocas —respondió a Khul—. ¡No ha hecho más que empezar!

Jactos le asestó una rápida sucesión de golpes con la espada y el martillo. Khul, que aún blandía su atroz hacha con las dos manos, utilizó el mango como si fuera el asta de un arma para bloquear las acometidas del Lord-Celestant con una velocidad y una destreza sorprendentes.

El poder de Sigmar corría por las venas de Jactos y ningún tirano khornate podía aspirar a igualarlo. Los malnacidos de los cuajos de sangre llevaban demasiado tiempo luchando con hombres de las tribus que iban por su cuenta y acosando a esclavos; nunca se habían enfrentado con unos guerreros como los Stormcasts.

—¡Ha llegado tu hora! —espetó Jactos, aporreando el hacha con la que se defendía Khul mientras este retrocedía.

Jactos desvió hábilmente con el mango del martillo una brutal acometida del señor de la guerra. El Lord-Celestant contraatacó con la espada rúnica y la hundió en el muslo de su oponente.

—No es tan fácil matar a un verdadero guerrero, ¿eh, bravucón?

Khul sacudió la cabeza y la herida en la pierna hizo que se tambaleara.

—Deberías reconocerlo cuando te derrotan —declaró Jactos, deleitándose con el momento. Descargó el martillo y la espada sobre el señor de la guerra y lo obligó a arrodillarse de nuevo mientras intentaba defenderse a la desesperada.

Jactos debería haber asestado el golpe de gracia a su rival, pero optó por derribarlo de una patada. Como la mayoría de los Stormcasts, él también recordaba fragmentos de su pasado, de la persona que había sido y de la vida que había tenido. Esos recuerdos afloraban sobre todo en plena lucha, y la cabeza de Jactos se inundó de imágenes de su pueblo arrasado y de los sonrientes bárbaros que habían torturado y acosado a su familia.

Ahora tenía la oportunidad de reparar el agravio e infligir el mismo castigo que habían sufrido él y los suyos.

Jactos bloqueó con facilidad otro golpe temerario de Khul mientras se preparaba para acabar con él.

—Voy a demostrar que tu profecía era falsa, señor de la guerra —declaró—. He salvado a Vandus Hammerhand y he frustrado tu plan.

El martillo de guerra trazó un arco en el cielo, pero Khul lo paró en seco y, con un golpe brutal, le partió la muñeca al Lord-Celestant y arrojó el martillo lejos de allí.

Jactos intentó contraatacar con su espada rúnica, pero Khul reaccionó con una velocidad sobrenatural y le asestó un codazo en el codo. Un antebrazo dorado, con la mano todavía empuñando la espada, cayó delante de Jactos, que no acertaba a comprender qué acababa de ocurrir exactamente. Incapaz de dejar de mirar la extremidad mutilada, el guantelete de hierro de Khul se cerró en torno a su garganta.

—Te contaré una cosa sobre las profecías —dijo el señor de la guerra sin prestar atención a los jadeos del Lord-Celestant—. El observador ve lo que quiere ver, lo que cree firmemente que es la verdad. No necesito el cráneo de Vendell Puñonegro para coronar mi ascensión. El tuyo también me servirá.

Khul aflojó la mano alrededor del cuello de Jactos y le asestó un hachazo. Neros lanzó un grito cuando vio caer el cuerpo del Lord-Celestant con la cabeza separada de sus nobles hombros de un limpio corte. Su angustia se tornó consternación cuando no se produjo el rayo destellante que señalaba su regreso a los cielos. No habría resurrección.

—Ha muerto... —musitó el Lord-Castellant con incredulidad.

Era un final honorable, pero definitivo. Una muerte sin esperanza.

Neros siguió luchando y bramando órdenes, animando a sus guerreros para que no se rindieran. Cuando oyó los toques de trompeta de Laudus Skythunder recuperó el ánimo y encontró una fuerza que ignoraba que poseía.

—¡Seguid luchando! —exclamó con un rugido—. ¡Hasta que derraméis la última gota de sangre, hermanos! ¡Los Hammerhands han llegado! ¡Los Hammerhands han llegado!

Khul, ajeno a la batalla que estaba teniendo lugar, se agachó para recoger del suelo la cabeza del inmortal. El descomunal golpe había partido el yelmo del guerrero y Khul reparó en las facciones de su víctima, contraídas en un gesto de terror y de confusión.

—Chusma arrogante —dijo entre dientes—. Creías que ibas a derrotarme.

El hacha había hecho un corte superficial en la realidad. A pesar de que se cerró rápidamente, Khul alcanzó a atisbar en su interior el reino que se extendía más allá, el reino de su amo al que con tantas ansias deseaba ascender. Pero eso no fue todo. Una sombra apenas discernible y un grito casi inaudible persistían en el lugar donde había estado el guerrero justo antes de morir. El hacha había hendido su alma de la misma manera que le había escindido el cuerpo, y por lo tanto había cortado el nexo que unía Aqshy con los cielos en los que había sido forjado.

—Estás condenado al horror para la eternidad —le susurró tranquilamente a la sombra de Jactos Goldenmane mientras se disolvía para entrar en el Reino del Caos.

Khul se irguió de nuevo y se echó el hacha sobre el hombro mientras daba media vuelta y trepaba por la Pirámide Roja. En la mano llevaba un cráneo; el que le faltaba para lograr la ascensión.

CAPÍTULO DIEZ

ARRECIA LA TORMENTA

Cuando los Hammerhands llegaron a la posición de Neros, los Goldenmanes habían comenzado a retroceder y solo la oportuna llegada de la otra cámara evitó su destrucción. Estaban rodeados por hordas de khorgoraths, que los decapitaban uno tras otro mientras sobre la batalla rugía una tormenta eléctrica desatada por las almas de los Stormcast Eternals caídos.

Vandus cargó contra las frenéticas filas de bestias a lomos de Calanax, bramando los nombres de Sigmar y Azyr. Su cámara de guerreros lo seguía de cerca, liderada por Liberators en formación de punta de lanza pertrechados con espadas y martillos. A continuación iban los guerreros que portaban escudos, que actuaban como una vanguardia defensiva para los Judicators de Malactus.

La tormenta arreció con los rayos que surcaban el cielo en dirección al suelo en crepitantes ráfagas. La descarga sostenida de rayos causó estragos entre las filas enemigas. Los Stormcasts armados con ballestas de tormenta ocupaban los flancos y abatían khorgoraths con sus mortíferas andanadas. Un estruendo ensordecedor que se produjo en medio del tumulto anunció el disparo de una ballesta de trueno, que hizo trizas a una de las monstruosidades del Caos.

Con las filas de los khorgoraths notablemente mermadas, los Liberators los embistieron con una disciplina no exenta de ira y acabaron con ellos.

Sin embargo, no era comparable con la ira del Lord-Celestant. Vandus asestó un tajo brutal con *Heldensen*. Los khorgoraths que abatía se contaban por decenas. Su montura no era menos letal, y juntos abrieron un camino bañado en sangre para que pasara Neros.

—Tu llegada no podría haber sido más oportuna, lord Hammerhand —dijo el venerable Lord-Castellant—, pero temo que ya sea tarde.

Desde su posición elevada en la silla del dracoth, Vandus dirigió la mirada hacia el cuerpo decapitado enfundado en una armadura dorada que yacía en la tierra, más allá de la enardecida masa de los cuajos de sangre.

—Y seguimos rodeados —repuso Neros.

—Por poco tiempo —respondió con seriedad Vandus, señalando al sur, donde una dorada falange de guerreros ya se había sumado a la batalla y estaba avanzando rápidamente.

Una cámara ejemplar liderada por un Lord-Relictor.

—Ha llegado Ionus Cryptborn.

Ionus se abría paso por las caóticas filas de cuajos de sangre con la máscara salpicada de sangre. Los segadores y los guerreros sangrientos morían instantánea y dolorosamente bajo su martillo mientras lideraba la falange de Retributors que se adentraba en la contienda.

El noble Theodrus marchaba a la cabeza de una segunda falange. Las huestes de paladines se habían dividido y flanqueaban el campo de batalla. Dos martillos de una potencia implacable y despiadada se abrían paso por la masa de los mortales adoradores de Khorne mientras los Stormcasts se reunían en el centro de la batalla.

Los Prosecutors se congregaban en el cielo comandados por el aplicado Kyrus. Ionus le habló cuando se deslizó por encima de él.

—Reduce la manada —le ordenó—. Ábreme un camino hasta lord Vandus.

Kyrus asintió escuetamente y se puso manos a la obra. Reunió rápidamente a sus guerreros y los Prosecutors se lanzaron como un rayo contra el corazón del ejército del Caos.

Ionus dio una palmada en la espalda a Theodrus, que estaba atareado rematando a los escasos miembros vivos de la horda que acababa de aplastar.

—Mira allí, Theodrus… —Ionus señaló la sangrienta carnicería que estaban llevando a cabo los Prosecutors—. Es nuestro camino hasta los demás.

Cuando ya se disponía a ponerse a la cabeza de los Retributors, Ionus se quedó paralizado, acuciado por un repentino dolor. Encogió el hombro bajo la hombrera de la armadura y sintió que un frío de sepultura se posaba sobre él como si fuera un manto mortal.

—¡Lord-Relictor!

Ionus notó la mano de Theodrus sujetándole, pero las palabras del Retributor se difuminaron sustituidas por otra voz.

—*Se debe el diezmo. Ha de pagarse el diezmo.*

»*Alma por alma.*

—No… hay… nada para ti —espetó Ionus con los dientes apretados. La fuerza de Sigmar colmó su cuerpo, calentó sus huesos helados y restauró la vitalidad que su enemigo se había propuesto arrebatarle—. Yo te desafío —aseveró—. ¡Yo te desafío!

La sensación de frío desapareció y la siniestra presencia que había envuelto a Ionus se disipó, pero antes le dejó una advertencia:

—*Nunca lo olvidaré. Su alma o la tuya, Eonid. Ha de pagarse el diezmo. Ha de pagarse…*

—Sí, pero no será hoy.

Theodrus lo oyó todo y se inclinó hacia su Lord-Relictor mientras lo ayudaba a mantenerse en pie.

—¿Qué mal te asuela, mi señor?

—Una vieja amenaza, hermano. Una que creía olvidada para siempre. No tiene importancia —respondió Ionus. Vio que las hordas del Caos volvían a acumularse—. Llévanos junto a Vandus. Rápido, como el rayo del que te forjaron.

Theodrus obedeció. Los paladines, con el Retributor-Prime a la cabeza, se adentraron por el angosto surco que los Prosecutors abrían a través de la masa de enemigos. Nadie sobrevivía a su ira.

Por fin se acercaban, aunque el espacio que los separaba del Portal de la Ira estaba atiborrado de seguidores del Caos, tanto mortales como demonios. Justo detrás del portal se alzaba la Pirámide Roja, tan imponente como los monolitos que Vandus había visto en estas desdichadas tierras.

El día ya declinaba y estaba oscureciendo. Vandus esperaba que no fuera un mal presagio, aunque, a decir verdad, ya poco importaba. Si hoy fracasaban, todos perecerían. No había posibilidad de retirada.

Espoleó a Calanax y cargó contra las hordas que Khul había reunido para enfrentarse con ellos. Derribó a un demonio de piel roja que se le había tirado al cuello y otro desangrador desapareció bajo las garras de Calanax. El dracoth partió por la mitad a una tercera criatura con los dientes.

Vandus hizo molinetes con *Heldensen* por encima de la cabeza. En las manos del Lord-Celestant, la hoja se convirtió en un cometa de dos colas que se llevaba por delante a todo aquel que osaba interponerse en su camino. Con Calanax escupiendo rayos por la boca y con *Heldensen* transformada en una imparable máquina de matar, Vandus comenzó a sentirse invencible.

Desde que lo acosaba la visión en la que Khul coronaba una pila de calaveras con su cabeza, Vandus sentía que una poderosa fuerza estaba creciendo en su interior. El destino lo había traído aquí ahora, y era un destino no solo determinado por dioses, también por su indómita fuerza de voluntad y su resolución; se remontaba en el tiempo hasta la tribu Hierrofunesto y la espantosa era del Caos. Y aun tenía su origen en un momento más remoto, en un legado más antiguo que el propio tiempo.

Vandus ignoraba cómo era posible o lo que podía significar, pero estaba seguro de que él sería quien pusiera fin al reinado de Khul. Por fin comprendió por qué Sigmar lo había escogido, por qué le había encomendado a él la vanguardia, y se sintió colmado de una determinación desbordante.

—¡Nosotros somos la tormenta! —bramó, agitando sobre la cabeza una *Heldensen* crepitante de poder—. ¡Nosotros traemos la justicia y la luz! ¡Sigmar nos reforjó para que recuperáramos estas tierras en su nombre y restableciéramos el orden! ¡Yo soy el rayo!

—¡Por Azyr! —respondieron con un rugido los Hammerhands.

Sin embargo, el camino hasta el Portal de la Ira era largo y estaba ocupado por una interminable y vil horda de descarriados y condenados del Caos.

—La justicia contra la perdición —musitó Vandus para sí mientras contemplaba colérico el arco que daba paso al propio reino de Khorne—. ¡Una tendrá que perder!

Vandus no había advertido el peligro. Estaba tan concentrado en llegar al Portal de la Ira que había pasado por alto la verdadera amenaza que se interponía en su objetivo.

Sin embargo, Ionus lo vio y supo de inmediato lo que presagiaba. Comenzó a reunir sus poderes y lanzó un grito que la magia celestial hizo sonar como si fuera un trueno:

—¡Lord Vandus! —Su voz letal resonó por todo el campo de batalla y todos los guerreros en armadura dorada se volvieron hacia él. Ionus hizo un gesto con el martillo—. ¡En la cima de la pirámide!

La cabeza de la bestia explotó al recibir el poderoso golpe de *Heldensen* y Vandus se volvió hacia la Pirámide Roja mientras el pesado cuerpo de su víctima se desplomaba. Ya estaba cerca, y el vil monumento palpitaba como una herida abierta y provocaba una furia incontrolable en el Lord-Celestant, que sentía la impía presencia de Khorne entre él y el Portal de la Ira.

Sin embargo, el motivo del grito del Lord-Relictor era otro, y Vandus lo vislumbró en ese momento, entre los guerreros que combatían: vio la figura que trepaba por uno de los escarpados lados de la pirámide de calaveras erigida en honor a Khorne. El demoníaco sabueso que subía junto a Khul no era más que uno de los regalos con los que el Señor de las Calaveras había obsequiado a su paladín. Otro era la espantosa hacha que cargaba. Vandus se dio cuenta de que aún le quedaba por recibir otro favor, que no era una bestia ni un arma; no se trataba de baratija alguna, sino de una metamorfosis: la ascensión.

Mientras Khul trepaba con energía y con la impaciencia del fervor, Vandus descubrió la ofrenda que se proponía entregar: un yelmo dorado, la sangre todavía goteando del cuello rebanado y de la cabeza que aún estaba en su interior.

—Jactos...

El dolor y la ira golpearon a Vandus como una espada de doble filo.

La visión se había revelado errónea, pero la profecía estaba a punto de cumplirse.

—Tengo que detenerlo.

Sin embargo, delante de Vandus se extendía un impenetrable manto rojo y él no disponía de las alas forjadas con rayos de un Prosecutor para franquearlo por el aire.

CAPÍTULO ONCE

SIERVO DE LOS DIOSES

Dos dioses se batieron por la supremacía y su furia convirtió la península del Azufre en un infierno. Su combate devastó la tierra y el cielo, pues la sangre brotaba a borbotones del suelo y los relámpagos desgarraban el firmamento.

Ionus Cryptborn nunca había visto tanta destrucción como la que se desplegaba ante él mientras avanzaba a través de las hordas del Caos en dirección al Lord-Celestant. Además de a los Hammers de Sigmar, distinguió en la distancia los estandartes de los Lions de Sigmar y de los Anvils de Heldenhammer. No había duda de que se trataba de una batalla sin parangón.

A pesar de la presencia de las otras cámaras, todas las esperanzas estaban depositadas en Vandus. Él era el escogido por Sigmar para encabezar su cruzada de liberación. No podía hacerlo nadie más que él. Pero ni siquiera el mismísimo Hammerhand, con todos los dones que le había otorgado Sigmar, podía llegar hasta Khul a tiempo.

Una vasta horda obstaculizaba a Vandus, como si las estúpidas bestias y los arrebatados hombres de las tribus que se habían aliado con el señor de la guerra conocieran la importancia de este momento.

Una unidad de Prosecutors se había percatado del peligro, pero unos chorros de vapor abrasador que surgieron de las fauces abiertas de la puerta los envolvieron cuando se deslizaban por el cielo en dirección al tétrico zigurat de calaveras y los derribaron. Se estrellaron contra el suelo, a los pies de la Pirámide Roja, donde una enloquecida masa de segadores sangrientos los hizo picadillo antes de que pudieran levantarse.

Ionus contempló desde la distancia la carnicería que estaba teniendo lugar y comprendió que le tocaba a él volver a inclinar la balanza a favor de Sigmar, así que suplicó de nuevo al Señor de las Tormentas. Mientras formaba el relámpago en el martillo y se preparaba para canalizarlo a través de su báculo relicario, el viejo frío glacial regresó para hacer un último intento.

—*Se debe el diezmo.*

Ionus hizo acopio de toda su fuerza de voluntad para acallar la ancestral voz que lo acosaba y liberó su poder. Sus ojos despidieron unos destellos de luz fría.

—¡Sigmar te lleve!

Un rayo chispeante salió disparado del báculo relicario y golpeó a Vandus y a Calanax. Jinete y montura desaparecieron en la luz azul, que se desplazó de nuevo por el aire e impactó violentamente junto a la base de la Pirámide Roja.

Cuando el resplandor del rayo se atenuó, quedaron a la vista un puñado de calaveras carbonizadas y algo más.

Vandus cabalgó por el rayo y una arrolladora tormenta lo envolvió fugazmente. Apenas unos segundos después, su cuerpo perdió su ligereza etérea y volvió a constituirse de carne y huesos.

Calanax lo acompañaba; no le resultaba extraño el camino de tormenta y lanzó un bramido de advertencia cuando alzó la vista hacia la cima de la pirámide.

Vandus siguió la trayectoria de su mirada y vio que Khul estaba listo para reclamar su derecho de ascensión.

Le asaltaron recuerdos fugaces de su vida anterior, del hombre que fue antes del apocalipsis. Pero incluso cuando se enfrentó con él siendo aún Vendell Puñonegro, Khul, el señor de la guerra de Khorne, ya era un ser orgulloso que poseía cierto sentido del honor, y ahora Vandus emplearía eso en su contra.

—¡Khul! —gritó, elevando la voz por encima del tumulto y del fragor de la batalla—. ¡Korghos Khul! ¡Asesino de la tribu Hierrofunesto! ¡Enfréntate conmigo o te llamaré cobarde!

«Tan cerca…».

Khul asía con una mano la cabeza del inmortal mientras con la otra se ayudaba para subir el último tramo hasta la cima de la pirámide cuando oyó el desafío.

Ya casi saboreaba la promesa de su ingreso en el reino de los demonios en el aire sulfúreo y en la sangre que contaminaba la brisa. Si no respondía, Khorne lo rechazaría. Ningún paladín podía rehusar un desafío y seguir considerándose digno del mayor honor del Trono de Calaveras.

Khul se volvió lentamente hacia su oponente y sus ojos se posaron en los del guerrero dorado. Por primera vez vio a Vandus Hammerhand y no al herrero que solo la suerte había salvado de la muerte.

—No tienes ni idea de lo que significa ser un elegido —masculló Khul con los dientes apretados—. De mi sacrificio.

Una ira volcánica e irrefrenable comenzó a poseerlo. Alzó la vista al cielo crepuscular mientras el orgullo y la ambición se batían violentamente en su interior. Lanzó un grito de una furia arrebatadora y saltó de la pirámide.

Una torrencial lluvia resplandeciente y azul caía del cielo. Las gotas se evaporaban al tocar el ardiente suelo de la península del Azufre y una tenue niebla cubría el campo de batalla a la inquietante luz del anochecer. Los relámpagos caían incesantemente de los cielos turbulentos.

Ionus esbozó media sonrisa mientras los rayos impactaban en la pirámide y las calaveras desprendidas se precipitaban en avalancha y enterraban a los segadores sangrientos que había abajo. Un banquete macabro sustituyó a otro de igual naturaleza cuando los cráneos comenzaron a roer y a morder a los hombres de las tribus que sepultaban. Ionus observó los intentos que hacía un segador sangriento para salir a la superficie y cómo era arrastrado a las profundidades del mar de calaveras por una masa de dientes. Luego devolvió la atención al Lord-Celestant.

—Ya solo quedamos tú y yo —musitó Ionus cuando vio que Vandus espoleaba a Calanax para que lo llevara por el montón de cráneos al encuentro de Khul.

—¡Muere, idiota! —espetó Khul. Su hacha rezumaba magia pura del Caos y prometía la condena eterna.

Vandus vio que el señor de la guerra se abalanzaba sobre él y, a pesar de que se inclinó hacia un lado sobre la silla para evadir el tajo, la lucha había comenzado.

El rumor de los chillidos de las almas que el hacha de Khul se había cobrado colmó los oídos de Vandus, que por un momento creyó distinguir la voz de Jactos entre ellos. Otro alarido, este de Calanax, se elevó por encima de todos los demás.

El hacha de Khul se había clavado en el costado del dracoth, pero la herida no era lo bastante profunda para matarlo. Ya fuera por intervención divina o por mera suerte, Calanax se salvó de que su alma terminara en el Reino del Caos. Aun así, la herida era grave. Khul extrajo el hacha del cuerpo del dracoth y la bestia se tambaleó y cayó de lado. Vandus estuvo a punto de irse al suelo con él.

El Lord-Celestant lanzó un grito iracundo, saltó de la silla de montar y cargó hacia Khul enarbolando *Heldensen*.

Los dos oponentes luchaban ahora en el suelo rojo, a los pies de la pirámide derrumbada. Khul hizo un amago para engañar a Vandus y esquivar el descomunal golpe. El señor de la guerra estampó maliciosamente la cabeza cortada de Jactos en la cara de su rival y el impacto hizo resonar el yelmo de Vandus.

La sangre que se desparramó por la máscara dorada del Lord-Celestant encontró el camino hasta sus ojos, nariz y boca y Vandus comenzó a hacer arcadas. Mientras trataba de rehacerse, el sabueso demoníaco de Khul se abalanzó sobre él antes de que pudiera levantar *Heldensen*. Se tambaleó y por un momento lo asoló la duda. Khul era un rey guerrero, un señor de la guerra que había esclavizado a toda una región; había participado en mil batallas y asesinado a incontables enemigos. Era imbatible...

—¡No! ¡Yo soy el relámpago! ¡La manifestación de la tormenta de Sigmar!

Un relámpago cayó del cielo y Vandus supo lo que debía hacer.

Cuando el sabueso ya caía sobre él, Vandus le introdujo el avambrazo en las fauces abiertas. El monstruo lo asió con los dientes y el Lord-Celestant sacudió el brazo apresado por el sabueso y lo empotró en una pila de cráneos.

Sin embargo, Khul ya lo embestía con el hacha levantada. Vandus retrocedió y, cuando sintió un calor abrasador en la espalda, se dio cuenta de que su rival lo había acorralado y de que apenas lo separaban un par de pasos del Portal de la Ira.

—Al final también me haré con tu cabeza —gruñó el señor de la guerra.

El mango de *Heldensen* resonó cuando Vandus bloqueó a la desesperada el golpe. Contraatacó, sacando fuerzas de la ira que lo carcomía, pero Khul reaccionó con velocidad y sorteó la defensa del Lord-Celestant.

—Sin tu dragón no eres nadie —espetó Khul, aferrando con una fuerza sobrenatural el mango de *Heldensen*.

Vandus lanzó un rugido, incapaz de liberar el martillo de la mano del señor de la guerra, y asestó un cabezazo en la cara a Khul que le partió la máscara. Vislumbró debajo de ella un rostro encolerizado que lo miraba con furia.

Khul desarmó a Vandus con un violento giro de muñeca y el martillo cayó al suelo.

—Me equivoqué contigo —declaró el señor de la guerra, escupiendo sangre y dientes—. Aún eres Vendell Puñonegro, destinado a morir por mi hacha. ¡Muere!

«Yo soy el relámpago», volvió a aparecer en su cabeza, como lo hizo la imagen del relámpago que caía desde el cielo. Vandus esquivó de un salto el hachazo mortal con el que Khul pretendía condenar su alma al tormento eterno y aterrizó a un palmo del Portal de la Ira.

Se puso en pie y se agarró al borde de una de las columnas de la puerta.

Khul estaba fuera de sus casillas y espumajeaba por la boca.

—Yo soy el relámpago —musitó Vandus, cerrando los ojos—. Soy Vandus Hammerhand.

Sonó un trueno.

—¡Lord Sigmar, golpea ahora a tu siervo!

El relámpago de un dios desgarró el cielo turbulento y su poderosa explosión hizo temblar el suelo.

Vandus vio una luz, una luminiscencia cegadora tan intensa que le disipó toda conciencia de sí mismo. Acto seguido, el Lord-Celestant desapareció.

Ahora...

Ionus abrió los ojos y vio que el Portal de la Ira estaba totalmente destruido. No quedaba nada de él salvo carbonizados escombros humeantes.

Tanto los Stormcasts como los cuajos de sangre que se encontraban en un radio de un centenar de pasos habían salido volando por los aires. A medida que se disipaba lentamente el resplandor del relámpago, era más fácil apreciar que sus cuerpos ardían con fuego de Santelmo.

No había ni rastro de Vandus Hammerhand ni de Calanax. Sigmar los había reclamado, y al hacerlo, había arrebatado a Khorne el control del portal del reino.

Los Stormcast Eternals prorrumpieron en vítores.

—¡Azyr! ¡Azyr!

Ionus fue el único que permaneció en silencio, observando cómo Khul contemplaba las ruinas de su plan. La Pirámide Roja acabó de derrumbarse y las calaveras que se precipitaban por sus costados alcanzaron a los cuajos de sangre y los anegaron. Al cabo de un momento, la siniestra construcción quedó reducida a un manto de cráneos, completamente destruida y desposeída de su poder.

El señor de la guerra lanzó un berrido preñado de impotencia y de ira hacia el indiferente cielo nocturno. Ionus sabía que habían asestado un golpe contundente al enemigo, pero la guerra no había terminado.

—Aún no… —musitó mientras los victoriosos Stormcasts arrasaban como una tempestad lo que quedaba de la Marea de Sangre.

TORMENTA DE ESPADAS

Guy Haley

CAPÍTULO UNO

LA MUERTE DE UN PRÍNCIPE

El sentimiento de culpa que atormentaba a Thostos Acerotormenta por pasar los últimos días de su vida mortal lejos de casa nunca lo había abandonado. No lo había hecho en su primera reforja ni en la segunda. Ni todos los renacimientos del mundo podían extirpar tamaño pesar del alma de un hombre. Ya había olvidado el motivo, pero el sentimiento de culpa persistía, como una síntesis del dolor. Se había convertido en su acicate, en su fuerza y en su debilidad.

Thostos rememoró una vez más su primera muerte como príncipe Caeran, cuando renació a instancia del Rey Dios.

Así lo recordaba él.

Entonces…

El cálido viento susurraba en el paso de las Incontables Aves. El olor juega un papel fundamental en los recuerdos, y el olor de aquel lugar fue lo último que olvidó Thostos. En tiempos posteriores, cuando ya había vivido muchas vidas, aún recurría a él y hurgaba en su memoria fragmentada para tratar de evocar recuerdos completos. Sin embargo, siempre terminaba frustrado.

El recuerdo más intenso era el penetrante olor de las aves. Las paredes del barranco que flanqueaban la angosta carretera estaban plagadas de nidos y los chorretones de guano estriaban la roca. Con ese abrumador hedor convivían otros olores más sutiles. El viento peinaba las llanuras hasta las montañas desde el lejano mar, e incluso en las altas cimas el aire tenía un rastro de salitre. Thostos también lo recordaba, como la sangre y las cenizas que lo corrompieron.

En ese último día, las montañas eran un remanso de paz, tan salvajes y libres como el resto de los lugares de Amcarsh antes del advenimiento del Caos.

Regresar a las montañas desde el infierno de las tierras bajas tenía un efecto balsámico, incluso para el príncipe Caeran, quien se convertiría en Thostos, pues las preocupaciones lo asolaban. No obstante, ese día se sentía libre y respiraba el aire limpio mientras regresaba a casa victorioso. Sujeto a la ijada del caballo llevaba un saco sanguinolento en cuyo interior transportaba la cabeza de Sur Jactyr, Gran Señor del Caos y Saqueador de las Dieciséis Ciudades. No volvería a hincar en carne sus dientes afilados y sus ojos dorados ya no verían más atrocidades perpetradas en su nombre. El saco estaba cerrado con un hilo de plata que impedía que el mal del señor muerto corrompiera a quien lo transportaba. Era una presa valiosa, lo suficiente para que Caeran olvidara por un momento los horrores del mundo.

Lo acompañaba Tarm, su amigo de la infancia. Daba igual qué mal se les pusiera delante, siempre se enfrentaban con él hombro con hombro. Como tenía por costumbre, Tarm provocó por diversión a su príncipe mientras cabalgaban.

—Mi padre siempre me dice que el deber de un heredero es quedarse en casa y aprender las artes de gobernar. Y ya ves, tú andas por ahí de cacería.

Caeran rio, aunque con cierto fastidio.

—¿Y qué quiere tu padre que haga? ¿Cultivar la tierra y construir bancales?

—Eso no estaría mal —respondió Tarm.

El paso era estrecho, casi un desfiladero, y sus voces retumbaban en las paredes rocosas. La luz del sol caía desde el radiante cielo azul, todavía libre de la contaminación del Caos. Las sombras de los peñascos dividían el paisaje rocoso en unas zonas reconfortantemente cálidas y otras placenteramente frescas.

—Pregúntale a tu padre cómo podría quedarme en casa cuando el mal está acabando con todo lo bueno y cada mes una ciudad es reducida a escombros. Hace diez años, mi padre afirmó que en nuestro valle estaríamos a salvo, que los Sabuesos Guardianes de Garma nos protegerían, que el Caos…

—¡Chsss! —le interrumpió Tarm.

—¿Qué pasa? —preguntó Caeran en voz baja.

Tarm había clavado la mirada en el cielo y el príncipe alzó la vista.

—No veo aves —dijo Tarm.

El cielo estaba vacío. No había ni rastro de pájaros.

Los guerreros espolearon sus caballos y los pusieron al galope sin necesidad de decirse una palabra. Las monturas habían nacido para el terreno accidentado de las montañas y corrieron sin vacilación por la escabrosa carretera, con la seguridad de las cabras. Enseguida doblaron el recodo donde el valle se abría a la Gran Cañada del Lobo.

—¡Humo! —gritó Tarm. Frenó al caballo y se puso de pie sobre los estribos para ver mejor.

Caeran lo adelantó como un rayo.

—¡Espera! ¡Caeran! —gritó Tarm—. ¡Ten cuidado!

Pero Caeran no escuchó a su amigo. Un aciago presentimiento le encogía el estómago; estaba absolutamente convencido de que había ocurrido lo peor y de que su vida había llegado a su fin.

La cañada se ensanchó siguiendo el contorno curvo de la ladera de la montaña y apareció a la vista la Torre del Lobo, sede del poder del Rey Mercader Glothian. La fortaleza se erguía cerca de la cumbre de la montaña, sobre un risco que sobresalía de la falda, de manera que se dominaban desde ella las tierras de pastoreo de la cañada. El aislamiento del Gremio Lanero había significado su salvación. Las laderas de las montañas que producían unas cosechas tan exiguas impedían el avance del Caos, y Glothian había mantenido a salvo a los clanes de su gremio; primero de las enormes y terribles bestias de Amcarsh y luego de las depravaciones de los monstruos engendrados en el infierno.

Así fue hasta entonces.

Caeran pasó al galope junto a una casa en llamas. Los granjeros colgaban de la fachada carbonizada de la vivienda, cruelmente mutilados. Los almiares ardían. Salía humo de todas las construcciones del valle, más denso en las cuatro aldeas y aún más en la Torre del Lobo.

Lenguas de fuego escapaban por las ventanas de su hogar y negras nubes de humo ascendían desde sus tejados. No tuvo que acercarse más para saber qué eran los bultos pálidos que colgaban de los muros.

—¡No! —gritó Caeran. Espoleó con todas sus ganas a su montura; a pesar de que ya espumajeaba por la boca y tenía las ijadas cubiertas de sudor, el caballo no aflojó el paso.

El cielo tronó. Sobre las montañas estaba formándose una tormenta con unas nubes negras y pesadas como un yunque.

El príncipe se cruzó con la primera horda, una variopinta colección de bestias y salvajes hombres de las tribus, unos minutos después. Estaban sentados en las ruinas de un caserío, alrededor de una hoguera que habían encendido con trozos de madera, dándose un atracón con los cuerpos de inocentes. Los hombres bestia estaban ebrios y entrechocaban sus cuernos ensangrentados. Los hombres reían; sus carcajadas sonaban amargas, huecas. Eran las risas de los desesperados y los locos. Caeran no se lo pensó dos veces, desenvainó la espada y cargó hacia ellos.

El primer hombre se dio la vuelta nada más oír el estruendo y acabó con la cabeza partida en dos. Otros dos salieron disparados al ser embestidos por el corpulento caballo de Caeran y sus armas cayeron de sus rígidos dedos. Un hombre bestia se lanzó hacia las riendas de la montura del príncipe, pero este hizo que el caballo se levantara sobre las patas traseras y con los pies delanteros le hizo puré la cabeza. Un segundo hombre bestia corrió hacia él, con la cabeza agachada para empitonar al caballo con sus afilados cuernos. Sin embargo, Caeran le asestó un tajo en la garganta y la bestia lanzó un balido ronco antes de morir.

Caeran hizo girar la montura y arremetió contra otro hijo del Caos, pero el ímpetu de su carga decayó y la criatura detuvo el golpe con un sangriento martillo de guerra de hierro. El caballo comenzaba a resollar, exhausto; estaba a punto de doblar las rodillas. Los hombres y los hombres bestia se apelotonaron en torno a él, formando un círculo brutal fuera del alcance de su espada, y le gritaban arrebatadamente.

Una criatura enorme y musculada con cabeza de cabra se abrió paso por la muchedumbre y arrojó una lanza que se hundió en el pecho del caballo. El animal lanzó un alarido agónico, se encabritó y se derrumbó de morros contra la tierra. Caeran salió disparado de la silla de montar y rodó por el suelo; un hacha aterrizó justo en el espacio que acababa de abandonar su cabeza. El príncipe se levantó a duras penas y hundió la espada hasta la empuñadura en el vientre de un hombre bestia. La vil criatura no paró de gritarle en la cara hasta que murió. Caeran extrajo la hoja de su cuerpo mientras este caía. Los compinches del hombre bestia vacilaron. Caeran, no.

—¡Venganza! ¡Venganza! ¡Venganza! —bramó, y saltó hacia ellos. Liquidó a todo aquel que se le acercó. El cielo estaba encapotándose rápidamente y presagiaba una lluvia inminente.

De repente apareció Tarm, atravesando la multitud a lomos de su caballo y ahuyentando al enemigo. Pasó por el acero a un par de ellos y dispersó al resto. Luego detuvo el caballo y tendió una mano.

—¡Sube! ¡Vienen cientos!

Los hombres bestia y los hombres de las tribus yacían muertos o agonizantes. Uno se manoseaba inútilmente el cuello rajado para intentar detener la hemorragia. Caeran paseó la mirada por aquella escena de destrucción; allí donde se posaban sus ojos descubría un nuevo horror. Cerró bruscamente los ojos al ver los cadáveres mutilados. Los truenos sonaron más cerca.

—Va a llover.

—¡Sube de una vez! —espetó Tarm, que seguía con la mirada fija más allá del príncipe y sacudió la cabeza para apremiarlo. Un espantoso balido arrancó a Caeran de su ensimismamiento.

Un señor de las bestias que sacaba medio cuerpo a Caeran avanzaba con pasos pesados por las casas en llamas de la aldea. Con sus dedos torpes aferraba el mango de un hacha grueso como un muslo de Caeran y con la desafilada hoja recubierta de sangre. La criatura cubría su cara de animal con una pálida máscara de piel y la cabeza chata con un yelmo poco profundo, del que sobresalía una sucia cresta blanca y negra entre dos pares de cuernos. El primer par de protuberancias se curvaba a la altura de sus mejillas como los de un carnero, mientras que las otras dos, afiladas como cimitarras, crecían erguidas y goteaban sangre. En cuanto a su torso, lo protegía con una rudimentaria cota de malla con placas redondas y cuadradas. Además llevaba las pezuñas revestidas con unos hierros puntiagudos. Sin embargo, tenía los brazos y las piernas al aire, lo que podría ser una señal de la confianza que tenía en sí mismo y en su fuerza. No eran muchos los que podían tener alguna esperanza de sobrevivir a su ira.

—¡Vamos, Caeran! —gritó Tarm.

—¡No, no! —respondió el príncipe—. No huiré mientras mi pueblo yace muerto y ultrajado. —Levantó la espada empuñada con ambas manos y se preparó para recibir la carga de la criatura.

Tarm maldijo para sí y salió al galope dejando atrás al príncipe. El caballo saltó por encima de los cadáveres esparcidos por el suelo y la espada de Tarm zumbó en el aire. Pero el señor de las bestias era ágil y se apartó al mismo tiempo que golpeaba al caballo con un puño descomunal. A continuación levantó el hacha y la descargó con fuerza contra el tambaleante caballo. El hachazo, propio de un leñador, casi partió por la mitad la cabeza del animal, cuyo cuello se convirtió en una fuente de sangre mientras se derrumbaba a plomo sobre el costado y atrapaba a Tarm bajo su cuerpo.

El señor de las bestias volvió a levantar el hacha con la intención de decapitar a Tarm. Caeran lanzó un grito, corrió hacia él enarbolando la espada y le asestó un golpe con todas sus fuerzas en el muslo desprotegido. La hoja se hundió en la carne del señor de las bestias, quien no pareció sentir el tajo y giró su portentoso cuerpo para interceptar al príncipe. Le propinó un golpe con el brazo de lleno en el pecho y Caeran salió disparado hacia atrás un par de metros y se estampó contra un carro. El príncipe cayó al suelo y se dio la vuelta para tumbarse bocarriba; estaba encima de los restos de los granjeros masacrados. Consiguió ponerse en pie y a duras penas logró contener las arcadas. Aferró la espada. El señor de las bestias sonrió ligeramente y sus gruesos labios se separaron para dejar a la vista unos dientes romos de animal ovino manchados de sangre. Exhaló una bocanada de aliento humeante. Sus ojos rojos tenían un brillo amenazador. Se echó a reír, y sus balidos sonaron como la expresión corrompida del regocijo humano.

Sin embargo, la bestia estaba muy equivocada si pensaba que iba a matar a otro valiente miembro de los gremios dispuesto a defender su hogar de la marea del Caos. Ante sí tenía a un príncipe, un bravo guerrero que había jurado proteger con su vida al pueblo de su padre, y que además estaba ansioso por cobrarse venganza.

Los relámpagos bañaron de luz blanca el valle. La bestia levantó el hacha y cargó hacia Caeran. El príncipe aguardó su momento; dio un paso atrás y a un lado en el último segundo y extendió la espada para abrir un tajo en el torso de la criatura. El ímpetu de la embestida de la bestia ayudó a que la punta de la espada le atravesara la armadura y se hundiera en su pecho, justo debajo del corazón. El monstruo pasó de largo y se llevó la espada alojada en el cuerpo, y su hacha se clavó en un trozo de madera astillada. Sacudió la cabeza y se dio la vuelta sin darse cuenta de que ya estaba muerto. Dio un paso y luego otro. El señor de las bestias levantó con dificultad el hacha. De su herida salía sangre oscura a borbotones. Nunca llegó a asestar el golpe. En cambio, cayó desplomado.

Caeran corrió hasta su amigo. Tarm estaba gravemente herido y unos hilitos de sangre brotaban de las comisuras de su boca.

—¿Lo has matado? —preguntó con la voz ronca.

—Sí —respondió Caeran—. De no haber sido por ti, ahora yo estaría muerto.

—Como siempre —repuso Tarm. La sangre que escapaba de su boca era rosada y burbujeante. Su respiración era agitada y tenía que hacer un enorme esfuerzo para hablar—. Pero eso acabó, amigo mío. Aplastado por mi propio caballo. No es la muerte heroica que esperaba.

—Voy a sacarte de ahí —le aseguró Caeran, tratando de tranquilizar a su compañero, pero no veía la manera de mover el caballo que atrapaba a Tarm.

—Ni se te ocurra. ¡Lárgate de aquí! ¡Vete! Si la Torre del Lobo ha caído, no tardará en sucumbir todo Amcarsh. Vive y hazles pagar sus crímenes.

Una gruesa gota de lluvia cayó en el dorso de la mano de Caeran. Luego otra, y otra. La lluvia comenzó a aporrear el rostro de Tarm, que cerró los ojos y sonrió.

—¿Ves, Caeran? Aún queda algo de pureza. Por una vez, el agua es dulce.

Caeran se levantó. La lluvia caía torrencialmente. Un relámpago desgarró el cielo. Sonó un trueno. Los gritos y los gruñidos de los hombres bestia llegaban a través de la cortina de agua desde todas las direcciones. El príncipe, de pie junto al cuerpo de su amigo, lanzó un grito desafiante:

—¡Si he de morir, que así sea!

Los enemigos de todo lo bueno y lo correcto lo rodeaban, pero ninguno se atrevía a ser el primero en atacarlo. Caeran los miró fijamente, con una sonrisa preñada de rabia en los labios.

—¡Dame fuerza, gran Sigmar!

Hubo más rayos y truenos, esta vez ensordecedores. La tormenta estaba justo encima de su cabeza.

—¡Préstame tu poder! Si aún me oyes, si aún te importan las vidas y las acciones de los hombres mortales, cédeme todo el poder que puedas para que vengue la muerte de mis compatriotas, para que mate sin descanso a sus asesinos hasta que se derrame la última gota de la corrompida sangre del Caos y las lluvias purificadores limpien las tierras de Amcarsh. No pido mi salvación. No suplico que cuides de mí. Solo te pido fuerza. ¡Solo te pido venganza!

Alzó hacia el cielo la espada ensangrentada, besó la guarda y se preparó para morir.

Todos los hombres y los monstruos pervertidos cargaron a la vez. Un llameante rayo cayó del cielo, puro y cegador, e impactó en la punta de la espada de Caeran. Inmediatamente, el joven príncipe quedó bañado por una radiación deslumbrante que lo convirtió en una figura facetada de unas caras blancas y otras negras como la noche. La onda expansiva de la explosión lanzó por los aires a los seguidores del Caos, que chillaron de dolor por la lacerante luz.

Cuando se recuperaron, se quedaron boquiabiertos. En el suelo había aparecido un cráter con los bordes ennegrecidos y la hierba que lo rodeaba humeaba bajo la lluvia.

Del príncipe no había ni rastro.

CAPÍTULO DOS

A CHAMON

Caeran de la Torre del Lobo ya no existía. Lo habían arrancado de las fauces de la muerte y le habían dado otra vida. Ahora era Thostos Acerotormenta, un Lord-Celestant de las huestormentas de Azyr. A partir del hombre se había forjado un Stormcast Eternal. Más fuerte, más alto, imbuido de una pizca del poder de un dios que no era otro que Sigmar Heldenhammer, el último miembro del viejo panteón que quedaba para enfrentarse a los cuatro grandes poderes.

Esa primera vez Thostos conservó la memoria. Durante su renacimiento su mente fue transformada numerosas veces en el yunque del arte de Sigmar. No obstante, todavía recordaba el olor de la sangre y el hedor del humo. Recordaba las figuras pálidas que colgaban de los muros de su hogar en llamas. Recordaba a un amigo muerto. Y recordaba su juramento.

La necesidad de venganza que corría por sus venas era tan real como la magia de Azyr.

—¡Yérguete, Thostos Acerotormenta, y mira a la cara a tu benefactor! —La voz del Lord-Heraldor resonó por toda la Cámara Celestina con la fuerza de una trompeta de fanfarria y devolvió al arrodillado Thostos al presente. Venganza. Sí. Por fin llegaba el momento de vengarse tras varios siglos de espera. Se cobraría la deuda. En el gran anillo del Sigmarabulum repicaron las campanas de guerra.

Thostos Acerotormenta se puso en pie y abrió los ojos para mirar a su señor. Sigmar, el Rey Dios, el señor del último reino mortal libre, había salido al balcón. Los Celestial Vindicators formaban orgullosamente, enfundados en panoplias de guerra de la más pura sigmarita de un intenso color turquesa, en la la cámara de oro y lisa piedra cuyo techo consistía en una bóveda de zafiro en la que se había grabado el cometa de las dos colas: el sigilo de Sigmar.

Las bóvedas eran impresionantes, pero la perfección de Sigmar hacía que a su lado parecieran apagadas y deslustradas. Aquel era el dios, más poderoso que los Stormcast Eternals, que había respondido a las plegarias de Thostos, un superviviente de un mundo devastado y a punto de participar en la devastación de otro.

De facciones puras, cada línea del rostro de Sigmar irradiaba elegancia. Su porte no tenía rival y su armadura de oro y sigmarita tachonada de zafiros brillaba más que el sol. Por la espalda le caía la larga cabellera, enredada en las plumas de grifo de la capa. El aura de poder que lo envolvía resultaba pasmosa; sin embargo, no había ni rastro de arrogancia en él.

Confianza sí poseía: una integridad y una determinación que impregnaban de rectitud a todo aquel que se acercaba a él. Poseía humildad y paciencia. Amabilidad y buen humor para compensar su severidad, y sabiduría para refrenar su beligerancia. La angustia que le provocaba el destino de aquellos a quienes perdía alimentaba su deseo de conquista. Era la personificación de la humanidad, el súmmum de lo que significaba pertenecer a la raza humana. No obstante, representaba un ideal que Thostos y el resto solo podían aspirar a alcanzar, pues todos los Stormcast Eternals conocían el rumor de que en épocas pasadas, en otro mundo, Sigmar había sido un hombre.

Un simple hombre. A Thostos le costaba creerlo, aunque tenía fe en la verdad del rumor. Le temblaron las piernas al ver a su señor. El impulso de volver a arrodillarse ante aquel dechado de virtudes era irresistible y tuvo que hacer un esfuerzo enorme para mantenerse de pie. Sigmar había sido un simple hombre, se repitió una y otra vez. Aquel faro de esperanza que les recordaba que en los reinos había poderes más grandes y mejores que los del Caos, había sido un simple hombre.

Detrás de Thostos estaban arrodillados los miembros de su cámara de guerreros. doscientos ochenta en total. Los Acerotormentas de la huestormenta Celestial Vindicators.

Sigmar dirigió una sonrisa de orgullo a Thostos cuando se unió a los señores que ya habían sido llamados y este pensó que iba a romper a llorar.

El Lord-Heraldor convocó al resto de los líderes de las cámaras y dieciocho Lord-Castellants se unieron a Thostos, su líder. A continuación se llamó a los Lord-Castellants, los Lord-Relictors y los Caballeros-Azyros, y luego el resto de los miembros de los templos de mando se congregaron detrás de ellos. Doscientos semidioses al mando de otros miles. Y el mismo Sigmar los bendecía con su presencia.

—¡Celestial Vindicators! —declaró Sigmar, cuya voz sonó como un suave trueno. Thostos nunca lo había oído gritar, y esperaba no hacerlo nunca, pues una voz así era capaz de pulverizar una piedra si la elevaba la ira—. Se os ha encomendado una tarea importante y difícil. Hoy termina vuestra espera. Algunos de vosotros habéis permanecido en los cielos de Azyr el tiempo que abarcarían varias decenas de generaciones humanas. ¡Eso terminó!

Sigmar hablaba mientras bajaba la escalera. Recorrió la hilera de señores con un gesto de orgullo comedido y se detuvo frente a Thostos; le puso una mano en el hombro.

—Una espera que se ha hecho eterna para muchos de vosotros.

Sigmar reanudó el paseo, arrastrando en su estela la fragancia electrizante de las tormentas. Enfiló por el pasillo que se extendía entre las hermandades que componían los Acerotormentas.

—¡Sois mis vengadores! Cada uno de vosotros sois un guerrero que maldijo al Caos hasta quedarse sin aliento, que acudió a mí en busca de fuerza, no de salvación. ¡De fuerza!

Estas últimas palabras retumbaron a pesar de que fueron pronunciadas en un volumen apenas más alto que el resto. Thostos se estremeció y recordó el juramento que había hecho en aquel lejano campo de batalla.

—Y yo respondí —prosiguió Sigmar—. Os respondí. Mis relámpagos os rescataron de la derrota y os trajeron aquí para reforjaros y daros fuerza. Para que pudierais cobraros la venganza que ansiabais. No os pediré disculpas por el tiempo que habéis tenido que esperar, ni por la rabia y la frustración que crecía en vuestro interior al no poder saciar vuestra sed de venganza.

Sigmar continuó caminando por los márgenes de la cámara. La mayoría de las huestormentas permanecieron donde estaban, en una postura de reverencia. Tanto si podían ver al Rey Dios como si no, todos sabían en todo momento dónde estaba, pues su presencia era tangible desde una larga distancia.

—En esta guerra están comenzando muchas batallas, muchas campañas. Ojalá pudiera despedirme de todos y desearles la victoria personalmente, pero eso es imposible. Sin embargo, en vuestro caso, mis vengadores Celestial Vindicators, he querido venir para deciros que vuestra espera ha terminado. El tiempo de la paciencia ha llegado a su fin y ahora empieza otra fase. La fase roja, la fase del fuego, ¡la fase de expulsar a la chusma del Caos con vuestros vientos y lluvias, mi tempestad vengadora!

Los Celestial Vindicators se pusieron en pie. Los alados Prosecutors; los Judicators armados con arcos de rayos y otras armas más potentes; los Liberators con sus grandes escudos; y los Retributors, pertrechados con sus martillos relámpago. Un nimbo de poder que irradiaban sus armaduras rodeaba a la hueste: la magia que hacía que estos hombres guerreros no pudieran morir; cuando cayeran, regresarían para ser reforjados. Esa era la promesa que Sigmar les había hecho.

Los guerreros se golpearon el pecho con la mano y sonó el choque de la sigmarita del guantelete con la del peto de la armadura. Al principio solo fue un repiqueteo suave, pero rápidamente se convirtió en un estruendo que resonó por toda la cámara y evocó el granizo golpeando los tejados. Luego, una sola palabra, un nombre, repetido una y otra vez a lo largo de las filas de guerreros, de manera que sonó como si un diluvio estuviera arrasando la tierra.

—¡Sigmar! ¡Sigmar! ¡Sigmar! ¡Sigmar! ¡Sigmar! —cantaron, cada vez más alto, hasta que seguramente todos los habitantes de Azyrheim dejaron lo que estuvieran haciendo, alzaron la vista hacia el flotante Sigmarabulum y se preguntaron qué estaría pasando en el cielo.

—¡A Chamon, al Reino del Metal! ¡Marchaos y destruid a vuestro enemigo! Buscad el Camino Plateado y sembrad el terror entre los siervos de los Reyes Oscuros de todos los reinos. ¡Buscad a los duardin para que se nos sumen vengativos aliados! —bramó Sigmar, y su voz sonó como el trueno de la tormenta formada por sus hombres. En las yemas de sus dedos crepitaron unos rayos que le erizaron el cabello y le iluminaron los ojos. El poder desatado se propagó por la cámara. El cometa grabado en el techo llameó y un viento frío agitó las capas de los miembros de la huestormenta—. ¡A Chamon!

Un ruido atronador sacudió la cámara. La magia produjo un repentino resplandor cegador que se disipó con la misma inmediatez. Ahora la cámara estaba vacía salvo por el dios, que miró a su alrededor, maravillado de su propia obra.

La búsqueda de la venganza había comenzado.

CAPÍTULO TRES

EPHRYX, EL NOVENO DISCÍPULO

El hechicero Ephryx, el Noveno Discípulo de la Novena Torre, soñaba con la guerra en su dormitorio, ubicado en lo alto de la torre central de la Fortaleza Arcana. Dormía encogido como un niño, una postura que su cuerpo no había olvidado a pesar de las numerosas transformaciones que había experimentado. Los cuernos de antílope que coronaban su cabeza se apretaron contra sus almohadas de seda y sus párpados estriados de venas verdes temblaron.

Mientras dormía su sueño dejó de ser un sueño.

Ephryx se hallaba en otro lugar. Estaba de pie en una llanura remota y desolada. Lejanos volcanes vomitaban fuego. Al sur batía sus aguas un mar venenoso. Cerca de allí, una ciudad de la Era de los Mitos continuaba su lento desmoronamiento, toda ella salvo el centro de la población, donde se alzaba una monumental construcción: un portal del reino. Aunque siglos de mugre lo habían agrietado, se mantenía entero. Aletargado. Cerrado. La magia palpitante que lo impregnaba centelleaba en la visión de hechicero de Ephryx.

Las rachas de un viento que no llegaba de ninguna parte lanzaban polvo contra unas largas sábanas que apestaban a azufre, muerte y alquitrán.

Aqshy. Algo sucedía en el Reino del Fuego.

En su visión, Ephryx contemplaba una fuerte tormenta. El cielo bullía. Nubes negras y moradas aparecían de la nada y se instalaban en el firmamento. El viento arreció, impregnado de una fragancia que anunciaba la lluvia inminente, un penetrante olor cuya pureza irritaba las fosas nasales de Ephryx.

Unas gotas gruesas como proyectiles de honda cayeron desde los nubarrones como si fueran la avanzadilla de la tormenta y permanecían intactas en el suelo duro durante unos instantes, recubiertas del polvo que habían levantado al aterrizar, y luego eran absorbidas por la sedienta tierra. Ephryx quiso ver en ellas los soldados de una partida de exploradores, aislados y asediados por el enemigo. Meditó sobre ese detalle aparentemente insignificante; cosas mucho más nimias le habían revelado importante información.

Esta vanguardia de goterones rápidamente recibió refuerzos. Una lluvia torrencial comenzó a caer como si se volcara un cubo de agua desde el cielo. El agua corrió por la representación de Ephryx en su sueño; caía por sus finos labios morados, que ya no eran completamente humanos, y se acumulaba en las comisuras de su boca. Ephryx la probó con su larga lengua sin darse cuenta y escupió violentamente. El sabor de la lluvia era lo opuesto a él: agua pura, como ya no existía en los Reinos Mortales.

Sonaron truenos. Las nubes se arremolinaron en torno a un vórtice que había aparecido en el cielo. El olor a reseco que flotaba en el Reino del Fuego desapareció por completo, sustituido por la penetrante fragancia de la tierra seca empapada por la lluvia y el olor de la magia.

Tres rayos impactaron en la parte superior de la poderosa puerta, seguidos por un trueno ensordecedor.

Ephryx se tapó los ojos con las manos ante la repentina explosión de luz que se produjo en el cielo.

Los rayos, gruesos como troncos de árbol, cayeron a la tierra y acribillaron la llanura agrietada por la sequía en punzantes ráfagas. Cada impacto produjo una relumbrante cúpula de energía, hasta que llegó un momento en el que ocuparon toda la planicie. Su resplandor fue apagándose gradualmente y quedaron a la vista filas de soldados de gran estatura en armadura de oro y armados con martillos. Cada uno de esos guerreros era tan poderoso como un paladín del Caos, con la única diferencia de que ellos no eran seguidores de los Cuatro; habían venido para luchar en esta tierra tóxica y de llamas malvadas.

La visión de Ephryx fluctuó y cambió su punto de vista; se produjo un salto en el tiempo de varias horas. Una numerosa horda del Dios de la Sangre ocupaba el horizonte de punta a punta y cargaba contra los guerreros de la tormenta con una furia arrebatada y una sed de sangre insaciable. Tal vez fueran los amos de aquella tierra, pero su ataque se estrelló contra un muro de oro resplandeciente y todos murieron. Los guerreros de la tormenta liquidaron a los seguidores de Khorne. Algunos miembros de la hueste relumbrante cayeron, pero fueron pocos, y unas columnas de energía los rescataron del campo de batalla en el que yacían y los llevaron de vuelta al lugar del que habían venido.

Guerreros alados sobrevolaban la devastada ciudad y arrojaban martillos de luz cegadora contra el cerrado portal del reino. Ephryx prestó especial atención a esa circunstancia. Los enardecidos seguidores de Khorne ignoraban la importancia de aquella puerta y depositaban toda su atención en la exigua fila de guerreros que tenían enfrente, enloquecidos por la sangre y la batalla. Permitieron que el enemigo continuara su bombardeo aéreo, de manera que las cadenas de la puerta se tensaron.

Otro salto en el tiempo. Ephryx presenció una cruenta batalla entre un semidiós montado en una bestia despiadada y una criatura deformada azuzada por un señor cruel. Vio cómo chocaban los dos rivales, pero no asistió al desenlace de la lucha, ya que se produjo otro cambio en su visión y ante él apareció un sacerdote guerrero con un relicario que irradiaba la magia de la muerte. El sacerdote manipulaba aquella vil energía con destreza, pero era débil en comparación con el poderoso Ephryx. El sacerdote del Caos se rio de él, aunque el sacerdote de su visión no podía oír sus burlas.

La materia del Caos se abría paso al interior del reino. Del fango ensangrentado en el que se había convertido el suelo emergían demonios. La dorada huestormenta estaba perdiendo la batalla. Del cielo caían ángeles, pero ya era tarde. Un relámpago definitivo impactó en el portal y un estrépito atronador anunció su apertura. La capa de escombros que recubría el portal de reino se precipitó y quedaron a la vista unas figuras de acero y marfil, y unas runas que ardían con poder renacido. La realidad se partió y fluctuó, hasta que se abrió una grieta acompañada de un estruendo. Volvió a abrirse un camino que se había mantenido cerrado durante mucho tiempo. Al otro lado de la puerta había una hueste dorada que entró encolerizada y embistió a los seguidores del Dios de la Sangre.

Ahora el sacerdote veía a través de los ojos de Juramento de Sangre de Khorne, un miembro de una banda llamada Marea de Sangre. Korghos Khul era su señor. Ephryx lo conocía y supo que llegaba su final: un martillo de plata descendió hacia su cabeza para eliminar todo el odio, toda la sed de sangre y el ínfimo resto de humanidad que se escondía debajo de una ira desbordante.

Ephryx se incorporó en la cama jadeando. La delicada sábana de seda resbaló por su cuerpo enjuto. Se llevó los dedos huesudos al cuello y luego se palpó la cara en busca de marcas. Aunque sabía que era imposible que hubiera sufrido daño alguno, la extraordinaria intensidad de la visión lo había convencido de su propia muerte.

—¡Sigmar! —musitó—. ¡Sigmar ha vuelto!

Fuera retumbaron los tambores con un feroz ritmo marcial.

Ephryx abrió los ojos con sorpresa.

No eran tambores sino truenos.

El sacerdote corrió hasta la ventana de su cámara. La torre en la que se encontraba estaba rodeada por su querida Fortaleza Arcana, su ciudadela y la sede de un poder que había tardado siglos en acumular. Sin embargo, su mirada no se detuvo en sus muros ni en sus baluartes, que a menudo contemplaba con admiración durante horas, ni en la ciudad que se extendía al otro lado, en cuya descomposición se regodeaba, sino que buscó las imponentes montañas. ¡Allí! Un rayo de poder cayó desde el cielo que había más allá de Chamon; nítido, puro, sin mancillar por la magia de su señor. Otro estruendo anunció la caída de un segundo rayo, y luego impactó un tercero. En el norte, el horizonte estaba cubriéndose de nubarrones de igual manera que había ocurrido en su sueño. Sin embargo, esos primeros rayos cayeron desde un cielo despejado y radiante.

Ephryx aguardó un momento, aferrado a los gélidos barrotes metálicos de la ventana. No se produjeron más rayos. El cielo tronó y nubes negras se deslizaron raudamente por encima de la cadena de montañas Vaulten, como tinta negra vertida en agua. La tormenta avanzaba sobre el valle de Anvrok desde el norte y desde el sur y cercaba la gigantesca figura del wyrm Argentino en el lejano cielo de poniente.

El sacerdote recordó las gotas de lluvia de su visión, escasas y rápidamente absorbidas por la tierra. El torrente que las seguía sería incontenible.

—¡Invasión! ¡Ataque! ¡Asedio!

Ephryx resopló con consternación. ¿Por qué no lo había predicho? ¿Por qué el magnífico Tzeentch no le había avisado?

—¡Estaba tan cerca de la victoria! ¡Tan cerca!

Sospechaba que su amo y señor se la había jugado, pues era imposible que no estuviera enterado del ataque. ¡Imposible!

En fin, no iba a permitir que el enemigo se saliera con la suya. ¡Eso jamás! Hizo rechinar los dientes y musitó unas palabras mágicas. Se pasó la mano por el rostro y un nimbo de poder le envolvió los cuernos justo un instante antes de que Ephryx desapareciera de su dormitorio.

El sacerdote se materializó en la cúspide de la alta torre. Estaba completamente vestido, aseado y perfumado. Una túnica azul oscuro con arcanos sigilos bordados con hilo de oro le cubría el cuerpo. La tonalidad de sus cuernos lacados cambiaba cada vez que se movía. En la mano izquierda empuñaba un báculo de ónix coronado por un icono de latón, mientras que de su mano derecha saltaba magia sin que él se diera cuenta. Así se presentó Ephryx en su cámara de la videncia, una habitación vasta y asimétrica ubicada en el ojo de Tzeentch que remataba su fortaleza.

En la cámara solo había una ventana, la pupila de ojo con incrustaciones de amatista que permitía observar en la dirección de todos los puntos cardinales al antojo del hechicero. Desde aquella altura, su precioso castillo parecía pequeño, como una maqueta hábilmente construida con una amplia diversidad de metales. Desde su posición elevada, Ephryx podía ver los ocho lados de los muros del castillo y sus puertas, que parecían poco más que unos bloques de construcción unidos por unos gruesos cordones, hechos de acero y cobre, oro y latón, que palpitaban con energía de hechicería. El extraordinario artilugio que había construido para lograr su dominio y escondido en la base de la torre emitía unas ondas fractales de múltiples colores que creaban alrededor de la fortaleza unos campos de energía imperceptibles para la vista mortal.

Ephryx contempló el éter que se expandía suavemente por el valle tranquilo y oscuro. A esas horas de la noche, previas al amanecer, el río de la Plata despedía el tenue resplandor anaranjado generado por su calor interno. A lo largo de sus penumbrosas orillas, las sombras bailaban con la luz del fuego de Argentino. La magia metálica que ascendía del río se retorcía al encontrar la oposición de un centenar de pies que pisaban su cauce fundido. Algo perturbaba las corrientes de energía. El hechicero tendría que actuar deprisa.

Un pedestal de platino de estilo barroco ocupaba el centro de la cámara, recubierto de diablillos y cocatrices que luchaban, perpetuamente inmovilizados, y seguían con los ojos vidriosos al hechicero en su deambular por la habitación. Encima del pedestal había un cuenco lleno a rebosar de oro líquido, y hacia él se dirigió Ephryx.

El amanecer ya clareaba el cielo, pero el sol aún no asomaba en el horizonte. Ephryx dirigió la mirada hacia el extremo del valle y el vacío que se extendía en el este. Los primeros rayos del sol comenzaban a despuntar de la tierra flotante. El gran crisol que había alto en el cielo del este estaba bañado de luz y brillaba como si fuera un segundo sol. Las Cataratas Argentas resplandecían con intensidad. Las escamas de Argentino relumbraban con destellos anaranjados y la luz de sus fuegos robaban algo de su brillo.

Los miles de cráneos de cobre que cubrían la fortaleza reflejaban una luz corrompida que iluminaba las ocho altas torres, macabras y facetadas, y sus puertas. Las largas sombras que se extendían sobre la fortaleza menguaron cuando la nauseabunda estrella se alzó rápidamente por los muros. El calor expulsó el frío de la noche. Y entonces los rayos del sol entraron por la única ventana abierta en la parte más baja de la torre. Unos cristales producidos por la locura redirigieron la luz hacia la torre sepultada en el interior de la fortaleza, y desde allí hacia el montón de piedras oculto dentro de la torre. Un único rayo de sol entró a través de un pequeño orificio dejado a propósito en el muro de bloques de plomo e impactó directamente en el artilugio. El efecto fue instantáneo y potente.

La torre se estremeció. Una bullente esfera de magia emergió con una explosión del trofeo robado. Los cráneos de cobre absorbieron rápidamente el poder desprendido y sus cuencas oculares vacías brillaron con una luz misteriosa e inquietante. Ephryx esperó en su torre a que la burbuja pasara por su cámara de videncia. La magia llegó desde abajo, entró en su cuerpo por los dedos de los pies y ascendió por sus piernas y su tronco, insuflando a su paso vigor a su cuerpo desfigurado por el Caos y acelerándole el corazón. El oro líquido contenido en el cuenco comenzó a borbotear y el hechicero se inclinó impacientemente sobre él. Las imágenes que se mostraban en el momento del amanecer siempre eran las más nítidas y fiables.

Ephryx no era el único que aguardaba la salida del sol, que en el momento de su aparición inundó el cielo con una luz resplandeciente.

Docenas de rayos, algunos más gruesos que otros, acribillaron la tierra; pero no caían de las nubes, sino que las atravesaban venidos de algún lugar que no pertenecía a este reino. Los rayos surgían desde algún punto situado más allá del Torbellino Celestial, de esa galaxia de luces y estrellas que giraba alta en el cielo del norte. Los rayos eran blancos, pero la vista de hechicero de Ephryx le permitía percibir las vibraciones azules que acompañaban cada impacto y perturbaban las corrientes de Chamon.

El primer rayo hendió la cima de una montaña situada al noreste. Muchos más golpearon el valle en varios puntos repartidos al norte del río de la Plata. El primero de ellos posó en la cumbre de la montaña una imponente figura en armadura radiante rodeada por una pequeña escolta de guerreros. Estos inspeccionaron las tierras que se extendían en torno a ellos y rápidamente desplegaron sus anchas alas de energía abrasadora y alzaron el vuelo. El cielo se ennegreció encima de ellos y los guerreros remontaron el vuelo convertidos en una lluvia torrencial. El resto de los rayos impactaron alrededor del aletargado Portal del Peñasco Brillante y surgieron unas cúpulas de energía.

Como en el sueño de Ephryx, esas cúpulas se desvanecieron y en su lugar aparecieron unas huestes, si bien en este caso los guerreros vestían armaduras de un intenso color turquesa en lugar del dorado que había visto en Aqshy. Entonces, la imagen que mostraba el cuenco fluctuó y Ephryx retrocedió; el resplandor dorado que emanaba del oro líquido iluminó el rostro sorprendido del hechicero. Ephryx se puso serio y, con las uñas de los dedos descarnados, tamborileó brevemente en el pedestal de platino del cuenco. Invocó el poder de Tzeentch para estabilizar la imagen. Nadie dominaba mejor el poder arcano que Ephryx, que se adentraría en las mentes de aquellos intrusos; conocería sus secretos y sus planes.

Se permitió esbozar una breve sonrisa.

Las mentes de los extraños eran impenetrables y su imagen se volvió cada vez más imprecisa.

La sonrisa del hechicero desapareció más rápidamente que un alma en la forja de un espíritu. Ephryx miró por la ventana con el ceño fruncido. La luz del amanecer ya bañaba la fortaleza y la ciudad en ruinas que contenía y ahora se extendía por las montañas Vaulten, donde los rayos de sol saltaban de un pico a otro de las Peñasco Brillante e iluminaban el vientre de los nubarrones. La luz luego se deslizaba por los riscos y las empinadas laderas, se adentraba en el gran valle de Anvrok y alcanzaba el río de la Plata, donde aumentaba la intensidad del pálido resplandor producido por la plata caliente.

—¡No! ¡No! ¡Muéstrame sus pensamientos, su propósito! —Ephryx hizo unos gestos vehementes encima del oro líquido, cuya superficie se encrespó y fragmentó las imágenes en ondas incoherentes. El cuenco se descentró y saltó de una partida de guerreros de la tormenta de color turquesa a otra—. ¡No, no, no, no! ¡Muéstramelos, muéstramelos! ¡Yo te lo exijo! ¡Por los miles de millares de nombres de Tzeentch, muéstramelos!

La luz del sol abandonó el sótano de la fortaleza. Ya era de día en los Valles Colgantes de Anvrok y la esfera de magia se esfumó. Los cráneos que tachonaban los muros de la fortaleza suspiraron y la luz de sus ojos se apagó.

—¡No! —espetó Ephryx, volcado sobre el cuenco. Hasta el último rincón de tierra, recoveco y grieta, hasta la última granja derrumbada y la última tribu que sobrevivía con lo que sacaba de la roca yerma le pertenecía y estaba a su disposición para que él pudiera verlo cuando se le antojara. Pero cuando posó la mirada en los guerreros de la tormenta, no vio nada.

El hechicero bufó como un gato y asestó un manotazo al pedestal. El oro se agitó de manera irregular y Ephryx se lo quedó mirando con furia hasta que le lloraron los ojos.

Una racha de aire acre le revolvió la túnica y una risa proferida por dos gargantas rompió el silencio que reinaba en su sanctasanctórum.

Su señor había llegado.

Ephryx cerró los ojos y musitó una plegaria dedicada a Tzeentch mientras relajaba los músculos de la cara. Recuperada la compostura, se dio la vuelta para recibir a la fuente de su poder y de su dolor.

CAPÍTULO CUATRO

EL GRAN ORÁCULO

En el lado orientado al oeste de la cámara había un ser de gran estatura, con extremidades largas y delgadas pero musculadas. Un demonio del Caos, un Señor de la Transformación. Sujetaba un largo báculo con ambas manos, al que había atado un grimorio que murmuraba con voz propia. La cabeza del báculo era un pez de metal de aspecto aterrador. De todas las cosas que Ephryx aborrecía de su mentor, ese pez era lo que más odiaba. Hacía muecas y ponía caras cuando creía que Ephryx no lo veía. Para el hechicero representaba todo el desprecio que su señor sentía hacia él.

El Señor de la Transformación tenía unas amplias alas, y unas plumas que solo a veces eran azules se erizaban con energía arcana en sus alas y muslos; el resto de su cuerpo estaba cubierto únicamente por una piel seca y arrugada. Todas esas características eran llamativas, pero no tanto como sus dos cabezas de ave.

El demonio se apoyó en el báculo y estiró sus dos largos y arrugados cuellos. Sus cabezas se mecieron con el movimiento. Una de sus caras sonreía benévolamente, mientras que la otra tenía un gesto de decepción.

El demonio era una criatura de una mente: una cabeza solo veía el pasado y la otra solo el futuro. Ephryx advirtió con preocupación que la cara ceñuda era la que veía el futuro.

—El Noveno Discípulo de la Novena Torre. ¿Por fin has demostrado que no eres digno? —preguntó la cara sonriente.

—En este lugar y en este tiempo, otros ocho hemos consumido. Ocho torres hemos derribado. ¿Te apetece cenar otra vez? —dijo la otra, mirando a la primera.

Ephryx hizo una reverencia tan honda que las puntas de los cuernos golpearon el suelo de mosaico.

—Kairos Tejedestinos, sabio oráculo y el más poderoso de todos los Señores de la Transformación, yo te saludo.

—Sí, sí —repuso la cabeza sonriente.

—El débil mago se inclina y araña el suelo, pero poca lealtad hay debajo de sus cuernos —dijo la otra.

—He descubierto algo muy importante… —comenzó a decir Ephryx, pero Kairos no le dejó terminar.

—¿Qué te hace pensar… —preguntó la cabeza sonriente.

—… hechicero, que se te mostraría algo que se oculta al más poderoso Tzeentch? —concluyó la cara enfadada.

Kairos señaló el oro fundido, que comenzó a burbujear y a saltar. Se adelantó y su báculo repiqueteó en los delirantes dibujos del suelo como el bastón de un ciego. Caminaba tanteando con el báculo el espacio que había delante de él, como si buscara unos obstáculos imperceptibles para Ephryx. Se detuvo a un metro escaso del hechicero, se apoyó de nuevo en el báculo y escudriñó a Ephryx con dos pares de ojos negrísimos y severos: los ojos de un ave carroñera que examinara un manjar que aún no estaba completamente muerto.

—No he recibido ninguna advertencia —declaró Ephryx—. Por mucho que me cueste creerlo, Tzeentch no estaba enterado de estos guerreros relámpago.

—¡Ah, ah! ¡Qué astuto es este mortal!

—Y qué estúpido —añadió la otra cabeza—. ¿No se le ha ocurrido pensar que quizá Tzeentch no quiso contárselo?

Las páginas del libro de Kairos revolotearon.

—Pero tiene razón. Nuestro señor está furioso porque tenía dirigida su mirada hacia otro lugar y no vio los acontecimientos que se desarrollaban en el reino de Azyr.

—De manera que Tzeentch estaba ciego —dijo Ephryx, frunciendo el ceño—. Pero tú, poderoso Kairos, ¿lo sabías? —inquirió con suspicacia.

—¿Si sabía el qué, insignificante tejedor de encantamientos? —preguntó inocentemente Kairos. Una cabeza se alzó y miró por la ventana. Su pico castañeó. Las dos cabezas volvieron a depositar su atención en Ephryx.

—¡No me parece un buen momento para andarse con jueguecitos! —exclamó el hechicero—. Tú tienes el poder de ver cosas que podrían pasar inadvertidas a Tzeentch. Eres el garante de su perspicacia.

—Siempre es un buen momento para jugar —le reprendió la primera cabeza—. Cuando el juego termina, el tiempo acaba. Solo existe el juego, nada más.

—¡Lo sabías! ¡Lo sabías! ¡Después de todo lo que yo he hecho! Sabías que iba a ocurrir esto. ¡Estoy tan cerca de lograr la traslación!

Ephryx se puso a deambular por la cámara. Las cabezas de Kairos se balancearon pesadamente para seguirlo con la mirada.

—Lo preví —dijo una de las cabezas—. Miré en el Pozo de la Eternidad, al que ni siquiera Tzeentch suele prestar atención.

—Yo no lo preví —señaló la otra.

—No me corresponde a mí contarlo —dijo la primera cabeza.

—Y no me corresponde a mí saberlo —respondió la segunda.

—Tzeentch tiene más facilidad para meterse en mi cabeza que yo para entrar en la tuya —observó la primera cabeza—. ¿Por qué crees que yo lo sabía?

—Él solo sabe lo que yo le cuento, y no se lo conté —respondió la segunda.

—¡Solo confundías más las cosas! —Ephryx giró en redondo—. Dime, oh maestro, si lo sabes, ¿esto afectará a nuestros planes? Mis calaveras ya están casi listas. Estoy tan cerca de trasladar Chamon al Reino del Caos. ¿Deseas que fracase?

—Sí —respondió la segunda cabeza.

—No —aseveró la primera.

—¿Cómo puedo servirte si no eres sincero conmigo? —imploró el hechicero. El Señor de la Transformación le había hecho sacar al niño llorica que llevaba dentro. Nunca se lo perdonaría.

—¡Quiere sinceridad! —espetó la primera cabeza.

—¡Quiere que el señor de las mentiras le diga la verdad! —exclamó la segunda.

Las dos cabezas rieron y sus picos castañearon.

Ephryx hizo un ruido de exasperación con la boca y se volvió de nuevo hacia su espejo dorado.

—¿Por qué te irritas tanto, maguito de medio pelo? —preguntó afablemente una de las cabezas.

—Con mucho poder, sin poder; inepto, maestro —dijo con voz susurrante la otra.

—Ya sabes que no obtendrás una respuesta clara de mí. De nada. No hay respuestas sencillas, ni preguntas sencillas que las inspiren, aun en el caso de que estas existieran. Cosa que no sucede.

—¡Sí que existen las preguntas y las respuestas sencillas! —afirmó la otra cabeza—. Te comportas igual que cuando te pusieron bajo mi tutela. ¡Vaya decepción!

—Mucha —repuso apesadumbrada la primera cabeza.

—Tengo que enterarme de cuál es la intención de esos guerreros. —Ephryx miró fijamente el oro líquido. No vio nada salvo el brillo amarillo del metal fundido—. Si vienen para apoderarse de mi artilugio o solo con voluntad de conquista.

Kairos se encogió de hombros.

—Ya se ha desvelado el secreto. ¿Por qué aún no puedo verlos?

—Nadie puede verlos, hechicero de pacotilla —dijo la primera cabeza.

—Solo el que los ha enviado. Están envueltos en una magia poderosa.

—Y todavía no debemos atraer su atención hacia aquí, así que no rompamos esa envoltura… Si es que eres capaz de hacerlo —añadió la segunda cabeza.

El cerebro de Ephryx esbozó un millar de planes, todos tan fugaces como la vida de los ratones. Era incapaz de idear una estrategia contra lo desconocido.

—Debo averiguar qué se proponen.

Kairos avanzó. Era tan grande que cruzó la cámara en dos pasos y sus alas rascaron el techo. El demonio apretó contra el pecho de Ephryx una garra larga y negra como la pizarra, dura también como la pizarra. El hechicero sintió dolor.

—¡Piensa, maguito de pacotilla! No es un ejército numeroso, solo una partida de exploradores. La videncia te ha hecho perezoso y torpe. Si no sabes una cosa, debes extrapolarla.

—Medita —espetó la segunda cabeza.

—¡Piensa!

—Si no eres capaz de hacerlo, eres indigno de servir a tu señor —dijo la primera cabeza—. No eres digno de servirme a mí.

—Por lo tanto, la pregunta es... —comenzó a decir la segunda cabeza.

—... ¿Qué han venido a explorar? —concluyó la primera.

—Esa no es la pregunta que tenía en mente —protestó la segunda cabeza.

—También sirve —repuso la primera.

Ephryx agachó la cabeza y su mente penetró en el material con el que estaba construida la torre; descendió los centenares de metros que lo separaban del montón de plomo bajo el que estaba enterrado su trofeo. Sin embargo, no miró en su interior, pues su visión lo habría cegado. «¿Cómo pueden haberse enterado de la existencia del martillo? —pensó—. Tzeentch lo escondió y borró todo conocimiento sobre él en todos los reinos».

Kairos miró a su pupilo con gesto expectante. Sus dos pares de ojos redondos destellaron con la luz de estrellas apagadas.

—Eso es, sigue —dijo, animándolo.

—Ignoran su existencia, ¿verdad? —preguntó Ephryx atropelladamente—. ¡No lo saben! —Señaló a Kairos con el dedo—. ¡Por eso has venido, para asegurarte de que no averigüen que existe!

—Inteligente —afirmó la primera cabeza.

—No está mal —dijo la segunda.

—Eso nos lleva a la pregunta: ¿A qué han venido entonces?

—¿Cuánto tiempo llevas dominando este valle? —preguntó Kairos.

—Mucho —respondió Ephryx.

—¿Y? —apuntó la otra cabeza.

—Nunca he encontrado el Camino Plateado, el gran portal del reino de los duardin. ¿Eso es lo que buscan? Tuve una visión, de un portal del reino en Aqshy...

—La guerra ha estallado en la mayoría de los Reinos Mortales. Los poderes están nerviosos. El dios hombre está lanzando ataques en todas partes —dijo Kairos.

—El Camino Plateado conduce a todos los lugares. Les resultaría muy útil. —La consternación volvió a ensombrecer las facciones de Ephryx—. Buscarán por todo el valle y, cuando lo encuentren, regresarán en gran número y levantarán sus propias fortalezas. Anvrok se convertirá en la base para las guerra de Azyr. Es seguro que se sentirán atraídos por esta fortaleza, y ocurrirá más pronto que tarde. No puedo esconder lo que tengo. Estoy tan cerca... ¿Por qué ahora? —preguntó con rabia—. ¡Por qué el Gran Transformador me pone a prueba ahora que estoy a punto de entregarle este trofeo?

—¿Ephryx entrega el trofeo de Tzeentch? —inquirió la primera cabeza a la segunda—. Incorrecto.

—Seremos nosotros. Nosotros dos —dijo la segunda. Asintieron simultáneamente y luego miraron al hechicero.

—Nuestro trofeo —dijeron al unísono—. Nuestro plan. Nuestra recompensa.

—Esto es nuevo para todos, la obra de un poder rival. Sigmar ya abandonó el mundo una vez. —Kairos cerró los ojos y sus cuellos se extendieron hacia arriba. Agitó con vehemencia las cabezas—. Ese dios de pacotilla cree que puede enfrentarse al Caos.

—Desafiar a quien ya ha salido victorioso —añadió la primera cabeza.

—Ha escondido sus planes, pero no puede hacer lo mismo con sus acciones. Pronto encontrará oposición.

—¡Necesito más tiempo! —dijo gruñendo Ephryx.

—Se necesitan noventa y nueve amaneceres más para que la fortaleza tenga la carga suficiente para ser transportada a través de la Puerta de los Escombros —advirtió Kairos—. Solo entonces podremos disponer a nuestro capricho del reino del metal.

—No pueden detener a los Stormcast Eternals —añadió la segunda cabeza.

—¿Así se llaman los títeres de Sigmar? —preguntó la primera.

—Sí —dijo la segunda.

—¿Y si…? ¿Y si…? —balbuceó Ephryx mientras se frotaba el mentón y deambulaba por la cámara—. ¿Y si no necesitara más tiempo sino más magia?

—¿Alguna idea? —preguntó Kairos.

—¿Buena? —añadió su otra cabeza.

—Cuando los guerreros de Sigmar morían en Aqshy, ascendían en un rayo inverso —explicó Ephryx. Su cerebro echaba humo—. Esas criaturas no son humanas. Están insufladas de magia.

—¡Bien, bien! —exclamó Kairos—. El maguito piensa. ¿Y a qué conclusión has llegado?

—Puedo capturar su esencia… Utilizar contra Sigmar su propio poder. Si yo controlo el poder de la tormenta —añadió Ephryx, estirando raudamente los dedos—, ¡estará indefenso! —Su risa sonó como el gruñido de un gato asustado—. ¡Oh, qué ironía más deliciosa! ¡Sigmar quiere conquistar Chamon, pero utilizaré sus propias armas para arrebatárselo!

—No tienes guerreros suficientes para enfrentarse contra los suyos. Cuando descubran la verdadera naturaleza de esta fortaleza, la atacaran en gran número —le advirtió Kairos—. Tu magia es modesta y tu ejército, débil.

—Tienes razón, por supuesto —repuso Ephryx—. Pero tendré ayuda y la ubicación del Camino Plateado me la conseguirá. Hablaré con lord Maerac y con el rey Thrond. Sus ejércitos mantendrán a raya a los guerreros de Sigmar. Están aburridos y deseosos de conquistar nuevos territorios. El Camino Plateado les ofrece una infinidad de naciones para saquear. Da igual si ganan o pierden. Lo importante es que nos conseguirán el tiempo que necesitamos con su sangre. Quinientos años tardó el Caos en subyugar este reino. Sigmar no lo recuperará en un día. Y cuando esos… Stormcast Eternals vengan a por mí…

Kairos asintió con las cabezas.

—Estarán débiles —continuó el hechicero—. No supondrán una amenaza. Les extraeré toda la magia y completaré mi… nuestro plan.

—Estás aprendiendo, mortal —le felicitó la primera cabeza de Kairos.

—Es un idiota —dijo la segunda.

—Estoy de acuerdo —convino la primera—. Pero el idiota aprende.

Ephryx abrió la boca para protestar, pero el gigantesco demonio había desaparecido de repente sin dejar nada más que una solitaria pluma azul que se posó lentamente en el suelo y un penetrante olor de psitacosis.

El hechicero aguardó un momento. Cerró los ojos y abrió la mente. Inspeccionó la cámara con su visión sobrenatural en busca de algún rastro del Señor de la Transformación. Eso le permitió ver el mundo tal como era en realidad: una creación deformada y cambiante de fuego mágico, sujeta a las leyes naturales que daban forma a la materia y a la energía. Pero esas leyes no tenían jurisdicción sobre él, y fácilmente podía deshacer esas formas. Kairos se había marchado a molestar a otro pobre desgraciado de otro plano de la realidad.

Ephryx se sonrió. Él no era un esclavo. Kairos lo subestimaba. Enfiló hacia el pasillo y una puerta apareció de la nada. La cruzó para salir a un elegante balcón que surgió a tiempo para recibir sus pasos. Dirigió la mirada hacia el lugar del valle en el que estaba congregándose el enemigo. Le había dicho al demonio que entretendría a los guerreros de la tormenta hasta que los debilitara, pero en realidad iba a hacer justo lo contrario. Si era capaz de atraer a los Stormcasts hasta su fortín más pronto que tarde, solo él entregaría el trofeo con el que se proponía obsequiar a Tzeentch. ¡Que lo atacaran en plenitud de fuerzas! Más magia podría robarles. El reino del Chamon pasaría a formar parte del Reino del Caos para siempre y él se convertiría en su incuestionable rey.

No había necesidad de ser modesto, pensó Ephryx. Él era supremamente inteligente. Paseó la mirada por todo Anvrok, Kantrok y Denvrok. Obsequiaría a Tzeentch con todo aquello (las tierras, los dragones Argentino y Titryx, el crisol). Era un regalo digno de un dios. Así se ganaría su ascensión más allá de los mezquinos límites de la mortalidad y se convertiría en un demonio. Era una recompensa digna para alguien como él.

Tzeentch tendría un nuevo favorito y Kairos descubriría lo débil que era en realidad Ephryx.

Apretó los puños. El demonio no le mostraba respeto alguno y sufriría las consecuencias. Siempre estaba burlándose de él, provocándolo. Sus aburridas pullas amenazaban con degenerar en puro sadismo. Sí, Ephryx ya se había hartado de Kairos el Oráculo.

Y tenía un plan para humillarlo.

Lo primero que debía hacer era hablar con sus aliados. Se acercó una mano a la boca y sopló. Estiró los dedos y en la palma de la mano apareció una réplica exacta de Kairos de diez centímetros de altura. Solo los ojos de una de sus cabezas brillaban con destellos de inteligencia. La otra cabeza colgaba fláccida del cuello, con una expresión estúpida en la cara.

—Cosa —dijo, dirigiéndose por su nombre a la criatura.

—Sabio Ephryx —dijo Cosa—. ¿Por qué me has dado esta forma?

—Porque me divierte —respondió el hechicero.

—Dejará de hacerlo cuando lord Kairos descubra que estás burlándote de él.

—Me gustan las emociones fuertes —dijo Ephryx—. Ahora vuela hasta lord Maerac de Manticorea. Pídele que venga raudo con toda su hueste. Solicita al rey Thrond del Crisol que se prepare. Infórmale de la situación.

—Que es… —repuso el demonio.

Ephryx le gruñó amenazadoramente.

Cosa levantó unas manos que no eran suyas.

—¡Te suplico que me perdones! ¡Si me dejaras salir de mi prisión de vez en cuando, mi señor, la conocería! Pero Cosa no tiene libertad a menos que el más misericordioso Ephryx se la conceda, y desde mi tarro no veo nada. ¡Nada! —Cosa se tapó la cara con las manos. Su segunda cabeza se quedó mirando estúpidamente.

—¡Para de lloriquear, Cosa!

Cosa miró entre los dedos ligeramente separados.

—Siento molestarte pidiéndote que me la expliques.

El hechicero le explicó la situación: su sueño, la llegada de los Stormcast Eternals y el problema de los noventa y un días (aunque no exactamente el problema real, sino una historia inventada que Cosa pudiera contarles a Maerac y a Thrond).

—Entiendo. ¿Puedo hacer alguna cosa más por mi gran señor? —preguntó con un tono impertinente Cosa—. ¿Te apetece un refrigerio? ¿Un helecho en un tiesto tal vez? Esta cámara es austera… Le falta un toque hogareño.

—Ahora eres tú el que está burlándose de mí, diablillo. Y, a diferencia de Kairos, soy plenamente consciente de tu insolencia. —De la mano de Ephryx saltó una llama que rodeó al diminuto demonio.

—¡Vale, vale! —chilló Cosa—. Lo siento, lo siento.

Ephryx resopló y la llama se extinguió. La cabeza idiota de Cosa graznó.

—Ahora, vuela, Cosa. Si cumples rápidamente tu misión, tal vez te permita pasar una hora libre fuera de tu tarro.

El diablillo asintió con vehemencia.

—¡Ya me voy, ya me voy! —Desplegó unas alas que eran una imitación perfecta de las de Kairos y alzó el vuelo—. ¡Ah! —gorjeó Cosa cuando su segunda cabeza le dio un picotazo—. ¡Para! —El diablillo se inclinó hacia un costado en pleno vuelo y le estampó una bofetada en la cara.

—¡Vuela, Cosa! ¡Date prisa! La tardanza no tiene recompensa —gritó Ephryx.

Cosa se estabilizó en el aire y se alejó batiendo las alas, empujado por un fuerte viento que no era de este mundo.

—Comienza un juego nuevo —dijo Ephryx mientras observaba cómo ascendía Cosa. Se mordió el labio con los afilados dientes y brotaron brillantes cuentas de sangre cobriza. Se relamió distraídamente y rio para sí. Luego fue a reunirse con sus seguidores. Había llegado el momento de provocar la reacción de los invasores. El momento de atraerlos hacia su fortaleza.

CAPÍTULO CINCO

EL CAMINO PLATEADO

Thostos Acerotormenta enfiló a grandes zancadas por el borde del valle seguido por el Liberator-Prime Perun Martillo Áureo. Una nube de polvo rojizo entorpecía la vista, pero no ocultaba por completo lo extraño del paisaje. Para empezar, la naturaleza estaba fragmentada. Los Valles Colgantes de Anvrok eran una región compuesta por varias extensiones de tierra que flotaban en un océano de aire. Algunas, como esta en concreto de Anvrok, era tan vasta como un continente. Otras tenían la modesta extensión de una comarca. Las más pequeñas se agrupaban en archipiélagos o eran islotes aislados, poblados únicamente por un puñado de árboles escuálidos o por arbustos cuyas ramas enredadas colgaban por sus bordes.

En el oeste, un gigantesco crisol, tan vasto como un océano, flotaba en el cielo, a rebosar de plata fundida. La plata caía incesantemente por el borde del crisol en dos torrentes. Eran las Cataratas Argentas. Uno de esos torrentes vertía sus aguas en Anvrok y discurría convertido en un río manso que atravesaba el valle, cuyo suelo rico en metales definía este lugar.

Más asombroso aún que el crisol era la colosal bestia de escamas plateadas. Su cuerpo serpentino se extendía en espiral hasta donde llegaba la vista y atravesaba, aparentemente interminable, los Vacíos de Chamon.

Su enorme cabeza asomaba por encima del horizonte; abrió la boca y unas llamas multicolor salieron rugiendo de unas fauces borrosas por la distancia. La bestia resplandecía con el calor que desprendían las cataratas y las llamas, lo que le confería una apariencia escurridiza. Debería haber sido un espejismo, pues era tan grande que parecía imposible que pudiera existir un ser vivo así, y, sin embargo, era real. El suave rugido de su feroz aliento sonaba ininterrumpidamente en esta extraña tierra. Las llamas generaban unos vientos cálidos que chamuscaban el valle de punta a punta. Cuando el sol se pusiera, nunca llegaría a ser noche cerrada, ya que el aliento de Argentino no permitía que existiera la oscuridad absoluta.

No obstante, aquel misterioso territorio había sido en el pasado un próspero asentamiento. Por todas partes había restos de viviendas que llevaban mucho tiempo en ruinas.

Un destello hizo levantar la vista a Thostos. Un Prosecutor trazaba círculos en el cielo impulsado por sus perfectas alas de energía.

—¡Por ahí, Lord-Celestant!

El heraldo señalaba una hendidura en las rocas que a ojos de Thostos era una simple grieta.

Sin embargo, la abertura era una artimaña, minuciosamente excavada para pasar desapercibida. El falso afloramiento rocoso en el que se encontraba la abertura ocultaba un valle poco profundo en el que entraron Thostos y Perun. Allí se había desarrollado una importante actividad industrial, o eso revelaban las docenas de entradas a minas abiertas en las faldas de las montañas, excavadas con herramientas y con las jambas y los dinteles perfectamente rectos y regulares. Los escombros se apilaban en montones cónicos cerca de cada entrada. Nadie había estado allí desde hacía mucho tiempo. Algunas minas se habían derrumbado; los techos de los edificios auxiliares se habían hundido y de las ventanas solo quedaban los huecos. La sequedad del aire preservaba la extraña maquinaria oxidada, que era del mismo color ocre que el suelo. El mismo paisaje se extendía a lo largo de ocho kilómetros. Thostos seguía al Prosecutor desde la superficie.

Se habían excavado montañas enteras y se les había extraído hasta el último gramo de mineral, pero, a pesar de la pasmosa magnitud de los trabajos que se habían llevado a cabo, quedaban muchas más por explotar. Thostos y Perun entraron en otro valle, que el pico y la pala no habían tocado, y encontraron evidencias de su riqueza. Las rocas brillaban con vetas de argentita, galena y hematites. En algunos lugares asomaban de la tierra pepitas de oro y de cobre, o estaban esparcidas por el suelo, al alcance de quien quisiera recogerlas.

Tanta riqueza resultaba asombrosa. Thostos supuso que el hecho de que los duardin hubieran preferido exprimir cada zona antes de pasar a la siguiente era una muestra de su carácter.

Thostos y Perun recorrieron una inquietante montaña de roca negra que era muy distinta del resto. El Prosecutor se había detenido e iba y volvía por el cielo sin dejar de señalar abajo. El Lord-Celestant y su compañero descendieron por una ladera sembrada de piedras sueltas y al llegar abajo se toparon para su sorpresa con un camino, pavimentado y recto. Siguieron por él y, poco tiempo después, divisaron dos filas de Celestial Vindicators desplegadas a lo ancho del camino, con las capas sacudidas por la brisa metálica.

Al final del Camino, el Lord-Castellant Eldroc, de la cámara de guerreros de Thostos, esperaba junto al borde de un precipicio. Su grifocán Picorrojo estaba tumbado a su lado, agitando la cola con impaciencia.

—Eldroc no ha tenido más suerte que nosotros —dijo Perun—. Más valles desiertos.

—Este es más importante que la mayoría —repuso Thostos.

—No hay nada que matar —refunfuñó Perun—. ¿Dónde está el enemigo?

—Pronto encontrarás víctimas, amigo mío.

—Lord-Celestant. —Eldroc se golpeó el pecho con la mano derecha e inclinó la cabeza—. ¿Alguna noticia de los duardin?

—Ninguna —respondió Thostos—. Hay minas y edificios por todas partes. La mayoría han sido saqueados, otros parecen abandonados. No hemos encontrado signos de vida y de los duardin no hay ni rastro. Los heraldos están buscándolos por todos los rincones, pero esta tierra está desierta.

—Yo he encontrado lo mismo —señaló Eldroc.

—Nada más que valles polvorientos y ciudades en ruinas. —Thostos suspiró—. Ni rastro de vida en ninguna parte.

—¿Esperabas algo mejor? —preguntó Eldroc—. He oído que otros reinos han corrido peor suerte bajo el yugo del Caos.

Thostos gruñó.

—Siempre espero algo mejor, Lord-Celestant, pero nunca me extraña encontrarme lo peor.

—He recibido noticias de los Espadas de Fuego y de los Maestros de la Tormenta. Han tomado la Puerta del Peñasco Brillante. Apenas encontraron resistencia. Tal vez deberías revisar tus expectativas.

—Por lo menos han podido usar las espadas —observó Perun.

—Enséñame lo que has descubierto —ordenó Thostos—. El resto de tu cámara que explore los valles del norte. He visto indicios de bestias allí.

—Si nuestros hermanos se encuentran con el enemigo, me gustaría estar a su lado —dijo Perun.

—Ya —dijo Eldroc—. Yo también.

—Si has encontrado el Camino Plateado, te cobrarás venganza antes que yo —protestó Perun.

—Tal vez, Liberator-Prime. —Eldroc recogió del suelo la alabarda y el farol protector—. ¡Picorrojo, sígueme!

Eldroc condujo a Thostos y a Perun hasta la parte superior de una escalera tallada en la pared del barranco. Al final de la escalera había una grieta por la que se colaba la luz del día.

—Desde fuera, esta grieta parece una simple raja en la roca. La escalera está hábilmente escondida —dijo Elroc—. A los duardin les gustaba esconder las cosas. La mayoría de los asentamientos que hemos inspeccionado tienen unas puertas imponentes, pero hay muchos otros ocultos de una u otra manera.

—El pueblo de Grungni siempre fue muy reservado —dijo Thostos—. Lord Sigmar ya nos advirtió de ello. Ojalá no lo fuera. ¿Cómo vamos a convencerlos para que su sumen a nuestra causa si ni siquiera los encontramos?

—No paro de preguntarme por qué nos han encomendado esta tarea —comentó Eldroc—. Nosotros, los hijos de la venganza, escarbando en la tierra en busca de un pueblo que no quiere ser encontrado. En principio, una huestormenta con un carácter menos beligerante parecería más adecuada para esa misión. Me preocupa que el Rey Dios desconfíe de nosotros.

—¿Ya le has preguntado a Sigmar, Lord-Castellant? —inquirió Perun.

—Perdona mi impaciencia.

—Yo me siento igual. Intentaré explicarte lo que yo pienso de su estrategia —dijo Thostos—. Los duardin respetan el poder de las armas tanto como la habilidad en la artesanía. Arrastran agravios durante mucho tiempo y no se desprenden de ellos hasta que se sienten completamente resarcidos. Por lo tanto, ¿qué mejor interlocutor con ellos que los que se cobran venganza con los Cuatro Poderes?

Eldroc hizo un ruido de asentimiento con la boca.

—Ninguno de nosotros, los Stormcasts, ha sido puesto a prueba en batalla —continuó Thostos—. Si yo fuera Sigmar, tal vez enviaría primero a mis guerreros más comedidos para evaluar mejor sus virtudes y me reservaría a los más feroces para cuando los necesitara de verdad. Paciencia, hermanos. Hemos esperado siglos para entrar en batalla. ¿Qué importan un par de horas más? Muy pronto todos mancharemos de sangre los martillos. Tenemos por delante una guerra que se prolongará hasta la eternidad. No me extrañaría que antes de lo que pensamos estemos deseando que lleguen tiempos de paz.

—Eso nunca —sentenció Perun—. Jamás desearé que lleguen tiempos de paz hasta que expulsemos al mismísimo Khorne de su trono de hierro y hagamos trizas su colección de calaveras.

—Lo mismo digo —afirmó Eldroc.

La escalera daba paso a un lugar con el suelo llano y cubierto de arena. Parecía una cueva, aunque tenía un amplio agujero en el techo que dejaba ver el cielo de tono metálico. Sin embargo, el camino parecía no tener salida; una pared de roca se levantaba frente a Thostos.

—¿Aquí acaba?

—Así es, Lord-Celestant. Otra ilusión óptica. Sígueme.

Eldroc enfiló hacia el fondo de la cueva y su armadura de color turquesa destelló cuando atravesó un haz de rayos de sol. A primera vista, el guerrero se había desvanecido. Thostos y Perun se detuvieron y se miraron con perplejidad, pero entonces volvió a aparecer un brazo de Eldroc, que les hizo gestos para que lo siguieran. Lo que parecía una pared de piedra era en realidad dos superpuestas, con un pasadizo entre ellas.

—Otra maravilla hecha de simple piedra —observó Perun.

Siguieron a Eldroc y llegaron a otra hendidura. Los bordes coincidían, así que daba la impresión de que la roca se había abierto como una boca. Un camino de arena se extendía desde la grieta y llegaba hasta una cámara amplia y con forma de campana. Cuarenta Stormcasts custodiaban la entrada y se golpearon la armadura con los martillos a modo de saludo cuando vieron acercarse a sus oficiales.

—Veamos qué hay —dijo Thostos.

Eldroc señaló a su izquierda, donde había un gran portal incrustado en la roca negra de la montaña. Thostos se situó en el centro de la cámara para observarlo mejor. El ángulo del sol era justo el adecuado para que su luz se reflejara en la pequeña lámpara que había en el techo de la cámara e iluminara las inmensas esculturas que rodeaban la puerta.

El portal tenía un tamaño descomunal; medía noventa metros de alto y treinta de ancho. Dos gigantescas figuras de duardin esculpidas en unas columnas que ocupaban la mitad inferior del marco de la puerta flanqueaban la entrada; tenían la cabeza y la espalda inclinadas por el esfuerzo, y sus largas barbas rozaban la arena a lo largo de la base de la pared del barranco. Las escoltaba un friso con esculturas menos espectaculares que representaban una hilera de figuras que miraban con gesto ceñudo a los Stormcasts y los señalaban con dedos acusadores. Unos pilares altos y dispuestos geométricamente que partían de las palmas de las manos de las dos estatuas mayores resaltaban la altura de la construcción y sostenían el peso de un largo dintel tallado en una única y gigantesca piedra. El borde exterior consistía en una cornisa en la que se habían tallado unas figuras geométricas que se repetían a lo largo de ella. En el espacio liso de la parte central de las jambas se había grabado una runa de casi dos metros de altura, rodeada por elementos de flora y de fauna cinceladas en la roca, con líneas estrechas cerca de la cornisa y más anchas a medida que se acercaban al hueco de la puerta. Thostos no había visto ninguno de los seres esculpidos en las yermas tierras de Anvrok corrompidas por el Caos. El mundo que representaba ya no existía.

Allí, brillantes vetas de galena estriaban la roca negra de la montaña, si bien el arco estaba construido con otra clase de piedra, esta de un color crema. Thostos no veía marca alguna que indicara donde terminaba la una y empezaba la otra; era como si estuvieran soldadas. Y tal vez esa fuera la explicación. Los duardin poseían unas habilidades únicas. Las runas de la puerta brillaban tenuemente con la luz del sol de Chamon, que brillaba lánguidamente con una magia mortecina que era un residuo de un gran poder pasado.

Thostos se quitó el yelmo y dejó a la vista un rostro enmarcado por el cabello y la barba rubios, de mentón recto y unas facciones angulosas poco frecuentes entre los hombres mortales. Solo sus ojos parecían completamente humanos; eran lo único que se había conservado intacto en su proceso de renacimiento. Eran los mismos ojos con los que había contemplado Amcarsh durante sus días de agonía. Pero ni esos ojos ni el sudor y la mugre que le estriaban la tez podían ocultar el poder que crepitaba dentro de él y que era el obsequio de un dios.

—El legendario Camino Plateado de los duardin —dijo Thostos. Sin la máscara, su voz sonaba cordial y firme—. Confieso que es una verdadera decepción haberlo encontrado con tanta facilidad.

Se oyó la risa, un sonido en el que se mezclaban el orgullo y la frustración, de un puñado de guerreros.

—¿No encontrasteis resistencia? ¿Estaba aquí sin más, en la ladera de la montaña, esperándoos?

—La encontró el Retributor Eustos —dijo Eldroc. Señaló al guerrero, que asintió con la cabeza.

—Vi a un mirlo posarse en una piedra —explicó Eustos—. Era la primera criatura viva que veía en este lugar, así que me llamó la atención. Mientras la observaba, la escalera era plenamente visible, aunque juraría por Sigmar que antes no había habido nada en su lugar.

—Plenamente visible —repitió Thostos mientras escrutaba las líneas puras de las esculturas, libres de erosión y sin marcas de violencia—. Aquí no hay ni rastro del Caos. Aunque esos malditos no la hubieran encontrado, esperaba que como mínimo se hubiera convertido en la guarida de alguna bestia. Pero no hay marcas, ni pasadas ni presentes. Es como si hubiera permanecido oculta durante siglos. Casi tengo la sensación de que estábamos predestinados a encontrarla.

—De hecho, eso mismo sugiere el Lord-Relictor Cryden, mi señor. Afirma que los duardin escondieron este lugar a los enemigos de su dios Grungni… —comenzó a decir Eldroc.

—Pero no a sus aliados —lo interrumpió Thostos para terminar la frase. Su armadura de sigmarita hacía un suave ruido de fricción mientras él iba de un lado a otro de la puerta.

—Hay algo más, Lord-Celestant. —Eldroc hizo un gesto con la cabeza a los hombres apostados en la puerta. Uno de ellos enfiló hacia el fondo de la cámara, tan vasta que tardó un minuto en recorrer la distancia. Una vez allí, levantó el martillo y golpeó la roca.

—¿Ahora somos mineros, Eldroc? —preguntó Thostos.

—Observa —respondió el Lord-Castellant. Hizo otro gesto a los hombres que estaban junto a la puerta, que metieron las manos en la boca de dos de las figuras de menor tamaño del friso.

El suelo tembló y comenzó a sonar un zumbido grave. Las runas grabadas en la puerta brillaron intensamente con luz azul.

La cámara se movió lentamente y los Stormcast pasaron del interior de una gigantesca gruta a encontrarse sobre una plataforma excavada en la ladera de la montaña, rodeados por robustos edificios en ruinas. Allí donde se había alzado la pared del fondo de la cámara ahora se extendía una ancha carretera que partía del Camino Plateado y descendía por varios rellanos y empinados tramos de escaleras. Luego, las laderas de roca lisa se extendían sinuosamente varios centenares de metros en todas direcciones, hasta donde alcanzaba la vista. Una ciudad duardin se levantaba a lo largo del camino que descendía por la montaña. Los Stormcasts pudieron admirar a izquierda y a derecha el valle de Anvrok en toda su extensión. Los rayos cálidos del sol acariciaron el rostro de Thostos. El único elemento que se mantenía igual era el camino secreto por el que había llegado al Camino Plateado. Aún partía de la puerta abierta en la piedra, si bien su entrada permanecía oscura por culpa del sol.

—Ahora sí que estoy impresionado —dijo Thostos mientras recorría el paisaje con la mirada—. ¡Esto sí que es arte! Nunca había tenido noticia de una ilusión capaz de esconder una ciudad entera, salvo el velo con el que Sigmar oculta Azyr.

—La ciudad está desierta, abandonada como el resto —dijo Perun—. Otra decepción.

—Tienes razón —repuso Thostos. Los edificios habían permanecido ocultos a los ojos de los depredadores, pero, a diferencia de la puerta, había sufrido los efectos del tiempo y de los fenómenos meteorológicos. La mayoría de las construcciones tenían un cerco de escombros, agrietados por las heladas y el sol. Los tejados se habían derrumbado y las ventanas eran unas cuencas oculares vacías por las que circulaban aullantes corrientes de aire.

—Si los duardin querían que encontráramos este lugar, ¿por qué no los encontramos a ellos? —preguntó Eldroc.

Los hombres miraron detenidamente la puerta un momento.

—¿Funciona? —preguntó Thostos—. ¿El camino aún está abierto?

Eldroc levantó una mano. Un heraldo de su cámara salió del grupo de Stormcast Eternals que el Lord-Castellant tenía a su espalda. Tenía un porte orgulloso y de indiferencia, y llevaba el yelmo sujeto bajo un brazo. Había replegado los mecanismos de las alas y las plumas de luz se habían apagado.

—Prosecutor-Prime Martius el Raudo, del cónclave Angelos Sangre Celeste —se presentó. Su voz sonó alta y clara, aunque con un ligero tono cavernoso, como lo tenían las voces de todos los reforjados por culpa de la máscara.

—Habla, Martius —ordenó Thostos.

—He regresado a Sigmaron por este camino, mi señor. Funciona exactamente como nos aseguró nuestro señor Sigmar. Al otro lado del arco hay un túnel, minuciosamente excavado en la roca. A medida que el viajero se adentra en él, el frío de la penumbra lo envuelve, hasta que la oscuridad y el frío helador son los mismos que los de las tinieblas anteriores al tiempo. Se llega a otro arco, como el de la puerta que tenemos delante, pero con el doble de elementos decorativos. Esta entrada no es la puerta, sino el paso al Camino Plateado. Al otro lado esperan la negritud y la luz de las estrellas, pero yo confié en la palabra de nuestro Rey Dios y me adentré en el vacío mientras pronunciaba seis nombres de Azyr. ¡Y, bueno, un camino plateado surgió bajo mis pies, resplandeciente como las lunas puras de Azyr! Solo había dado cinco pasos en ese camino interminable cuando me encontré en los Jardines de la Celeridad, próximos a la carretera que lleva a Sigmaron. Las leyendas son ciertas.

—¿No había un camino de vuelta a través del portal del reino por el que saliste?

—No. Se cerró en cuanto salí de él y desapareció sin dejar rastro. Fui conducido allí y abandonado. Sigmar me envió de vuelta aquí.

—¿Y no hay nada peligroso en el camino?

—Se mantiene puro e intacto. No presenta marcas del Caos.

—Así pues, la misión principal de nuestra cruzada ha terminado —dijo Thostos, y se echó a reír. Lo cierto era que tanto él como Eldroc y el resto de los Acerotormentas habían esperado saciar su sed de venganza antes de cumplir con éxito su misión—. Sigmar lo verá como una gran victoria.

—Ya lo creo —dijo Eldroc—. Una parte de la huestormenta ha recibido la orden de regresar a Azyr.

Thostos enarcó las cejas y miró al Lord-Castellant con gesto inquisitivo.

—¿Y?

—Nosotros no, mi señor. Debemos permanecer aquí, junto con los Espadas Ígneas y los Vengadores del Juicio Final. Los Heraldos de la Venganza deben permanecer en estado de alerta en la Puerta del Peñasco Brillante bajo el mando de Lord-Castellant Barahan. Se enviará a otros al oeste y al sur, y a Denvrok, para extender la búsqueda de los duardin.

Thostos asintió, visiblemente aliviado.

—Eso está bien. Aún conseguiremos llevar a cabo nuestra venganza.

—A lo mejor sí y a lo mejor no, mi señor —puntualizó Perun.

Thostos paseó la mirada por los oficiales y los paladines de la cohorte de Eldroc. Todos ellos irradiaban frustración.

—Somos los Celestial Vindicators —declaró, elevando la voz para que todo el mundo pudiera oírlo—. Estamos aquí por nuestro insaciable deseo de venganza. Veo mucha impaciencia entre vosotros, ansias de enfrentarse con el enemigo y aplastarlo, de desgarrar y destruir a esos viles traidores que dieron la espalda a los dioses y se entregaron al impuro poder del Caos. —Su voz retumbó por toda la ladera—. No temáis, hermanos. Obtendremos nuestra venganza, todos y cada uno de nosotros, una y otra vez desde este mismo momento hasta que el final de la eternidad extienda la larga noche sobre los Reinos Mortales y todos aquellos que se encuentran más allá. No permitáis que la decepción por la facilidad con la que hemos encontrado esta puerta os venza. ¡No! Pues por este camino de los duardin nuestros martillos harán notar su presencia en un millar de millares de batallas. Es mejor poner a prueba nuestra valía en muchas guerras que en una sola. No desesperéis, oh, Celestial Vindicators, derramaremos la sangre de diez mil enemigos como recompensa por la vida de nuestros familiares y la destrucción de nuestras naciones.

—Bien dicho, señor —le felicitó Eldroc.

—No pareces satisfecho, Lord-Castellant.

—Estoy ansioso por luchar —confesó Eldroc.

Thostos puso una mano en el brazo de su lugarteniente.

—También yo, Eldroc. También yo.

—A otros se les presentará la ocasión antes que a nosotros, creo —insistió Eldroc—. Tengo órdenes para los Acerotormentas. Imagino cuáles serán.

Un ayudante de Eldroc le entregó un pergamino enrollado. Thostos lo leyó rápidamente. Luego volvió a enrollarlo; las llamas envolvieron el pergamino, que quedó reducido a cenizas.

—Debemos quedarnos aquí y vigilar la puerta.

Eldroc asintió con la cabeza.

—Claro.

—Entiendo tu deseo de entrar en combate, Lord-Castellant. —Thostos alzó la vista al cielo pálido, como si pudiera ver allí arriba a Sigmar, observándolo fijamente—. No le confiaría esta misión de custodiar el Camino Plateado a nadie más que a ti, Eldroc —añadió—. Eres uno de los mejores Lord-Castellants que hay, un maestro en las tácticas de defensa.

—De todos modos, no sé si sentir enfado o alivio —repuso Eldroc—. Envían a los demás a reinos donde ya están librándose batallas. —Dejó el farol en la arena y sujetó con fuerza la alabarda—. Les llegará antes la oportunidad para vengarse.

—O podría ser que nuestros camaradas no encontraran nada y los enviaran a la Ciudad Dorada como fuerza de reserva —señaló Thostos.

—En mi opinión, ni siquiera tú crees que eso vaya a ocurrir.

—Tienes razón —gruñó Thostos—. Pero tampoco creo que esta calma dure mucho. Esta tierra parece desierta, pero lleva mucho tiempo bajo el control de un maestro de las artimañas. Hay hombres bestia, y cuando se difunda la noticia de nuestra llegada, vendrán a por nosotros. Es imposible que nuestra presencia haya pasado inadvertida. ¿Se puede revertir el proceso de ocultamiento?

—Sí, Lord-Celestant —respondió Eldroc con una decepción evidente. Levantó el brazo y sus guerreros regresaron junto a las estatuas de los guardianes.

—Espera, Lord-Castellant —ordenó Thostos—. Dejemos a la vista el Camino Plateado. Será una manera de informar a las fuerzas del Caos de que no todas las obras de los antiguos han sido erradicadas. Así sabrán también que estamos dispuestos a librar una guerra abierta con ellos para recuperarlas. No somos unos mocosos que tratan de pasar desapercibidos. Que se enteren y monten en cólera. Los enemigos no tardarán en atacarnos. Estoy completamente seguro de ello.

El porte de los Celestial Vindicators desplegados alrededor de la puerta cambió; ahora parecían más altos. Cuchichearon entre ellos, con voces atropelladas por la emoción de la perspectiva de una batalla inminente.

—En ese caso, los espero con impaciencia —dijo Eldroc—. Gracias, señor.

CAPÍTULO SEIS

LA CALMA ANTES DE LA TORMENTA

Acompañadas por el evocador sonido de las trompetas, tres cámaras de Celestial Vindicators iniciaron la marcha a través de la recientemente descubierta ciudad de los duardin para entrar en el túnel del Camino Plateado.

Avanzaban en formación de cinco en fondo, y el ruido de sus pasos y el traqueteo de sus armaduras resonaban en las laderas mientras que sus canciones ascendían hasta las cumbres de las montañas.

Los miembros restantes de los Acerotormentas fueron los primeros en llegar a la boca del túnel y se apartaron junto a la cohorte de Eldroc para dejar pasar al resto. La columna de guerreros marchó liderada por sus Celestants, Castellants, Vexillors y Relictors. Los dracoths resoplaban y gruñían, pues no les hacía mucha gracia abandonar Chamon. Entre los guerreros había filas de Judicators armados con arcos, de Retributors con sus martillos, de alados Prosecutors y de Liberators de semblante severo, con los pertrechos relucientes y los estandartes ondeantes.

Thostos saludaba a sus hermanos oficiales a medida que pasaban ante él. Tal era su número que parecían infinitos; eran como un reguero de color turquesa de vengadores frustrados, condenados a pasar por la puerta una y otra vez.

Sin embargo, su número era finito, y cuando el día declinaba y la Luna del Alquimista ya se exhibía en el cielo, el último de los guerreros entró en el túnel. El sonido de la marcha pudo oírse hasta mucho tiempo después de que las últimas filas hubieran desaparecido en la oscuridad, cuando cesó abruptamente.

—Han entrado en el Camino Plateado y se han marchado de Chamon —dijo Eldroc.

—Ha sido conmovedor ver a los guerreros de Sigmar marchando por las tierras de Chamon —dijo Thostos. Reparó en su cámara de guerreros, que aguardaban en fila, con las capas agitadas por el viento cálido. Ahora todos los miembros de los Acerotormentas custodiaban el Camino Plateado. La mayoría se habían desplegado frente a la entrada, salvo cincuenta, que hacían guardia en la entrada del cañón por el que se accedía a él.

—Y sin embargo, Sigmar nos tiene esperando aquí, en este páramo —se quejó Eldroc.

Picorrojo despertó de su sueño profundo y levantó la cabeza para fijar un ojo en un punto concreto del cielo sobre la desolada ciudad. Allí titilaba un punto luminoso que parecía acercarse, y solo unos segundos después pudo distinguirse una figura, un Prosecutor mensajero que se posó frente a la puerta.

—¿Alguna noticia? —preguntó Thostos.

—Poca cosa, Lord-Celestant. Hemos encontrado restos dispersos de un asentamiento mortal y residuos de manadas de bestias. Hay una gran fortaleza en el sur, en las ruinas de la ciudad de Elixia. Por lo demás, no hay habitantes en esta tierra.

—Es una noticia valiosa —afirmó Thostos—. Mañana enviaremos más exploradores para que echen un vistazo. Si se trata de un importante bastión del enemigo, nos ofrecerá la primera oportunidad para llevar a cabo nuestra venganza.

El Prosecutor inclinó la cabeza.

—¿Alguna cosa por los alrededores? —preguntó Eldroc.

—Nada, mi señor. Tan desierto como antes. Nada va ni viene.

—¿Y los duardin?

—Los Knight-Azyros siguen buscándolos y se han adentrado en los picos más altos. La cámara de los Espadas Ígneas han cruzado el río de la Plata y se dirigen a las faldas de los Vaulten. No han encontrado indicios de habitantes, ni actuales ni pasados. El Lord-Celestant Cumulos de los Vengadores del Juicio Final me ha pedido que te informe de que sus hombres han encontrado obras de los duardin cerca del río. Hay fábricas, pero en un estado ruinoso y abandonadas desde hace mucho tiempo. Él y la parte de su hermandad que no está con Barahan se dirigen al oeste, hacia el gran reptil plateado, con la esperanza de encontrar algún rastro reciente de los duardin.

—Eso quiere decir que vivían aquí. Esta era su capital. Se confirman nuestros temores —dijo Eldroc.

—Estas montañas están llenas de obras suyas. No son la periferia, sino el centro de su país —observó Thostos.

—Eso parece, mi señor. Si nos alejamos de aquí, las ciudades que encontramos pertenecen a los hombres, no al pueblo de Grungni —dijo el heraldo.

—Muy bien. Continúa patrullando, Prosecutor. Vuelve en cuanto tengas noticias, sean del tipo que sean.

—Sí, Lord-Celestant. —El Prosecutor se elevó de un salto y las alas lo elevaron como si fuera una esfera de luz. Eldroc envidiaba su libertad.

—Él vuela y nosotros esperamos —dijo Thostos, leyendo la mente de Eldroc.

—Mi papel es el de defensor, mi señor. Sigmar me hizo renacer para que protegiera su fortaleza y custodiara lugares como este. Y cumplo sus órdenes con gusto.

—Aun así, sientes envidia por nuestro hermano Prosecutor —repuso Thostos.

Eldroc no dijo nada, pero no pudo evitar mirar al sur, en dirección a la fortaleza. Ya era bien entrada la noche y todavía no había señal del enemigo.

CAPÍTULO SIETE

LA PRIMERA BATALLA

—¡Fuego! ¡Fuego azul! —El grito proferido por el centinela apostado en la cima del barranco rebosaba entusiasmo y alegría—. ¡El enemigo ha aparecido!

Un Celestial Vindicator señaló hacia el sur, donde una centelleante esfera de luz azul surcaba el cielo de la primera hora de la mañana.

—¡A las armas! ¡A las armas! —bramó un exaltado Thostos—. ¡Por fin, hermanos, llevaremos a cabo la venganza que tanto ansiamos! ¡A las armas! ¡A las armas! ¡Eldroc, ocúpate del lado oriental de la plataforma, yo me encargaré del occidental!

—Sí, señor —respondió Eldroc, que corrió a cumplir las órdenes de su señor con Picorrojo pisándole los talones.

Tronaron los cuernos para organizar la formación de los Stormcast Eternals, que se desplegaron frente a la puerta duardin, acompañados por el repiqueteo de las armaduras. Un semicírculo de Liberators se colocaron hombro con hombro y juntaron los escudos. Delante de ellos se extendió una línea de Judicators, cuyos arcos de rayos aparecieron en sus manos con un sonido crepitante.

—¡Esperad! —gritaron desde arriba—. ¡El fuego se ha extinguido!

Todas las miradas se volvieron hacia el horizonte. Eldroc escudriñó el cielo matinal.

Y entonces reapareció encima de ellos.

La esfera de fuego de bruja, del tamaño aproximado de un escudo, salió de la nada justo delante del portal del reino y se expandió hasta convertirse en una chisporroteante ola de más de cincuenta metros de ancho. De las puntas de las llamas azules saltaban chispas anaranjadas y magentas, verdes y de color violeta. En el fuego aparecieron unos rostros que aullaban y reían, pero enseguida fueron sustituidos por otros horrores. El resplandor que emitía era cegador, como el de los rayos, aunque estaba cargado de magias oscuras y mirarlo hería el alma además de los ojos.

—¡Judicators, fuego! —ordenó Eldroc.

Los rayos flamearon y confrontaron su luz pura al resplandor oscuro del fuego. Los Judicators dispararon metódicamente una andanada de rayos de tormenta detrás de otra, pero los proyectiles chocaban en las llamas con un sonido metálico, su brillo se apagaba y caían al suelo.

—¡Fuego! —bramó Eldroc.

La puntería de los Judicators era extraordinaria. Todos los proyectiles que disparaban acertaban en el blanco, pero también eran repelidos con la misma contundencia con la que la sigmarita bloquea un hachazo. Las llamas crecieron para ocupar todo el ancho de la plataforma. De las runas duardin grabadas en la puerta saltaron chispas cuando recibieron la caricia de la luz impura. El fuego no desprendía calor, pero irradiaba una leve picazón que hizo castañear los dientes de Eldroc. Las energías contenidas en el cuerpo del Lord-Castellant reaccionaron y provocaron una serie de fugaces chispazos por toda su armadura. Las articulaciones de las armaduras de los Stormcasts comenzaron a despedir un humo que olía a azufre y a flores.

El fuego continuó su avance hasta acercarse a una treintena de metros de los Judicators. Eldroc se protegió los ojos con la mano. Detrás del fuego distinguió unas figuras oscuras, unas siluetas que se contorsionaban en las llamas, unos guerreros fundidos en una sola y larga forma. Eran tan altos como sus Stormcast Eternals, iban enfundados en recias armaduras y llevaban unos yelmos coronados con cuernos y extraños penachos. La caballería ocupaba la posición central de la columna, a lomos de gigantescos caballos, flanqueada por la infantería, que blandía unas enormes y mortíferas hachas. Pero Eldroc alcanzó a ver algo más, una figura colosal que sobrevolaba la cola de la columna de guerreros del Caos. Sin embargo, el fuego, que ahí parecía más denso y concentrado, como si quisiera proteger su secreto, no le permitía discernir su naturaleza.

—¡Tocad los cuernos! ¡Ordena a la guardia apostada en lo alto del barranco que baje a la puerta! —gritó Eldroc.

Los cuernos plateados resonaron y la pureza de sus notas disipó parcialmente la extraña sensación que generaba el fuego.

El muro de llamas comenzó a extinguirse y dejó a la vista la hueste del Caos que escondía: al menos doscientos guerreros, en armaduras azules y amarillas de brillantes acero y bronce engalanadas con repugnantes adornos. La hueste del Caos y los Stormcasts eran las dos caras de una misma moneda, ambos gobernados por una voluntad divina; ahora bien, mientras que Sigmar había elevado las almas de los Stormcasts, el bando contrario estaba formado por hombres que habían sacrificado la suya a cambio de poder.

Las filas de Liberators se abrieron disciplinadamente para que los Judicators pudieran retroceder y parapetarse detrás de ellos. Luego volvieron a juntar los escudos, justo en el momento en el que los guerreros de Tzeentch emprendían la carga rugiendo arrebatadamente.

Primero atacaron los flancos de infantería, que embistieron los lados de la formación de Acerotormentas. Fue entonces cuando Eldroc perdió de vista a Thostos y se redujo su visión de la batalla.

Los guerreros chocaron con un estrépito ensordecedor, un estruendo que tenía su origen en milenios de leyendas, que se remontaba a un tiempo en el que los mismísimos dioses se batían cuerpo a cuerpo. Los Stormcasts levantaron los escudos para bloquear unos golpes que habrían partido por la mitad a un ogro y respondieron con los martillos, que hicieron trizas las armaduras de sus oponentes y pulverizaron los cuerpos que protegían. Los dos bandos exhortaron a sus respectivos amos divinos para que les otorgaran la victoria. Las plegarias al Señor de la Transformación competían con los himnos de guerra sigmaritas y el aire bullía allí donde colisionaban.

A medida que se extinguía el fuego, Eldroc pudo ver mejor la figura que ocultaba: un hombre de gran estatura, envuelto en una túnica oscura y con unos largos y puntiagudos cuernos, se movía subido en un disco giratorio hecho del oro más puro. Un hechicero vagabundo, un discípulo de la transformación. Iba apresando el aire con unos largos dedos para extraer el poder de la materia de la creación y arrojarlo contra los Acerotormentas. Esos rayos de magia multicolor se transmutaban en abrasadoras lanzas de mercurio en pleno vuelo. Uno de los proyectiles impactó en los Stormcasts que Eldroc tenía a su izquierda; un guerrero se desintegró con un estruendo ensordecedor y un rayo cegador salió disparado hacia el cielo, de vuelta a las cámaras de Reforja del Sigmarabulum. Los guerreros del Caos eran un enemigo fuerte y se produjeron más regresos como ese. Sin embargo, los Acerotormentas no se amedrentaron y, con cada muerte de un camarada, los Liberators cerraban filas y no permitían que hubiera el más leve resquicio en su muro de escudos. Los rayos disparados por los arcos pasaban por encima de las filas delanteras y hacían saltar por los aires a los guerreros del Caos. La infantería del Caos al completo estaba enzarzada en la batalla, pero la caballería todavía no se había sumado; estaban preparados para entrar en combate, con sus caballos mutados resoplando, pero permanecían quietos.

—¡Aguantad, hermanos! —bramó Eldroc.

La infantería del Caos estaba hostigando los flancos de los Stormcasts para atraer más guerreros del centro de la formación, al mismo tiempo que la magia de su líder debilitaba la posición central enemiga. El Lord-Castellant divisó a Thostos al oeste de su posición, trabado en combate, pero volvió a perderlo de vista en el tumulto de guerreros que volvió a formarse allí. Eldroc conjeturó que los caballeros estaban esperando a que la parte central de la línea de los Stormcasts diezmara lo suficiente para que su carga causara auténticos estragos.

Si ese era el plan del enemigo, estaba fracasando. Los Stormcasts no flaqueaban y la línea se mantenía firme, sin dejar un solo hueco. El hechicero se encorvó y se relamió con la lengua morada; miró con recelo el estrecho valle que conducía a la plataforma. Allí estaban congregándose el resto de los Acerotormentas, que ya habían abandonado su posición de vigilancia en lo alto de la montaña y descendían estrepitosamente las escaleras para unirse a sus hermanos. En cuestión de segundos atacarían el flanco del Caos. El hechicero, consciente de que el tiempo jugaba en su contra, interrumpió el bombardeo y levantó un dedo largo en el que brotó una luz roja. Fue la señal para la carga de la caballería. Las monturas chillaron con unas voces diabólicas y se pusieron al galope mientras los jinetes calaban las lanzas. Los caballeros embistieron el centro de la línea de Stormcasts y unas cuantas lanzas atravesaron las armaduras de sigmarita. La imparable masa de caballos corrompidos, acero y hombres fortalecidos por el Caos obligó a los guerreros de Azyr a retroceder, y sus escarpes metálicos chirriaron en el suelo rocoso.

De la armadura de Eldroc saltaron chispas. El Lord-Castellant dio un paso lateral para esquivar una lanza y recibió al enemigo con los brazos abiertos.

—¡Venganza! —bramó—. ¡Venganza!

Entonó su canción de batalla con un júbilo macabro y arremetió con su alabarda contra uno de los gigantescos jinetes, al que derribó del caballo. Un gruñido anunció el ataque de Picorrojo. El grifocán, que estaba al lado de Eldroc, se elevó de un salto y tiró de su montura a otro caballero. El Lord-Castellant sintió que se le aceleraba el corazón mientras su alabarda cortaba el aire con un silbido. Para esto había renacido, este era su obsequio para Sigmar. En otro tiempo y en otro lugar había sido otro hombre. La vida de ese hombre había sido destruida al sonido de una risa malvada: su esposa, sus hijos, su familia y su tribu... Todos asesinados con una crueldad gratuita. Luchó, sí, pero lo derrotaron y lo llevaron a la mesa de torturas. Cuando su vida estaba a punto de extinguirse, rezó a Sigmar. No le pidió la salvación, sino que se le concediera la oportunidad de llevar a cabo su venganza. Gritó su odio al Caos con el rostro empapado en lágrimas mezcladas con sangre. Gritó a los cielos que le dieran la fuerza necesaria para acabar con los servidores de los grandes poderes de la misma manera que ellos habían masacrado a su tribu y pisoteado los cuerpos de sus seres queridos.

Una plegaria inútil, pero absolutamente sincera. Y sus oraciones obtuvieron respuesta. Su cabeza se llenó de recuerdos fugaces que llevaban mucho tiempo aletargados. Cada acometida bloqueada despertaba un recuerdo de dolor y de terror. Esas pesadillas del pasado inyectaban fuerza a su brazo. Lejos de cansarse, sus energías aumentaban y su necesidad de venganza impulsaba su brazo tanto como el poder de Sigmar. Agrietaba y partía las armaduras forjadas en el infierno y hendía las cabezas de los caballos revestidas de acero. Muchos y muy diestros paladines de Tzeentch arremetían contra él, pero nadie resistía su ira. Eldroc era la encarnación de la venganza, y su canción se transformó en un ininteligible grito de rabia mientras abatía enemigos sin importarle el peligro. La línea de Liberators que tenía a su espalda se sobrepuso a la presión del enemigo y siguió a su líder hacia el corazón de la batalla, salpicada de las vísceras que arrancaba la mortífera alabarda del Lord-Castellant. Eldroc asestaba hachazos y acuchillaba con la lanza a diestra y siniestra para desgarrar indiscriminadamente las oscuras armaduras y los cuerpos corrompidos de sus enemigos.

Un hombre enorme y salvaje recubierto de latón cayó al suelo y Eldroc le atravesó el estómago con la alabarda mientras soltaba un grito feroz. Extrajo la punta del arma y barrió el aire con ella para espantar a los caballos que se le echaban encima. Uno de los jinetes no pudo controlar la montura y Eldroc lo decapitó y rugió al ver el chorro de sangre que salió del cuello rebanado.

Los secuaces de Tzeentch no se atrevieron a batirse con Eldroc y se despejó un espacio en torno a él. Eso solo hizo que su ira aumentara. Respiraba con jadeos. Por primera vez desde su transformación sentía los dolores del agotamiento en los músculos. Nada deseaba más que abalanzarse sobre el enemigo y proseguir la carnicería, pero no podía permitir que la rabia lo dominara. Tenía la responsabilidad de liderar a sus hombres. Dejarse llevar por la cólera era propio del Caos, y él era un servidor del orden. Respiró hondo y ordenó a su corazón que se tranquilizara. Se subió encima del cuerpo de un caballo muerto y estudió la batalla.

El segundo grupo de Acerotormentas ya acudía en ayuda de Thostos por el desfiladero de la ladera y su llegada estaba poniendo en aprietos a los guerreros del Caos. Para contrarrestarlo, los adoradores del Caos estaban enviando refuerzos allí, así que solo restaba un grupo reducido de ellos enzarzados con los guerreros de Eldroc. Los Stormcasts estaban a punto de dar la vuelta a la situación. Ahora era el ejército del Caos el que corría el riesgo de perder fuerza en el centro.

El hechicero había bajado de su plataforma y estaba invocando a los poderes del Caos para que lo ayudaran. La magia impregnaba las armaduras de los muertos y confería una vida sobrenatural a las panoplias, que se levantaban del suelo arrastrando los cadáveres que contenían y regresaban a la batalla. En cuanto a los que seguían vivos, sus armaduras se movían con ellos. Las armas de los hombres del hechicero brillaban con intensidad.

Eldroc se echó a reír.

—¿Pretendes intimidarme con esa magia, mago? ¡Observa el poder de Sigmar Heldenhammer! —Levantó en alto el farol protector y la fuente de su poder y el símbolo de su orden irradió un resplandor cegador. Allí donde la luz tocaba la sigmarita de los Celestial Vindicators, las abolladuras de sus armaduras desaparecían y las heridas en sus cuerpos cicatrizaban. Los Stormcast, vigorizados por la luz de su Rey Dios, redoblaron el ataque. Por el contrario, los seguidores del Caos retrocedieron cuando los alcanzó la luz del farol; las heridas cerradas por el sacerdote volvieron a abrirse y las armaduras animadas por su magia se derrumbaron en el suelo.

Se había frustrado la carga de los caballeros del Caos. Cayó el último de ellos, y su montura dejó salir un largo relincho de reptil cuando lo tiraron al suelo y tanto jinete como caballo desaparecieron bajo la multitud de martillos que se cebaron en ellos.

En el centro de la línea enemiga solo quedaba la escolta del hechicero: una siniestra compañía de sucios asesinos vestidos como reyes y armados con el botín del saqueo de un demonio. Peligrosos, pero pocos.

La situación había dado un giro y era el momento de aprovechar la ventaja.

—¡Judicators, proteged los flancos! —bramó Eldroc.

Su grito de batalla atravesó el fragor de la lucha. Cesó la lluvia irregular de rayos y los Judicators se organizaron para disparar simultáneamente dos andanadas contra dos blancos distintos. Dos tercios de los llameantes proyectiles impactaron en el numeroso grupo de guerreros del Caos que se arremolinaban junto a la entrada del camino, mientras que el tercio restante acribilló a la horda más pequeña que se había reunido en el flanco oriental. Allí los rayos hicieron una escabechina con los guerreros, que enseguida huyeron en desbandada y quedaron a merced de los martillos y de las espadas de los Eternals.

—¡Liberators, conmigo! —gritó Eldroc.

Sin esperar a sus hombres, el Lord-Castellant corrió por el estrecho espacio y arremetió contra la escolta del hechicero. Unas alabardas con rostros que parloteaban estúpidamente sobre superficies líquidas se alzaron para recibirlo, pero Eldroc las apartó a golpes. El Lord-Castellant repetía una y otra vez su juramento a Sigmar mientras se abría paso por las filas enemigas. El muro de escudos de los Liberators que lo seguían impactó en los guerreros del Caos con un gran estruendo. Eldroc estaba desatado y se abría un camino en solitario hacia el hechicero. Hacía molinete con el arma por encima de la cabeza y giraba el cuerpo para aprovechar toda la fuerza del impulso. Picorrojo lo seguía y desgarraba a todo aquel que lograba escapar de la ira de Eldroc.

El Lord-Castellant abatió a su último oponente con un estruendo final. Tardó unos instantes en darse cuenta de que había atravesado el espantoso regimiento. El hechicero solo estaba a un par de metros de él. Se miraron a los ojos un momento. Luego el hechicero dio media vuelta y huyó hacia la plataforma dorada.

Picorrojo saltó hacia él, pero el hechicero sacudió una mano y el grifocán salió disparado en sentido contrario.

—¡Judicators, acabad con el lanzador de maldiciones! —bramó Eldroc.

El disco había estado cabeceando en el aire y rotando a una velocidad moderada hasta que el hechicero se acercó a él, cuando se detuvo y descendió hasta el suelo. El hechicero se subió a él de un salto y el disco comenzó a girar a gran velocidad mientras ascendía y transportaba al hechicero por encima de las cabezas de los combatientes. Una ráfaga de rayos voló hacia él, pero ninguno acertó en el objetivo. Un muro de fuego azul brotó alrededor del disco y los proyectiles chocaron contra él sin causar el menor efecto. El fuego se contrajo para formar una esfera que salió disparada por el aire, sobrevoló las ruinas duardin y continuó hacia el sur.

Eldroc se fijó en la dirección que seguía, pero no tuvo tiempo de plantearse siquiera la posibilidad de ir en su persecución. Los guerreros del Caos, al ver que su señor huía, lucharon con unas fuerzas renovadas y el flanco de Thostos comenzaba a ceder a su furia.

—¡Matadlos! ¡Matadlos a todos! —gritó Eldroc. Él y sus hombres liquidaron a lo que quedaba de la escolta del hechicero y después regresaron a la entrada del camino de la montaña para enfrentarse con la retaguardia de los guerreros del Caos que luchaban allí.

Todo terminó minutos después. De un momento para otro, a los Stormcasts les pesaron los martillos que empuñaban y su respiración se volvió jadeante. Los cuerpos destripados de los esclavos del Caos yacían en la arena y en las rocas del suelo de la plataforma. Las estatuas de los duardin que flanqueaban el arco contemplaban la escena con impasibilidad. Eldroc apoyó la alabarda en el suelo mientras Thostos acudía a su lado.

—Por fin —dijo el Lord-Celestant—. Comienza la venganza.

—Y esto es solo el principio. ¿Has visto en qué dirección ha huido el hechicero?

—Ha ido hacia el sur.

—Exacto —dijo Thostos con una voz que denotaba una siniestra satisfacción—. Allí están las ruinas de la ciudad de Elixia… Y la gran fortaleza.

CAPÍTULO OCHO

LAS TIERRAS TITILANTES

Una vez concluida la batalla en la plataforma, atendidos los heridos y hecho el recuento de los que habían regresado a Sigmaron, Thostos decidió marcharse de la montaña con dos tercios de los Acerotormentas e ir en persecución del hechicero cornudo, y dejar a Eldroc al mando de la vigilancia del Camino Plateado.

Mientras descendían se hizo evidente que las ruinas ocupaban una extensión más grande que la que habían pensado en un primer momento. Los Stormcasts se maravillaron de que un lugar así hubiera permanecido oculto tanto tiempo, pues los edificios derrumbados se extendían hasta las tierras bajas y en las laderas había excavados muchos pozos y minas.

Dejaron atrás las ruinas de los duardin y pusieron rumbo al sur, siguiendo las indicaciones de los exploradores Prosecutors para llegar a la otra ciudad y la fortaleza que se levantaba en su centro.

Al anochecer llegaron a los límites de las Tierras Titilantes. Thostos dio el alto y sus hombres montaron un campamento en las ruinas que encontraron en la cima de una colina. De lo que había sido un palacio solo quedaban muros caídos y torres derrumbadas, y nada de lo que se mantenía en pie alcanzaba la altura de un hombre.

Thostos observó cómo caía la extraña noche sobre Anvrok por quinta vez. El sol se escondió detrás de los fuegos oscilantes del gran reptil

Argentino y su alargada sombra se extendió por el valle durante un cuarto de hora, hasta que el sol, de un apagado color rojo, reapareció debajo de él. El sol había librado su batalla diaria con las fauces del wyrm y la había perdido, como ocurría todos los días.

El cuerpo enroscado de Argentino colmaba el cielo de poniente. Durante el día, su titánica mole era pálida como la luna en las horas de sol, pero la noche le confería una consistencia funesta. En las lejanas tierras que se extendían al este, una neblina de polvo centelleante teñía el aire de un tono broncíneo, que se tornaba morado allí donde la noche alcanzaba su plenitud en el vacío, lista para expandirse sobre Anvrok. Desde el oeste, una luz nueva avanzaba con la intención de arrebatarle al sol su domino. En el valle de Anvrok. La tierra ya danzaba al compás de las eternas contorsiones del fuego de Argentino. Las sombras se deslizaban entre las rocas con frenesí, como si trataran de evitar ser vistas. El río de la Plata brillaba, pues la penumbra revelaba el calor intenso de su cauce. Así quedaba pues, el campo de batalla, donde la noche oscura competía con el fuego contaminado por el Caos del wyrm.

El Liberator-Prime Perun se acercó a su señor y sacó una piedra suelta de un muro. La brisa cálida había reducido la argamasa a polvo seco. Soltó un gruñido, que sonó hueco bajo la máscara, y volvió a colocar la piedra en su sitio.

—Supongo que es mejor que nada —dijo.

Thostos no dio muestras de haberlo oído. No desvió la mirada del enorme dragón.

—Crecí en Amcarsh, antes de que el Rey Dios me llevara con él y me hiciera renacer. En aquel reino había criaturas que eran altas como torres y más feroces que la tormenta. Eran tan poderosos que solo pudimos construir nuestros hogares en un puñado de lugares salvaguardados por el mar o por las montañas. Pero ese wyrm me causa asombro. Nunca había visto una cosa así.

Perun asintió.

—Parece increíble que exista algo así, Lord-Celestant. También el crisol que calienta. No doy crédito a que forme parte legítimamente de este reino. Parece más un capricho del Caos que un elemento del orden.

—Pero es un elemento del orden, o lo era. —Thostos desvió la mirada de las llamas oscilantes de la criatura para volverse hacia Perun—. Me han contado que era un dragón celestial, un ser tan noble como nuestros dracoths. El Gran Transformador lo pervirtió. Eso me da esperanza.

—¿Por qué? —Perun se quitó el yelmo y agitó su melena de rastas. Tenía la tez oscura y unos ojos de un intenso color verde. Había nacido en algún desierto, de donde fue expulsado como todos los demás.

—Porque si lord Sigmar nos considera lo suficientemente fuertes para enfrentarnos con seres como esa serpiente, y quizá librarla de la corrupción que se ha apoderado de ella, es posible que de verdad seamos capaces de hacerlo. Tenemos que ganar, Perun.

La tierra cambiaba durante la noche y se hacía más evidente la marca del Caos en los Valles Colgantes. La Luna del Alquimista ascendía por los escalones del cielo y extraños dibujos cruzaban su rostro ceñudo. Nacían misteriosos fuegos de ninguna parte: unas columnas de llamas multicolor que se retorcían en su avance por las laderas con un objetivo siniestro. Tal vez buscaran provocar a los Acerotormentas, pero los Stormcasts de Sigmar no hacían caso de esos duendecillos. No huían de los campamentos ni disparaban sus arcos, sino que se mantenían alerta y con las armas cerca. De la oscuridad llegaban sonidos extraños y el eco del balido de las bestias desde los peñascos. Sin embargo, las criaturas eran cobardes y no se atrevían a acercarse al campamento de unos guerreros tan poderosos.

Así pues, la decepción no abandonó a los Celestial Vindicators hasta el día siguiente, cuando se toparon con el siguiente foco de resistencia. Con un grito de pura ira, Thostos desvió la espada del caballero del Caos con su espada rúnica y le aplastó el peto con el martillo. La armadura se partió bajo la pesada cabeza del arma y pulverizó el pecho de su contrincante. De las grietas del peto comenzó a salir sangre a borbotones y el caballero, que para entonces ya había perdido el conocimiento, se derrumbó de costado. Thostos lo remató con un golpe en el pecho que le hundió las costillas. Giró la espada por encima de la cabeza y atravesó con ella la piel de acero de la extraña bestia que montaba el caballero. Pese a su insólito aspecto, tenía corazón, pues se derrumbó y murió.

—¡Por Sigmar! —bramó Thostos, enarbolando el martillo—. ¡Venganza!

En torno a él, sus hombres estaban masacrando a los guerreros del Caos, que se habían acercado llenos de confianza en ellos mismos, casi con entusiasmo, al ver en los Stormcasts unos oponentes dignos. No se daban cuenta de lo superiores que eran.

El fragor de la batalla y de los gritos fue amainando gradualmente hasta que perecieron todos los guerreros.

—¡Hemos acabado con ellos, mi señor! ¡Victoria! —gritó Perun.

—¡Victoria! ¡Victoria! —exclamaron los Acerotormentas.

Thostos bajó la mirada hacia el hombre que acababa de matar, un caballero a quien su patrón había obsequiado con un tamaño y una fuerza descomunales. Uno de los viejos reinos, y no uno pequeño, se habría ido a la quiebra para pagar su exuberante armadura, fabricada con extraños metales y con incrustaciones de piedras preciosas. Para limpiar las armas, Thostos empleó la magia que impregnaba sus pensamientos, y la sangre que embadurnaba la cabeza del martillo y el filo de la espada desaparecieron. Envainó la espada rúnica y se acuclilló para tender una mano hacia el yelmo del caballero muerto.

—¿Qué haces, Lord-Celestant? —preguntó Perun.

—Me gustaría verle la cara al hombre que he matado.

El yelmo salió con facilidad. A diferencia de otros guerreros, su armadura no se había fundido con su cuerpo, y su rostro no mostraba los efectos del poder deformador de Tzeentch. Tenía los ojos cerrados y los músculos de la cara relajados.

—Míralo. No hay emoción ni maldad en su rostro una vez muerto. Parece estar dormido. Su cara parece la de un hombre normal.

—Ya, pero no es un hombre normal —dijo Perun—. Es un seguidor del Caos, un traidor de todos los seres mortales. Vendió su alma por poder.

—Es cierto —repuso Thostos, sin despegar los ojos del rostro del caballero—. Pero me pregunto si pudo elegir. ¿Tomó ese camino voluntariamente o lo obligaron a hacerlo a punta de espada, por miedo al destino que podía esperar a su familia?

—Todos pudimos elegir, señor —replicó con enfado Perun—. Y nosotros elegimos seguir un camino distinto.

—Eran otros tiempos —dijo Thostos—. Entonces los hombres se entregaban en masa a los Poderes Oscuros por el beneficio que podían obtener. Pero si naces aquí —añadió, extendiendo un brazo para señalar las estériles laderas y el valle cubierto de matorrales espinosos—, ¿qué opciones tienes?

—Están muertos. Tenemos nuestra venganza. Eso es lo que importa.

—Tal vez —dijo Thostos. Tiró el yelmo—. Pero deberíamos dar rienda suelta a nuestra ira con los amos, no con los esclavos.

Las aves carroñeras ya sobrevolaban la carnicería con repiqueteo de alas de bronce. Dos de ellas desplegaron las alas y chocaron las cabezas. Los pistones de sus alas echaron humo mientras competían por llevarse los mejores trofeos. Una tercera ave se posó en el pecho del cadáver de un seguidor del Tzeentch y comenzó a aporrearle el peto de la armadura con un pico de acero con los bordes recorridos por dientes de sierra, que más parecía una cizalla que la boca de una criatura viva.

Thostos oteó la llanura que se extendía al oeste y los edificios en ruinas recortados en el horizonte. Detrás de ellos se atisbaba un vasto resplandor, parcialmente atenuado por la distancia y la magia.

—Estamos acercándonos a la fortaleza —declaró Thostos—. El principal bastión de esta región. Allí encontraremos a los señores de estas tierras y los mataremos.

—Serán unas víctimas dignas de mi martillo —repuso Perun.

El cielo estaba más despejado y la tierra más caliente a medida que se aproximaban a la ciudad. El sol se cebaba en ellos mientras se deslizaba lentamente sobre sus cabezas y calentaba las armaduras de sigmarita más allá de lo soportable. Las rocas y el suelo pedregoso de la región destellaban con los fragmentos de minerales que los plagaban; un constante centelleo que era tan desconcertante como hermoso. El calor hacía que la imagen de la ciudad fluctuara, y la neblina que se extendía en torno a ella ocultaba algunas partes y confería a la gran torre central la apariencia de estar suspendida en el aire.

Según se acercaban, descubrieron que las figuras irregulares que se alzaban desde el barranco eran en realidad un monumental castillo con ocho torres, mucho mayor de lo que habían imaginado. La fortaleza dominaba el centro de Exilia, una llanura atestada de construcciones de metal en ruinas. Por encima de la devastada ciudad se levantaban unos verticales muros de metal y piedra recubiertos de miles de resplandecientes calaveras de cobre y largos pinchos. El corazón del castillo, una torre increíblemente alta (tanto que era inconcebible que hubiera sido erigida por mortales), estaba construido exclusivamente en metal.

Thostos levantó la mano para dar el alto a la columna de Acerotormentas.

—Nosotros solos no podemos someter una fortaleza como esta. ¡Prosecutors!

Un grupo de guerreros alados acudieron raudos a la cabeza de la columna.

—Volad hasta la Puerta del Peñasco Brillante e informad al Lord-Celestant Cumulos, al Lord-Celestant Vard y al Lord-Castellant Barahan

—ordenó Thostos a los Prosecutors—. Necesito que envíen a tantos hermanos como puedan cedernos. Después de informar también a Eldroc, regresad a Sigmaron por el Camino Plateado; quiero que entreguéis un mensaje a nuestro señor Sigmar. Decidle que solicito que envíe de vuelta al resto de los Celestial Vindicators a Anvrok. Después de todo, no va a ser fácil conquistar este reino.

CAPÍTULO NUEVE

LORD MAERAC

Ephryx observaba desde el balcón de su torre cómo los Stormcast Eternals montaban el campamento. El cuenco de oro no le mostraba nada que le resultara útil, así que tenía que confiar en el catalejo. Naturalmente, las lentes de cristal no eran tan eficaces, pero por lo menos le permitían hacer un recuento de los hombres desplegados en la llanura.

—Doscientos siete —dijo. Había incluido a las figuras aladas que revoloteaban alrededor de la fortaleza a una distancia de seguridad.

—Y hay más en camino —señaló a su lado lord Maerac, de Manticorea, mientras picoteaba de una enorme fuente de plata las delicias que contenía. Escupió unas semillas por encima de la balaustrada del balcón y agarró el muslo de un ave con la que apuntó hacia el noroeste y el sureste—. Calculo que se acercan otros dos regimientos por allí, siguiendo el río de la Plata.

Ephryx desvió el telescopio hacia los puntos que le señalaba Maerac. Las densas nubes de humo que ascendían por el cielo anaranjado no dejaban lugar a la duda. Y para empeorar las cosas, en la cordillera del Peñasco Brillante estaba formándose una tormenta; se oían los truenos lejanos.

—¿Y dices que llegaron en relámpagos? —preguntó Maerac—. ¡Oh, vaya, estás en un verdadero apuro, amigo mío! —Se echó a reír.

Ephryx seguía mirando por el telescopio. Maerac era un hombre enorme, de anchas espaldas y con un rostro rollizo en la cabeza calva. El hechicero arrugó la nariz y enseñó los dientes. Con Kairos sabía que le convenía guardarse para sus adentros su irritación, pero con tipos como Maerac no tenía reparos en expresarla abiertamente.

—Quizá. Pero yo pienso que los que están en apuros son ellos.

—¿Por qué? —preguntó Maerac, con un tono que puso los pelos de punta a Ephryx.

—No tienen ni idea del poder de esta fortaleza.

—Por eso me necesitas, ¿no? —apuntó Maerac.

—¡Y nos han llevado hasta el Camino Plateado! —espetó con fastidio Ephryx.

—¿De verdad? —Maerac enarcó las cejas—. ¿Acaso el Camino Plateado está justo a tus puertas, mago Ephryx? Porque ahí es precisamente donde parece estar tu enemigo.

—¿Pones en duda mi palabra? Mira por el telescopio y verás el portal con tus propios ojos. La ilusión ha disminuido. —Ephryx movió el telescopio para apuntar hacia la recientemente desvelada ciudad duardin, apenas distinguible por su lejanía, pero visible si se sabía dónde mirar.

Maerac rechazó con desdén el telescopio.

—Siempre pongo en duda tu palabra, hechicero. Tienes una mente retorcida. Desconfío más de tus palabras que de las promesas del mismísimo Tzeentch. Veo perfectamente lo que afirmas que es el Camino Plateado, pero no creeré que lo es hasta que me lleves allí y entres en él conmigo.

—¡No es una ilusión! ¡Es tan real como esa nariz tuya!

—En ese caso, vaya bochorno que lo tuvieras delante de tu fortaleza todo este tiempo —dijo con retintín Maerac—. ¿Cuándo dices que te mudaste aquí?

—Te pondrás a mi servicio y te pagaré como acordamos —aseveró Ephryx.

—Sí, claro, y entonces me encontraré con que el rey Thrond ya está dirigiéndose al portal. Te divertirá mucho vernos enfrentados en una guerra abierta.

—Si ya está yendo hacia allí, no lo atravesará hasta que liquidemos a los sigmaritas que pretenden asediar los muros de esta fortaleza. ¿De verdad piensas que Thrond es tan poderoso como para derrotar a ese ejército? No lo creo, de lo contrario ya estaría yendo allí por iniciativa propia. No juegues conmigo, Maerac. —Ephryx sacudió una mano—. No tengo ninguna necesidad de engañarte. ¿Qué más me da que te apoderes del Camino Plateado? Yo nunca he tenido la intención de marcharme de aquí. Quiero quedarme para perfeccionar mi fortaleza.

—Una fortaleza que derribarían si yo no estuviera aquí —dijo Maerac—. Después de ver el enemigo al que nos enfrentamos, subo el precio de mis servicios. Eres rico en oro y en dinero.

—El Camino Plateado será tuyo. Deberías darme las gracias. Yo me conformo con mis edificios de carne, acero y piedra mientras tú arrasas los ocho reinos.

—Y eso haré. Hace mucho tiempo que mis guerreros no ponen a prueba sus capacidades. Este mundo no me despierta interés alguno —dijo Maerac—. Lo encuentro aburrido.

—En ese caso, es estupendo que nuestros intereses difieran —espetó Ephryx—. De lo contrario, tú y yo estaríamos continuamente tirándonos a la yugular del otro.

Maerac rio, arrancó un trozo de carne del muslo que tenía en la mano y a la vista quedó el hueso ligero y plateado del ave. El lord se inclinó por la ventana y lo lanzó hacia arriba. Algo que había en el tejado lo atrapó con un chasquido estruendoso.

—Está bien, Ephryx. Pero no puedo evitar tener la impresión de que me ocultas algo.

Ephryx puso cara de fingida inocencia.

—Tonterías.

—Venga, cuéntamelo. Matemos el tiempo mientras esos guerreros se deciden a atacar. Diviérteme con tus enrevesados planes.

—No tengo ningún plan.

Maerac le dio una palmada en la espalda.

—Siempre tienes un plan, hechicero.

—Bueno, está bien. Llevo años dedicado a perfeccionar las defensas de esta fortaleza.

Maerac esbozó una sonrisa de suficiencia.

—Eso ya lo sabía.

—Y para ello he transmutado en cobre todos los cráneos que me has ido proporcionando.

—Eso también lo sabía. ¿Crees que no estaba al tanto de lo que hacías con ellos? Sí que es mala tu opinión sobre mí.

—¡Estás mejor informado de lo que das a entender! —exclamó Ephryx—. Al amanecer, un parte del poder del sol y del éter se canalizan al interior de esos cráneos.

—Ya sé también todo eso —repuso Maerac con petulancia—. Y sé qué escondes abajo, ese objeto del orden que parasitas y que finges no tener. También estoy informado del ejército de esclavos que reuniste para levantar este lugar, de los ogors que construyeron el monumento de plomo alrededor del objeto y que luego dejaste ciegos. Todavía no entiendo por qué tuviste que hacer una cosa así —dijo, pensativo, con un tono sarcástico.

—Pero no sabes qué es —afirmó Ephryx. Ahora le tocaba mostrarse superior a su interlocutor.

—No lo sé, lo reconozco. Nadie que lo haya visto ha conservado los ojos o la cordura, y la mayoría ha muerto a lo largo de los siglos. No obstante —añadió, mirando a los guerreros congregados en el valle—, me atrevería a aventurar una respuesta. Tal vez yo sea un zoquete comparado contigo, Ephryx, o eso te guste tanto pensar, pero estoy dotado de un mínimo de inteligencia.

—¡Muy bien! —gruñó el hechicero—. ¡Entonces también sabrás que una vez que esta energía alcance su máxima potencia, la fortaleza será indestructible!

—Eso no lo sabía, pero lo sospechaba desde hace tiempo —respondió Maerac. Se metió en la boca una uva de sangre y la mordió con placer—. Eres consciente de que solo te permito que continúes persiguiendo ese objetivo porque no muestras interés alguno en expandir tus dominios, ¿verdad?

«Oh, qué satisfecho está de sí mismo —pensó Ephryx—. ¡Haré que se atragante con su propia lengua!». Maerac ignoraba el verdadero propósito de las calaveras. Era obvio que si supiera que Ephryx planeaba anexionar Chamon al Reino del Caos y entregárselo a Tzeentch, no estaría aquí. A pesar de la insistencia con la que aseguraba su devoción a Tzeentch, Maerac no albergaba deseo alguno de instalarse en el laberinto de cristal de Tzeentch.

La ágil mente de Ephryx le advirtió de que Maerac podría estar mintiéndole y sabía perfectamente qué era el objeto que escondía debajo de la torre. De ser así, había muchas probabilidades de que Maerac hubiera venido para matarlo en cuanto lograra su objetivo. Ephryx desterró esa idea con la misma rapidez con la que se había formado en su cabeza y se guardó para sí sus pensamientos, sus palabras y sus gestos relacionados con ella. Por el contrario, adoptó un tono conspirativo para hablar con el señor de Manticorea, como si estuviera compartiendo con él sus más oscuros secretos.

—Esos seres están hechos por completo de magia. Percibí su sabor cuando luché personalmente contra ellos en la entrada del Camino Plateado. Los he visto morir. Cuando caen, sus cuerpos regresan al lugar del que vinieron. Podría explotar esa característica suya. Los mataremos y capturaré su esencia en mis recipientes de cobre. La Fortaleza Arcana absorberá su magia y ningún ser de ningún plano podrá traspasar mis defensas, además de que protegerá nuestras tierras, lord Maerac. Si tengo éxito, ni siquiera los dioses podrán derribar este castillo.

Maerac entornó los ojos y agitó un puño de seis dedos en dirección al hechicero.

—Te equivocas, Ephryx.

Ephryx sintió que le daba un vuelco el corazón. ¿Era posible que aquel príncipe de los zoquetes se quitara por fin la máscara de estupidez y lo matara allí mismo? Se apresuró a preparar mentalmente un hechizo para convertir en plomo el cerebro de Maerac.

—¿De verdad, lord Maerac? ¿Y cómo es eso?

—Seré yo quien los liquide mientras tú te escondes en tu fortaleza. No pienso permitir que olvides eso. —Maerac se subió a la balaustrada del balcón y se balanceó unos momentos hasta que mantuvo el equilibrio—. Recuérdalo, hechicero, mientras perfeccionas tu fortaleza de carne, piedra y acero: ¡Solo puedes hacerlo porque yo, lord Maerac de Manticorea, te lo permito!

Maerac saltó de la balaustrada y el viento agitó sus ropas. Un chillido estridente hizo vibrar el oro del cuenco de videncia de Ephryx y una mantícora gigantesca se lanzó al aire detrás de su señor con un crujido de alas ásperas. Apenas unos instantes después, la bestia remontaba el vuelo con Maerac instalado en la silla de montar.

—¿Un mínimo de inteligencia dices? —cuchicheó malévolamente Ephryx—. Es evidente que no.

Las nubes precursoras de la tormenta cruzaron el sol y Ephryx sintió un escalofrío. La guerra llegaba a la Fortaleza Arcana.

El hechicero se marchó a preparar su magia.

CAPÍTULO DIEZ

EL ASALTO A LA FORTALEZA ARCANA

El laberinto de escombros de Elixia se extendía ante ellos. En el centro, la imponente Fortaleza Arcana: ocho altas torres unidas por una muralla erizada de pinchos y recubierta de millares de calaveras de cobre. En medio se alzaba un enorme torreón cuya deformada parte superior exhibía el emblema de Tzeentch: un gran ojo que irradiaba un resplandor morado incrustado en acero azul y rodeado por sinuosos tentáculos metálicos.

Los Acerotormentas abandonaron las Tierras Titilantes por una carretera que se extendía desde el sur de la ciudad de Elixia y a través de sus distintos barrios en ruinas. Los restos de fortificaciones recorrían el borde del precipicio que ocupaba en su mayor parte la ciudad, pero la extensión del asentamiento que había fuera del recinto amurallado hizo que Thostos llegara a la conclusión de que había vivido un largo periodo de paz anterior a su caída.

Los Acerotormentas, la mayoría pertenecientes a los Espadas Ígneas y a los Heraldos de la Venganza, marchaban solos y se aproximaron a la puerta principal por el oeste liderados por sus Lord-Celestants Cumulos y Harekuthos. El resto de las cámaras venían de regiones interiores de Anvrok y aún tardarían algún tiempo en llegar.

Los Stormcast Eternals traspasaron las devastadas puertas de Elixia. Las torres se habían deteriorado y el metal se había combado por la acción de un gran calor. En el suelo todavía había charcos de metal solidificado bajo capas de tierra. El camino que pasaba por las puertas aparecía cada vez más atestado de escombros. La destrucción no seguía un patrón: edificios enteros se mantenían intactos al lado de montones de cascotes que crujían con el viento. Por todas partes podían verse los efectos transmutatorios de la Magia de Tzeentch.

Enfilaron por una calle donde todos los edificios habían sido puestos del revés, apoyados en los tejados; luego por otra en la que las construcciones se habían reducido a miniaturas y colocado en el centro de un campo lleno de cristales, bajo cuya superficie borrosa se atisbaba el arremolinamiento de extrañas figuras. En otra calle se habían arrancado los edificios desde los cimientos y con ellos se habían erigido unas figuras gigantescas que cambiaban de postura cuando no se las miraba. Los Stormcasts entraron en una plaza llena de estatuas de sal que no podían ocultar el hecho de que se trataba de ciudadanos transformados cuando trataban de escapar. Desde las paredes gritaban rostros inmóviles. Una fuente borboteaba de manera incongruente en otra plaza seca y arrojaba una mezcla de mercurio y sangre. De salones vacíos llegaban voces histéricas.

Los Stormcasts no prestaron atención a nada de aquello. Ellos estaban hechos para combatir el Caos, y el Caos no les producía ningún temor. Apenas habían hablado al entrar en la ciudad, y guardaron un silencio sepulcral mientras se adentraban en ella y se acercaban a la espantosa fortaleza. Así llegaron a la avenida principal de la ciudad y se dividieron; Thostos continuó en línea recta y cada uno de los otros dos Lord-Celestants enfiló hacia un lado. Sus pisadas eran el único ruido que producían.

Los Celestial Vindicators convergieron sobre la fortaleza. Thostos alzó la vista a las nubes que se deslizaban raudamente por el cielo y elevó una plegaria silenciosa a Sigmar para rogarle que interviniera a tiempo.

Y, de repente, la ciudad se detuvo.

—¡Alto! —bramó Thostos.

Una trompeta solitaria sonó en medio de la desolación y sus notas adquirieron un tono triste y dolorido.

Los Stormcasts se encontraron ante un vasto espacio vacío del que se habían extirpado todos los edificios. Tenía una anchura que triplicaba la distancia que alcanzaba el proyectil de un arco y no ofrecía el más mínimo refugio a las tropas sitiadoras. No había duda de que todo el metal de las construcciones que había habido allí se había empleado para erigir la monstruosa fortificación, pero aquel lugar había sufrido algo más que un vulgar saqueo. El suelo era liso y estaba cubierto de suaves remolinos que componían unos dibujos cuyas líneas penumbrosas sugerían la idea de cimientos. Al otro lado de aquel campo de exterminio de metal puro estaba el objetivo de Thostos: la puerta oriental de la fortaleza. Esta se alzaba alta y su base se fundía con el suelo, como si hubiera brotado de él. Los muros y unas enormes placas de metal repujadas con iconos de Tzeentch y del Caos estaban tachonados de pinchos. Todas las aristas de la muralla estaban reforzadas con latón y acero. Los muros acababan en punta, y en uno de esos ocho triángulos estaba incrustada la puerta oriental: unas enormes fauces de cobre abiertas en la base de la torre y que se alzaban desde las esquinas del lienzo de muralla. Pero lo que llamaba la atención eran las calaveras, cientos de miles de ellas recubrían la superficie de las fortificaciones. Las sombras proyectadas por las nubes creaban la impresión de que movían los ojos para mirar a los Stormcasts.

Sonaron más trompetas y de las ruinas que rodeaban el campo de exterminio surgieron otras hermandades.

—No veo a nadie, Lord-Celestant —dijo Perun—. En las murallas no hay ni un solo defensor. Nadie ha intentado interceptarnos mientras estábamos en las ruinas y éramos vulnerables. Tal vez la hayan abandonado.

Thostos escrutó el parapeto, pero no vio indicios de tropas defensoras ni le llegaron sonidos desde los muros. Sin embargo, el viento agitó unos penachos de seda que se entreveían en las almenas y el silencio que reinaba permitió oír con claridad el ruido que hicieron.

—Están ahí, esperándonos. Los aplastaremos, pero debemos ser cautos. Podría tratarse de un truco del Gran Transformador.

—¿Y si lo fuera, señor?

—Los aplastaremos de todos modos.

El castillo de metal reflejó por última vez la luz del sol. Los nubarrones cubrieron el cielo encima de la fortificación y se instaló la penumbra de la tormenta. Estallaron los truenos y las gotas de lluvia comenzaron a golpear la armadura de Thostos.

—¡A la carga!

A la orden del Lord-Celestant Thostos Acerotormenta, los Stormcast Eternals, con un rugido ensordecedor, salieron a la carrera de la ciudad devastada que rodeaba el castillo.

Los truenos sumaron su voz a las trompetas y a las exigencias de venganza. Centenares de pies con escarpes produjeron un estrépito que superó el estruendo de la tormenta. Los edificios en ruinas temblaron y las calles, tras siglos en silencio, retumbaron con las pisadas de los guerreros.

Cayó el primer rayo.

—¡Preparaos! —bramó Thostos—. ¡Formad líneas de batalla! ¡Heraldos, ordenad a nuestros hermanos que bajen!

Las primeras líneas de Liberators juntaron los escudos a una distancia de tiro de piedra de la muralla y erigieron su propia fortaleza de metal. Los Judicators de desplegaron detrás de ellos y levantaron los arcos protegidos por el muro de escudos.

—¡Apuntad! —gritó Thostos.

En la parte superior de la muralla aparecieron unos yelmos con cuernos, primero de dos en dos o en pequeños grupos, y luego por docenas, hasta que los guerreros del Caos atestaron el parapeto. Sin embargo, los Judicators no les dispararon a ellos.

Los cerúleos rayos impactaron en las gárgolas y en las encantadas calaveras del castillo, que explotaron violentamente y liberaron la magia que contenían.

Las tropas defensoras respondieron arrojando negros dardos de hierro y bolas de plomo con púas de acero. Los Liberators encogieron el cuerpo y levantaron un poco más los escudos.

Del cielo cayeron rayos que formaron cúpulas de energía en el suelo. Cuando su resplandor cegador se apagó, dejaron al descubierto largas filas de Stormcasts armados con ballestas que inmediatamente se pusieron manos a la obra. Sus armas mágicas descargaron unos titánicos rayos, a los que se sumaron los proyectiles celestiales que llovieron del cielo. La ciudad tembló con la furia del bombardeo. Los cráneos de cobre de los muros explotaban cuando recibían un impacto o se sobrecargaban al tratar de absorber la energía. Una larga sección de la parte superior del parapeto se desprendió y se derrumbó, y los guerreros apostados en él salieron disparados por la superficie metálica de la plaza del castillo. Por increíble que pueda parecer, muchos sobrevivieron, si bien los Liberators se les echaron encima enseguida y los liquidaron, tanto a los que quisieron luchar como a los que trataron de huir.

Las columnas de luz continuaron impactando contra el suelo y depositando hermandades de guerreros que unieron sus muros de escudos a los de sus camaradas. Pronto hubo miles de Stormcast Eternals asediando la Fortaleza Arcana con magia demoledora. Los hombres de los Celestial Vindicators entonaban canciones de venganza y de destrucción, y su fervor aumentaba la intensidad del ataque.

Llovía incesantemente y el agua aporreaba las armaduras y los escudos. Thostos enarboló el martillo y la espada y bramó con júbilo:

—¡No podréis detener la tormenta que se avecina!

—La batalla no está transcurriendo de acuerdo con tu plan, hechicero —gruñó Maerac. Su mantícora también gruñó y sacudió la melena, excitada por el olor de la sangre.

—Tonterías —respondió Ephryx con aire distraído. Estaba absorto en la lucha que tenía lugar abajo—. Esta fortaleza es más que capaz de absorber todo lo que esos guerreros pueden arrojarle.

No había acabado de hablar el hechicero cuando una sección de la muralla se vino abajo, destruida por un rayo arrojado desde los nubarrones que se concentraban encima de la fortaleza. Ephryx no pudo reprimir un estremecimiento mientras contemplaba la escena de destrucción.

—¿En serio? —bramó Maerac—. Muy pronto sabremos si tu fortaleza es capaz de ello o no. Esas son las cosas que envalentonan a mis guerreros. ¿Crees que se mantendrán al margen mientras nuestros enemigos nos atacan libremente? Pronto no podrán aguantar más y saldrán para enfrentarse cuerpo a cuerpo con ellos. —Maerac fulminó con la mirada a los guerreros enemigos desplegados abajo, minúsculos vistos desde tan arriba. Era obvio que estaba verbalizando su propio deseo—. Son los elegidos por Tzeentch y demostrarán su superioridad contra un enemigo digno.

—Serán unos idiotas si lo hacen —aseveró Ephryx.

Una serie de explosiones ensordecedoras sacudió la fortaleza. No paraban de llegar Stormcasts.

—¡Haz algo, Ephryx! ¡No puedo prometerte que mis hombres se queden de brazos cruzados!

Ephryx asintió con la cabeza y con un brusco gesto con la mano hizo aparecer bajo los pies su disco de oro resplandeciente, que lo levantó del suelo.

—¡Muy bien! ¡Desataré las defensas de la Fortaleza Arcana, aunque será una manera de malgastar magia! —El hechicero salió disparado hacia abajo y Maerac siguió su estela, maldiciendo entre dientes.

El viento sacudía a Ephryx mientras se deslizaba bajo la lluvia. Su disco se situó encima de la puerta oriental, donde se concentraba el ataque de los Stormcasts, y levantó los brazos.

—¡Acudid a mí, espadas plateadas! ¡Acudid, sabuesos plateados! ¡Defended a vuestro amo, defended a vuestro señor! —entonó en una lengua plagada de sonidos blasfemos para atraer las turbulencias del éter que rugían por todo el reino. Sus manos bulleron de poder.

Entretanto, Maerac volaba y gritaba a sus seguidores:

—¡Esperad! ¡Aguantad! ¡Dejad que el hechicero libere su magia! ¡Mantened la posición o que Tzeentch os maldiga! ¡Aguantad!

Ephryx estaba abismado en el rebosante flujo de magia que le abrasaba el cuerpo y el alma. El poder, que rara vez ejercía personalmente, le producía un placer indescriptible. Solo muy de vez en cuando se paraba a pensar y a recordar por qué se había entregado Tzeentch. La voz de Maerac le sonaba como el zumbido molesto de un insecto. «Sin duda apropiada para un hombre tan mezquino», pensó. Tzeentch había fijado los ojos en él y el brillo que desprendían delataba su aprobación.

Ephryx juntó las manos mientras profería un grito infernal y un nuevo estrépito se sumó al fragor de la batalla.

CAPÍTULO ONCE

SEGUNDA MUERTE

Thostos vio que el hechicero descendía de la torre y preparaba el conjuro.

—¡Cuidado! —bramó—. ¡Cuidado!

Los Lord-Relictors desplegados por la línea de batalla entonaron sus propios encantamientos y palpitantes ondas de magia envolvieron a los Celestial Vindicators para curarles las heridas e insuflarles poder.

Los muros del castillo temblaron y los elementos decorativos se plegaron sobre sí mismos para ser sustituidos por unas piezas lisas de plata de las que salieron disparadas resplandecientes espadas. Los aceros se dirigieron hacia el muro de escudos dejando una estela de fuego rosado. Los Liberators levantaron los escudos, pero las hojas no llegaron a impactar, sino que se detuvieron abruptamente frente a ellos y, en perfecta sincronía, como si las blandieran una fila de soldados, las espadas aporrearon los escudos. La fuerza de sus golpes era sobrenatural, capaz de hender la sigmarita. Los guerreros se vieron obligados a soltar los escudos, lo que provocó la llegada de más armas por el aire cargado de magia.

La línea de Liberators se descompuso y cada espada buscó un oponente para batirse en duelo con él. Las hojas de sigmarita repicaban al impactar en las armas mágicas, que seguían llegando en gran número. A lo largo del frente no paraban de caer Liberators, cuya ascensión delataban los rayos de energía que subían al cielo. Sin embargo, no regresaban a Azyr, y los gritos de terror se propagaron por todo el regimiento de Stormcasts cuando estos vieron que la esencia de sus camaradas desviaba su rumbo y era absorbida por las calaveras de cobre de la fortaleza.

Entonces se oyeron unos aullidos espeluznantes en la ciudad. Thostos vio que una jauría de sabuesos plateados y con los ojos llameantes salían a la carrera de los angostos callejones. De las fauces les goteaba metal líquido como si fuera baba.

Los sabuesos cruzaron al galope la plaza metálica, con sus pezuñas resbalando en la superficie lisa, y saltaron sobre las líneas de Judicators para clavarles los dientes como dagas en los yelmos. Los hombres forcejearon con las bestias y los destellos que marcaban la disolución de su cuerpo eran absorbidos por las calaveras del castillo. Siguiendo la estela de los sabuesos aparecieron antiguas panoplias, animadas mediante magia, que empuñaban deslucidas espadas en guanteletes vacíos.

Desde lo alto de las murallas llegaron gritos de júbilo y ovaciones durante el ataque de las criaturas producidas por la hechicería, pero cuando el factor sorpresa se agotó, rápidamente se extinguieron. Los Judicators derribaron las espadas con una destreza sin parangón y el muro de escudos se recompuso. Los Liberators de la reserva se dieron la vuelta y plantaron cara a los sabuesos, a los que les llovieron martillos y espadas. Los aceros de los Stormcasts les perforaron los resplandecientes pellejos y les arrancaron las vísceras plateadas. Thostos abatió a un par y a uno de ellos lo decapitó de un certero martillazo. La brillante sangre metálica del sabueso le roció el cuerpo entero y el Lord-Celestant una y otra vez gritó con una furia incontenible:

—¡Venganza! ¡Venganza! ¡Venganza!

Le rompió la cadera a otro sabueso, que comenzó a gimotear como un cachorro mortal, pero un golpe de revés de Thostos lo silenció para siempre.

Thostos se encontró entonces en medio del ejército de chirriantes armaduras animadas. Las panoplias vacías explotaban al recibir el impacto de su martillo y los huesos de sus ocupantes, muertos hacía mucho tiempo, se pulverizaban. Pronunció los nombres de su madre, de su padre y de sus hermanas (unas palabras que pertenecían a otra vida y a otro tiempo), y cada vez que nombraba a alguno de sus parientes, la sangre le hervía.

Junto a sus hombres destruyó la última armadura que quedaba en pie. El castillo temblaba con el bombardeo. Por cada calavera que relumbraba con la energía robada, otra se fundía o se desprendía del parapeto.

—¿No sabes hacerlo mejor? —bramó Thostos, enarbolando de nuevo las armas—. ¡Por Sigmar! ¡Venganza! ¡Por Sigmar!

Sus hombres siguieron su ejemplo.

—¡Por Sigmar! ¡Venganza! ¡Por Sigmar!

Las puertas se abrieron entonces con un crujido y golpearon los muros, y las fuerzas del corrompido valle de Anvrok salieron en tropel para enfrentarse con el ejército de Sigmar en una batalla campal. Los guerreros, enfundados en armadura de pies a cabeza, embistieron la línea de batalla gritando los nombres de Tzeentch. Los Celestial Vindicators les respondieron con su cántico:

—¡Por Sigmar! ¡Venganza! ¡Por Sigmar!

Thostos corrió de vuelta a la línea de batalla; regueros de sangre plateada y lluvia le recorrían la armadura. Los guerreros del Caos que encabezaban la carga utilizaban unas largas alabardas dotadas de unas lengüetas con las que arrancaban los escudos a los Celestial Vindicators. El muro de escudos se tambaleó y finalmente se descompuso, pues los guerreros que lo formaban no pudieron seguir reprimiendo sus ansias de venganza. La línea de batalla se convirtió en una serie de combates individuales y por todas partes los esclavos del Caos estaban siendo superados. Todos ellos hombres que no conocían el miedo, tiranos desalmados, la furia del enemigo les causó un profundo asombro. En Chamon nunca se había visto algo igual a los Stormcasts.

Una oscura sombra cruzó el campo de batalla. Una mantícora sobrevolaba la lucha: su cuerpo de león era de color pardo y fuerte. Un rostro feroz, enmarcado en una melena escarlata y con unos ojos que delataban cierta inteligencia, asestaba dentelladas a diestra y siniestra.

Thostos se la quedó mirando, momentáneamente paralizado. N había vuelto a ver una criatura como esa desde sus días en Amcarsh, cuando la magia del Caos transformó las bestias de aquellas tierras para acrecentar su ferocidad y se volvieron comunes. El paladín que montaba la mantícora chillaba arrebatadamente cuando se abatió en picado sobre los Prosecutors como si fuera un halcón y los aplastó contra el suelo. Su bestia se encabritó, arremetió con las cuatro zarpas contra los guerreros de Sigmar y mató y destripó a unos cuantos más.

—¡Formad! —gritó el jinete de la mantícora—. ¡Formad una línea! ¡Formad una línea!

El viento levantado por las alas de la mantícora cuando la bestia volvió a lanzarse en picado zarandeó a Thostos. Las tremendas zarpas del monstruo abrieron un surco a través de los Celestial Vindicators, de los que algunos murieron y otros saltaron por los aires. Los proyectiles de los arcos de rayos persiguieron a la criatura voladora del Caos. Uno de ellos acertó en el cuerpo de la bestia, que lanzó un alarido furioso, pero el jinete era hábil y zigzagueó con su montura para esquivar todos los demás rayos.

Thostos se abrió paso hasta el frente. Los guerreros del Caos estaban recuperando la formación tal como les habían ordenado y los Celestial Vindicators se encontraron repartidos en pequeños grupos aislados contra un enemigo perfectamente organizado.

—¡Responded! ¡Responded! ¡Muro de escudos contra muro de escudos! —bramó Thostos—. ¡Formad un muro de escudos y luego moveos hacia la puerta!

Los Celestial Vindicators juntaron los escudos por tercera vez con una disciplina extraordinaria y marcharon al unísono. Sin embargo, delante de los guerreros del Caos se levantó un muro de fuego y los soldados de Tzeentch atacaron sin temor a las represalias. Las oscilantes llamas rosadas y doradas se convirtieron en espadas y martillos, pero las armas de los guerreros del Caos los atravesaban sin obstáculo. La mantícora volvió a descender sobre los Stormcasts y su jinete decapitó guerreros a un lado y a otro de la bestia mientras reía a carcajadas. La energía de los Stormcasts muertos salía disparada hacia el cielo, pero inmediatamente era absorbida por el castillo. Los proyectiles de los arcos de rayos explotaban al tocar el muro de fuego y los guerreros del Caos seguían masacrando a sus oponentes.

—¡Retroceded! ¡Retroceded veinte pasos! ¡Vamos! —gritó Thostos.

Los Stormcast Eternals caminaron hacia atrás ordenadamente, siempre con los escudos encarados al enemigo, hasta que pusieron tierra de por medio con los guerreros del Caos.

—¡Judicators, apuntad al suelo! —bramó el Lord-Celestant.

No hubo terminado de dar la orden cuando una andanada de proyectiles surcó el cielo siseando. La mitad se apagaron o explotaron al impactar en el parapeto mágico que protegía a los guerreros del Caos, mientras que el resto golpeó el suelo de metal a sus pies. Al cabo de un momento, una crepitante tormenta de energía se deslizó por debajo de la cortina de fuego a lo largo de la primera fila de la compañía de los guerreros del Caos y se propagó por los hombres revestidos de metal que se cobijaban detrás de ella, que se pusieron a dar brincos y a correr enloquecidamente antes de caer muertos, convertidos en cadáveres humeantes.

Las llamas menguaron y las carcajadas del jinete de la mantícora se transformaron en gritos iracundos. Los Stormcast Eternals volvieron a cargar contra el enemigo y abatieron a los pocos que quedaban vivos.

Las puertas se cerraron violentamente, pero Thostos vio su oportunidad: sobre la muralla que se extendía a lado y lado de la entrada no había guerreros hasta pasados un centenar de metros. Thostos sonrió para sí. «El problema de revestir los muros de una fortaleza con calaveras es que facilita enormemente treparlos», pensó el Lord-Celestant.

—¡A los muros! —gritó—. ¡A los muros!

Thostos y sus seguidores escalaron con rapidez, hundiendo los dedos en el blando cobre de las calaveras que adornaban la muralla. Entretanto, abajo, más Stormcasts asestaban hachazos directamente en los muros y trituraban los cráneos que habían engullido la esencia de sus camaradas, o los hendían y los arrancaban de la muralla con las espadas. Cada vez que una calavera era destruida, liberaba la magia que contenía con una explosión cegadora.

La escena se repetía a lo largo de toda la muralla. Las ballestas de truenos abrasaban secciones enteras del parapeto, y Judicators y Prosecutors cubrían a sus camaradas mientras estos destruían la fortaleza. Cuando explotaba una calavera que aprisionaba la esencia de un Stormcast Eternal, la energía salía disparada hacia el cielo, retumbando con la alegría de la liberación.

Thostos cogió impulso para cubrir de un salto el último tramo de muralla. El poder que Sigmar le había insuflado en los músculos le permitía trepar a gran velocidad a pesar de la recia armadura. Pasó por encima de las almenas y volvió a desenfundar las armas en cuanto puso los pies en el suelo. Por el adarve llegaban corriendo guerreros del Caos, pero ya era tarde. Sus hombres también habían trepado ya la muralla y el fragor de la batalla estalló por toda una sección del parapeto.

—¡Hacedlos retroceder! —bramó—. ¡Haced sitio para vuestros hermanos! —añadió con un rugido que contenía el júbilo rabioso de la venganza. Le rompió la mandíbula a un salvaje con la empuñadura de la espada y tiró a otro muralla abajo de una patada.

Los gritos, los gruñidos y el estrépito de metales chocando eran ensordecedores. Thostos se regodeaba en ellos, en la sangre, en la lucha y en el dolor abrasador de los músculos. Un destello indicó la transmutación de un Stormcast que tenía a su lado en un charco de espeso líquido. Otros dos se quedaron paralizados de repente y a continuación se fundieron como si fueran cera caliente. Otro Stormcast se convirtió en una estatua de cristal en medio de una nube de humo morado, se precipitó desde lo alto de la muralla y se hizo trizas contra las losas del patio interior. Los rayos de magia pugnaban por hacerse un hueco en su ascenso al cielo, pero la fortaleza continuaba consumiendo la esencia de los Acerotormentas. Thostos aplastó a otro guerrero y buscó a su presa.

El hechicero estaba suspendido en el aire a una decena de metros de la muralla, montado en su disco dorado. Era un tipo alto y enjuto, con largos cuernos. Su aspecto era el de un hombre profundamente deformado, lo que delataba el largo tiempo que llevaba al servicio del Caos. Estaba salmodiando frenéticamente mientras arrojaba sus hechizos mágicos a los guerreros de Thostos.

—¡Acabad con él! —gritó el Lord-Celestant—. ¡Matadlo!

Un grupo de Prosecutors oyó la orden y ascendió vertiginosamente a ras de muralla; rodearon al hechicero y la emprendieron a golpes con él con sus martillos celestiales. El hechicero se quitó de encima la mitad de los martillos que lo aporreaban desde el aire con un bastonazo, pero los Prosecutors manejaban con destreza sus armas y su magia era poderosa. Tres rayos de energía impactaron en el disco dorado, que hizo un movimiento brusco, se estrelló contra el adarve y echó chispas hasta que se apagó. El hechicero salió dando vueltas por el aire.

La muralla ya estaba tomada por docenas de Liberators y de Judicators.

—¡Matadlo! ¡Matad al hechicero y la victoria será nuestra! —bramó Thostos.

Un trío de Judicators levantaron los arcos, pero el hechicero desvió los proyectiles con indetectables golpes con su báculo. Los hombres se elevaron en el aire con espasmos y agarrándose el cuello. El hechicero cerró el puño y con su magia paralizó a los Judicators, para luego arrojarlos violentamente contra el suelo.

—Pondré fin a esto personalmente —dijo entre dientes Thostos—. ¡Seguidme!

Apenas unos metros lo separaban del hechicero, y Thostos rugía con una furia legítima según se acercaba a él. Un gesto de consternación cruzó el rostro del corrompido adorador del demonio antes de que adquiriera una expresión de odio extremo. El hechicero realizó una serie de complicados y rápidos pasos en el aire y desde el patio llegó un estruendo, como de una repentina racha de viento. Un rugido, un aullido estridente que nunca debería haberse oído en este mundo, resonó en los oídos de Thostos. Sus hombres chillaron y se tambalearon, pero continuaron avanzando, preparados para asestar el golpe definitivo.

El adarve se convirtió en una balsa de oro bullente bajo los pies de Thostos, que cayó y se estrelló contra el patio, acompañado por una docena de sus hombres. Se levantó con dificultad, sin prestar atención al calor abrasador del metal fundido que se filtraba por las rendijas de su armadura. A sus pies se amontonaban peces con ruedas dentadas en lugar de escamas que coleteaban y jadeaban en el oro líquido, y que morían cuando sus mecanismos se apagaban.

Un perfume intenso impregnaba el aire y unas inquietantes fluctuaciones distorsionaban la visión. En las entrañas mismas de esa bruma se empinó una criatura con un aspecto que era la antítesis de la razón y que cambiaba constantemente, como si no perteneciera del todo a un mundo o a un reino. La impresión que causó en Thostos fue la de una criatura del tamaño de una casa que se revolvía a causa de la locura y el dolor. En su espalda brotó una hilera de huesos de cristal con la forma de la sacrílega rueda del Caos. En el centro giraba un espacio vacío, una entrada al reino de los cuatro poderes.

Uno de sus hombres miró fijamente aquel vacío y comenzó a gritar; por las juntas de su armadura asomaron unas llamas azules y luego el Stormcast explotó.

—¡No lo miréis! —gritó el Lord-Celestant.

Pero fue inútil. Unos sinuosos rayos de plasma salieron disparados del portal, chillando alrededor de la bestia como espectros de muertos atormentados. Sus gritos viajaron por el aire y se metieron en los Stormcasts. En torno a Thostos, la magia desatada estaba transformando a sus guerreros. Uno de ellos se dividió por la mitad para formar dos réplicas idénticas de sí mismo de la mitad de su tamaño, una negra y la otra blanca, que inmediatamente se pusieron a luchar entre ellas. Otro Stormcast se transformó en una nube de polillas que se dispersaron a los cuatro vientos. Otro guerrero de Thostos se convirtió en una vasija de porcelana que cayó al suelo con un ruido sordo.

El Lord-Celestant a duras penas era capaz de contener el horror que le evocaba aquella cosa. La magia que impregnaba su cuerpo notaba los tirones del vórtice de energía indómita que rugía en torno a ella, como si fuera a arrancarle el alma.

«Lord Sigmar, escucha mi plegaria —rezó mentalmente—. Ya me respondiste una vez. Te ruego que vuelvas a hacerlo. Dame fuerza».

Levantó la espada y el martillo por lo que estaba seguro que sería la última vez.

—Venganza —masculló con los dientes apretados, y corrió hacia la criatura.

Un espasmódico tentáculo de energía le rozó el yelmo cuando ya se echaba encima de aquel monstruo y Thostos sintió una punzada de dolor que le recorrió todo el cuerpo y llegó hasta la última terminación nerviosa de su organismo. Soltó las armas y se tambaleó, horrorizado. Algo estaba ocurriéndole; estaba sufriendo una transformación total y aterradora. Gritó de dolor e hincó una rodilla en el suelo. Cerró los ojos y esperó la muerte. Había fracasado.

Pero el dolor cesó. Había sobrevivido. Sin embargo, no era el mismo de antes. Su cuerpo, sus músculos… Los sentía diferente; eran más pesados, más duros.

Se le cayó el guantelete de la mano. La levantó para mirarla y vio que un metal resplandeciente había sustituido la piel. ¡Su carne y sus huesos se habían convertido en sigmarita! Recibió el impacto de otro rayo, pero esta vez no sintió la menor molestia. Rio a carcajada batiente, embriagado por una sensación de triunfo y de jubilosa incredulidad. Avanzó tranquilamente y recogió las armas del suelo. La bestia gruñó y chilló, y lanzó un infernal alarido de frustración compuesto por una multitud de discordantes sonidos animales.

Thostos enfiló con paso firme hacia el monstruo mientras la magia seguía regándolo. Ninguno de los hechizos que la bestia le arrojaba hacía efecto en su nuevo cuerpo. La criatura se encabritó y de su boca surgieron unos sinuosos tentáculos. Thostos los seccionó con la espada y los pisoteó mientras se descomponían en fragmentos de magia multicolor. Luego se elevó de un salto, al mismo tiempo que levantaba el martillo por encima de la cabeza, y en el momento de la caída hundió el martillo en la cabecita que permanecía escondida detrás del ramillete de tentáculos. El cráneo de la bestia se partió con un estruendoso crujido y, con un suspiro que a Thostos le sonó de alivio, el monstruo se desplomó en el suelo.

La puerta que había aparecido en su lomo fluctuó y finalmente desapareció. La criatura exhaló un último suspiro y murió. Su cuerpo se consumió hasta que quedó reducido a cenizas negras.

Thostos volvió hacia el hechicero y levantó el martillo con su resplandeciente mano metálica.

Ephryx corría de un lado a otro de la muralla. Su reino perfecto, al que tanto tiempo había dedicado y en el que había puesto tanto amor, estaba desmoronándose a su alrededor. Del cielo caían abrasadores rayos que impactaban en las murallas. Lanzó los brazos al cielo mientras la energía celestial se ensañaba en su torre nororiental y la hacía explotar convertida en una fuente de cobre fundido. Los guerreros del Rey Dios estaban haciendo añicos sus recipientes mágicos; el poder que pacientemente había estado acumulando en ellos escapaba de vuelta al éter y las esencias liberadas de los Stormcasts salían disparadas al cielo.

—¡No! ¡No! —gritó con desesperación Ephryx.

Los guerreros desplegados en la muralla no daban abasto y los lacayos de Sigmar estaban atravesando la sección del muro transformada por el mutalith. Estaban entrando sin oposición en el patio de la fortaleza y destruyendo la obra a la que había consagrado su vida sin miramientos.

Lord Maerac se elevó sobre el parapeto y una ráfaga de aire y gotas de lluvia le golpearon la cara.

—¡Observa, hechicero! ¡Esto es el verdadero Caos! No tus vanidosas construcciones. ¡La fortaleza ha caído! ¡Tu propia mascota le ha abierto la puerta al enemigo! —Maerac reía con una mezcla de desesperación, de ira y de alegría.

—¡Cobarde! —espetó Ephryx—. ¡Jamás abandonaré mi obra!

Se volvió hacia los hombres que estaban en las murallas y en la plaza metálica que se extendía al otro lado y arrojó bolas de fuego a las filas del enemigo. Las llamas desfiguraron a los Stormcast Eternals, que adquirieron toda clase de repugnantes formas. Una ráfaga de rayos voló hacia él, pero Ephryx sacudió una mano y los proyectiles se extinguieron al mismo tiempo que los suyos estrangulaban a los Judicators que los habían disparado.

—¡Ha caído! —repitió Maerac—. ¡Huye!

Un aullido atroz atrajo la atención del hechicero hacia el patio. El mutalith yacía derrumbado en el suelo. El guerrero que lo había derrotado se dio la vuelta y agitó el martillo desafiantemente hacia él.

Ephryx clavó una mirada compungida en Maerac.

—¿Qué haces? —inquirió Maerac—. ¡No lo hagas, Ephryx! —le advirtió—. No convoques esos poderes.

El hechicero levantó las manos sin desviar la mirada desafiante de su compinche. Maerac maldijo para sí y espoleó a su montura para que remontara a toda prisa el vuelo hacia el turbulento cielo.

Ephryx pronunció una frase arcana tres veces. Los invasores ya estaban acercándose desde el otro lado del muro fundido. Un rayo impactó violentamente en la torre central de la fortaleza. El objeto sepultado en su interior lo oyó y respondió con una señal secreta que solo Ephryx era capaz de detectar. La llamada del martillo a su legítimo propietario provocó un dolor de dientes al hechicero, pero eso no lo detuvo y siguió repitiendo una y otra vez la misma frase arcana.

La realidad gritaba. Ephryx canalizó todo el poder que se atrevió a absorber y un frío helador se instaló en su alma mientras él manipulaba la oscura energía.

Las últimas sílabas salieron de sus labios y estuvo a punto de atragantarse con ellas. Encolerizado, absorbió las reservas de energía que permanecían atrapadas en su fortaleza a pesar de la rabia que le daba verse obligado a recurrir a ellas.

Un círculo de negrura se expandió desde el hechicero, matando todo lo que tocaba. Guerreros del Caos y Stormcasts por igual se derrumbaron mientras la fortaleza descargaba serpenteantes ondas de muerte de un color morado crepuscular. Las calaveras se apoderaban de las vidas de los Stormcasts muertos, pero estos eran tantos que el castillo era incapaz de absorberlas todas y muchas esencias regresaban a casa. La tierra se rebeló contra aquella magia negra y se estremeció de dolor. La torre se tambaleó y sus muros se agrietaron y dejaron escapar la luz dorada que irradiaba el objeto que albergaba, pero no era suficiente para hacer retroceder las tinieblas que Ephryx había liberado. El hechicero miró directamente los reinos de la muerte durante una fracción de segundo y vio que algo antiguo y oscuro lo observaba con desprecio.

La luz regresó. Ephryx cayó de rodillas, aturdido. A su alrededor solo había muerte. Los Stormcast Eternals habían desaparecido, rescatados por su señor. El suelo estaba cubierto de los cadáveres de sus hombres y de los seguidores de Maerac.

Una risa mordaz sonó a su espalda y Ephryx levantó prudentemente la cabeza.

—Mi señor.

—Una táctica inteligente, mortal —dijo Kairos.

—Ha sido una estupidez —replicó la otra cabeza. Estiró el cuello para acercarse al hechicero y se inclinó a un lado. Todo el campo visual de Ephryx estaba ocupado por uno de sus ojos.

—Ha sido una buena jugada —insistió la primera cabeza—. ¿Para qué querría yo un seguidor tonto?

—A lo mejor soy yo quien lo quiere —observó la otra.

Las cabezas conversaron entre ellas. La amenaza que denotaban las palabras de Kairos era inequívoca.

—Tú ya has tenido tu oportunidad. Ahora terminemos esto juntos.

—Sí, juntos —convino la primera cabeza.

—Siempre ha sido esa nuestra intención, ¿no? —preguntó la otra.

—Sss…sí —dijo Ephryx—. ¡Por supuesto, mi señor! Yo solo quería… No había tiempo… Tuve que actuar con rapidez… Yo…

Kairos apoyó todo el peso de su cuerpo en el báculo.

La primera cabeza chasqueó repetidamente la lengua en señal de desaprobación.

—Cierra el pico, Ephryx —espetó la segunda.

CAPÍTULO DOCE

LA REFORJA

Los recuerdos borboteaban dentro de la cabeza de Thostos mientras lo asaltaba una impresión fugaz de oscuridad y de manos ávidas por arrancarle el espíritu. Se movía a gran velocidad y a la deriva en la luz. El dolor era tan intenso que eclipsaba el universo; era como si estuviera hundiéndose en un mar de tormento. No recordaba su nombre. Recordó... ¿Dónde? Una tierra plagada de bestias gigantescas, un castillo en una región considerada civilizada. Un padre cariñoso, una buena vida.

Recordó el final de esa vida. Sangre, muerte y dolor por los seres queridos.

El olor de esa destrucción, penetrante y empalagoso, colmó su olfato y se le cortó la respiración. En sus pulmones no entraba aire, solo energía, en estado puro y crepitante. Pero es que no tenía pulmones. Sintió una convulsión. No tenía cuerpo. ¿Era su alma?

Caeran. ¿Así se llamaba?

Se produjo una oscilación en la luz de la tormenta; un cigoto se dividió rápidamente.

La cara de una mujer. ¿Su madre? ¿Una tía? No la reconoció, pero su visión despertó su necesidad de venganza.

Un rostro masculino con una corona de oro rojo. Muerto. Consumido. El verlo azuzó su ira y su necesidad de venganza. Unos huesos delicados se materializaron rápidamente en la claridad de la luz y dieron forma a una mano descarnada que se cerró en un puño. Sintió cómo se formaban los músculos, cómo las fibras crecían y se envolvían unas a otras. La magia generó más huesos y órganos que se inflaron con su textura pringosa. Un cráneo se expandió para rodear un cerebro recién nacido.

El dolor empeoró.

Había otro castillo donde tenía otro nombre. Una tierra de metal. Un hombre con cuernos.

¡Cuánto dolor! Se revolvió y las serpenteantes fibras de los nervios en formación chispearon de un modo insoportable.

El proceso se aceleró, pero lo cierto era que podrían haber pasado meses o segundos. Thostos no disponía de ninguna referencia para calcular el tiempo, solo para medir el dolor. Lo único que sabía era que la velocidad de la secuencia de crecimiento había aumentado. Piel, pelo, dientes, uñas. O algo parecido a todo eso, algo que tenía su aspecto pero carecía de su solidez.

El dolor se cebó en su cabeza mientras le crecía una nueva cara. Dos punzadas de insoportable dolor acompañaron el nacimiento de los nuevos ojos.

No podía seguir aguantándolo.

El tiempo se detuvo. Se encontraba en otro lugar. En un castillo de piedra de cuyos muros colgaban espantosos frutos. Un castillo de metal que bullía con la magia robada que contenía.

Un castillo que escondía un trofeo fabuloso…

—¡Thostos!

Su Rey Dios lo llamaba.

—¡Thostos!

Su rey.

—¡Thostos Acerotormenta!

Thostos… ¿Así se llamaba? Sí. Ese era el nombre que le había puesto el Rey Dios, el señor de la luz. El regalo de Sigmar, un nombre nuevo para una vida nueva. ¿Pero había tenido otra?

Un hombre, una mujer. Un castillo en llamas. Venganza. Los recuerdos de esa vida escapaban, se volvían borrosos y lo abandonaban para siempre.

Él era Thostos. Thostos Acerotormenta de los Celestial Vindicators. No había otro, ya no. Pero perduraba el sentimiento de culpa, como el residuo de otro mundo, frío y duro como un diamante. Eso era lo único que le quedaba.

Jamás volvería a fracasar.

Otra luz sustituyó a la inicial. La nueva, más suave y purificadora para el alma, lo limpió, y Thostos dejó salir una explosiva bocanada de aire cuando los vestigios del dolor lo abandonaron.

—¡Levántate, Thostos Acerotormenta! —le ordenó una voz que sonó como un suave trueno. El recuerdo del dolor había desaparecido por completo.

La luz se atenuó y se distinguió la figura de un hombre grande, un dios. Sigmar Heldenhammer, sentado en el trono de Azyr. Thostos conocía su rostro mejor que el suyo propio. Era un hombre alto y regio, la encarnación de la majestuosidad, vestido con la luz de la divinidad. Thostos parpadeó y, maravillado, se llevó una mano a los ojos, que aún le escocían por su reciente nacimiento. Su mano, enfundada en la armadura de color turquesa celestial, estaba entera e intacta.

—Ya no tendremos que arrodillarnos —afirmó Sigmar. Hizo un gesto a Thostos para que se levantara.

El Lord-Celestant de los Acerotormentas se puse en pie, sostenido por unas piernas que le parecieron incorpóreas, como si la armadura fuera lo único que les daba forma. Sin embargo, notó su fuerza, y no se tambaleó ni se cayó a pesar de que no las sentía como propias; era como si se las hubieran prestado. O como si las hubieran robado para ponérselas a él.

—Se ha completado tu reforja —dijo Sigmar.

Thostos reconoció el lugar donde se encontraba. Era el salón del trono de Sigmar, una cámara acorde con la majestuosidad del Rey Dios. Detrás de él había otros individuos inferiores a Sigmar, pero grandes a su manera: los Lord-Celestants de una docena de huestormentas.

¿Cómo había llegado aquí? No conservaba recuerdo alguno de haber entrado en esa habitación… ni de arrodillarse. Todo lo que recordaba era… era metal…

—Ahora háblame de Chamon —dijo Sigmar.

Había entusiasmo en la actitud del Rey Dios. Estaba eufórico. ¿Qué esperaba que le contara Thostos? ¿Qué había hecho?

Thostos tragó saliva. Notó diferente la garganta. Sus extremidades rezumaban magia. ¿Qué le había sucedido?

—Había… —comenzó a decir. La voz le sonó hueca en los oídos—. Había una fortaleza de magia. Abrimos una brecha en su muralla, pero perecimos en una explosión de no luz que pugnaba con una luz más intensa.

Sigmar se inclinó hacia delante.

—Háblame de esa luz más intensa.

Había más, había... muerte. Tierras oscuras, una presencia codiciosa que había visto frustrados sus planes. Él había muerto. Sintió un frío en el corazón que era nuevo para él. Había perdido algo. Recordó las manos huesudas tratando de agarrarlo y lo recorrió un escalofrío.

—Era dorada —dijo Thostos. Tuvo que hacer un esfuerzo enorme para pronunciar esas palabras, como si fueran una parte de él que tenía que arrancarse con un intenso dolor—. No tenía nada que ver con la vil energía del Caos. Era violenta, pero pura.

Sigmar se puso tenso y la sensación de triunfo que transmitía se hizo más ostensible. Asintió y, a pesar de que enfrente tenía a Thostos, sus ojos parecían estar contemplando otro tiempo y otro lugar.

—Lo recuerdo perfectamente —dijo al fin. Se volvió de repente—. ¡Lord Vandus!

Uno de los otros Lord-Celestants se adelantó. Thostos lo conocía. Conservaba los recuerdos de este lugar, vagamente pero con claridad, como si fueran unos tapices descoloridos con el paso del tiempo. Hammerhand. Vandus Hammerhand. Era él, un colega Lord-Celestant y... ¿un amigo?

El Hammerhand se colocó al lado de Thostos.

—Prepara a tus guerreros —le ordenó Sigmar—. Esa luz me pertenece. —Volvió a hundirse en el trono y aferró los grifos metálicos que componían los brazos del asiento—. Hemos encontrado *Ghal Maraz*.

Mientras escuchaba a Sigmar, Thostos recordó que él y no otro lo había encontrado.

La multitud de guerreros prorrumpió en un rugido ensordecedor cuando Sigmar terminó de hablar. Algunos incluso corearon su nombre. Sin embargo, Thostos no podía pensar. Había dado con la fabulosa arma de Sigmar, pero al hacerlo se había perdido a sí mismo.

LAS PUERTAS DEL ALBA

Josh Reynolds

PRÓLOGO

LA LLEGADA DE LA TORMENTA

Una virulenta niebla verde ascendía del húmedo suelo de los Pantanos de Ghyran y asfixiaba y cegaba a todo aquel que avanzaba penosamente por la zona que ocupaba. Lord Grelch, señor de la tribu Ghyr, apresó con las abotagadas zarpas una errática voluta de niebla, se la acercó al rostro devastado por las enfermedades y sintió un placer indescriptible cuando el efluvio le abrasó los pulmones y la boca llena de ampollas. Dejó salir un hondo suspiro de satisfacción.

—Sabe a muerte —dijo sin dirigirse a nadie en particular.

Grelch estaba sentado a mitad de ascensión de una escalera formada por un montón de piedras planas que conducía al borde de un escarpado barranco. La escalera terminaba en un arco recubierto de enredaderas y con las piedras angulares agrietadas y atravesadas por raíces más gruesas que sus muslos. Movió el hacha de plaga de mango largo que tenía apoyado en el regazo y se volvió para observar el arco con suspicacia. Había luchado largo y tendido para conquistar este pedazo de bosque y el arco, pero aún no sabía muy bien por qué lo había hecho. Las piedras como esas atraían las historias como a moscas.

Sin embargo, el Abuelo había puesto sus ojos en este lugar. Con su enorme mano había agitado la cercana Ciénaga del Agua Putrefacta y la niebla fétida que se había levantado se había extendido por toda la zona, sobre todo en esta parte. El cielo estaba tan negro como los forúnculos de su espalda y las hojas de los árboles ahora marchitos estaban cubiertos por una película pegajosa y húmeda que no era rocío. El fértil suelo había quedado reducido a un lodazal pisoteado por sus guerreros y las aguas estancadas de los ríos apestaban horriblemente. Los hombres de la tribu Ghyr se habían entregado a la piadosa misericordia del Abuelo Nurgle hacía tiempo y llevaban consigo sus bendiciones adondequiera que fueran; transformaban el paisaje que los rodeaba para darle un aspecto más agradable, a imagen y semejanza del jardín del Abuelo.

Grelch se relamió y observó desde su posición elevada a sus esclavos, que avanzaban trabajosamente a través del barro y de la niebla, arrastrando pesadas piedras hacia los lugares que los capataces les señalaban con látigos y espadas. Las piedras tenían inscripciones que ensalzaban la gloria del Abuelo Nurgle. Cada una de ellas era la plasmación de una plegaria, y juntas formarían un coro silencioso para llamar al Abuelo en su jardín, para llamarlos a él y a sus hijos y solicitar su presencia en los Claros Verdes. Grelch suspiró con satisfacción. Desde donde estaba sentado, los esclavos parecían gusanos retorciéndose en un trozo de carne podrida.

—Hablando de carne podrida… —masculló Grelch mientras se examinaba el brazo sucio. En el corte que había recibido hacía un par de días habían surgido unas sinuosas criaturas blancas que le mordisqueaban con fruición la carne putrefacta. Grelch se sonrió—. Comed en abundancia, pequeñajas. Pronto seréis moscas hechas y derechas —dijo con voz cantarina mientras movía juguetonamente las larvas con el dedo. Le dolía la herida, pero era un precio ridículo que pagar. El Abuelo Nurgle jamás concedía a un hombre más bendiciones de las que podía soportar, y Grelch estaba encantado de servirlo incluso de esta manera tan insignificante. Se recostó. Se sentía bien. Sí, estaba encantado de servir al Abuelo. ¿Y por qué no? Después de todo, era un honor estar aquí.

Los raídos estandartes de los bendecidos y de las moscas destacaban en el horizonte a pesar de las fétidas nieblas y de las nubes de insectos que infestaban la tierra. El zumbido de mil millones de moscas acompañaba los esfuerzos de los seguidores del Abuelo (Glottkin, Torglug *el Despreciado*, Gutrot Spume y el sarnoso Señor de las Bestias Gluhak) mientras se afanaban en propagar las biliosas bendiciones del jardín por todo Ghyran. Eso sin tener en cuenta a los escurridizos siervos de la Rata Cornuda que estaban agazapados en Plaga del Agua Putrefacta.

Además de él, Grelch, el más poderoso de todos los que habían nacido aquí, en estos repugnantes climas, pensó.

Que fueran otros, como el bobo Kraderblob o los brutos Torglug y Gotrut Spume, los que se arrastraran por los mugrientos Claros Verdes a la caza de la bruja Alarielle y cayeran en las emboscadas solo Nurgle sabía por qué. El Abuelo había enviado tres capitanes detrás de ella, pues su victoria no sería definitiva hasta que la atraparan.

Dobló el brazo herido y recordó la rama con forma de garra que lo fustigó y le abrió un tajo hasta el hueso antes de que sus ojos legañosos la vieran venir. No le dolió; el sentido del dolor fue una de las primeras ofrendas que había hecho al Abuelo. También recordó el odio que refulgía en los verdes ojos de la monstruosa criatura de corteza cuando le golpeó otra vez en los talones, antes de que él le hundiera el hacha oxidada en las crujientes fauces. Luego aprovecharon lo que quedó de ella y de los suyos como leña para los fuegos de bruja que ahora ardían por todos los Pantanos de Ghyran y producían una siniestra luz que alumbraba a los esclavos.

«Que ese zoquete con barriga de kraken de Spume se encargue de eso», pensó Grelch.

De repente resonó un zumbido entre los árboles y el fétido aire se agitó como si fuera un animal asustado. Grelch abrió los ojos con sorpresa y se dio la vuelta, ya arrinconados en su cabeza todos los pensamientos sobre jardines. Se trataba del Cuerno del Canto Fúnebre, tallado por el Señor de las Bestias Gluhak con el cráneo de la enorme bestia de plaga Brondtos, el *Espada Incrustada*… Algo de lo que siempre estaba vanagloriándose. El Cuerno del Canto Fúnebre se había consagrado al Abuelo y ahora se hallaba en la cima del peñasco del Profano. Su deprimente y monótono aullido podía oírse incluso desde el jardín del Abuelo.

Alguien en algún lugar de los vastos bosques que se extendían desde la Laguna Titilante hasta los Pantanos de Ghyran había encontrado un rastro de Alarielle, la reina radiante. Como sabuesos de caza, el resto de las hordas seguirían el sonido del Cuerno del Canto Fúnebre hasta el lugar que indicaba.

En ese mismo momento, el cielo gris se tornó negro. El restallido de los látigos fue apagándose gradualmente y los esclavos y los capataces alzaron la vista hacia los nubarrones. A Grelch se le revolvió el estómago, aunque esta vez no de la habitual manera placentera, y un instante después, un sonido muchísimo más estridente que el del Cuerno del Canto Fúnebre desgarró el aire: un trueno que retumbó entre los árboles e incluso le sacudió los huesos y lo dejó sordo.

Grelch se tapó los oídos con las manos y apretó los dientes. El dolor era insoportable. Levantó los ojos instintivamente y vio que el cielo negro se escindía, desgarrado por unos colmillos de crepitante luz azul. Se produjo una caída incesante de rayos de dos colas que hendían el aire y dispersaban la niebla. El suelo vibró con su impacto y los guerreros y los esclavos de Grelch saltaron por los aires como si fueran las chispas producidas por un martillo al golpear el yunque. Los rayos incendiaron los árboles y el fuego secó los regueros de agua cenagosa. El aire adquirió un olor a hierro y a viento limpio y Grelch no pudo reprimir las arcadas.

A medida que se disipaba el humo, Grelch divisó filas y más filas de guerreros allí donde habían impactado los rayos caídos del cielo. Crepitantes serpentinas de luz les recorrían las máscaras y las cabezas de los enormes martillos de guerra que empuñaban, bailaban por el borde de sus escudos e iluminaban los espantosos sigilos que exhibían en sus armaduras.

Grelch tuvo la sensación de que acababa de llegar algo aterrador, más feroz incluso que las bestias de corteza. Se levantó de un salto, recogió el yelmo que había dejado a los pies y bajó por la escalera con el corazón acelerado. Desde que la tribu Ghyr se había ganado el favor del Abuelo, pocos eran los que se atrevían a desafiarla, y muchos menos los que habían reunido el valor necesario para atacarla de frente. Aquellos guerreros, quienesquiera que fueran, supondrían por lo menos un grato entretenimiento.

—¡Y son todos nuestros, mis guerreros! —bramó—. ¡A la batalla!

Sus guerreros respondieron con un rugido y se lanzaron hacia los intrusos arrollando a los esclavos, que se dispersaron en desbandada. Sus escogidos, sus hijos, sus primos y sus hermanos, todos ellos reyes marchitos, lideraron el ataque contra el centro de la línea de batalla de los invasores. Grelch estaba exaltado cuando comenzó la lucha. Así tenían que ser las cosas. Los recién llegados contaban con la ventaja de la superioridad numérica, pero sus guerreros estaban henchidos de la fuerza de Nurgle.

Lideró la entrada de su pueblo en el jardín y masculló un juramento al Abuelo Nurgle en el que le ofrecía sus servicios y almas a cambio de protección y poder. Y se había ganado esa protección en las constantes y duras batallas que había librado contra sus rivales, en las que había llevado a cabo verdaderas hazañas. Era él quien había domado al sapo dragón Ga'Blorrgh; él y no otro había envenado Aguadulce.

«*Cierto que hiciste todo eso*», oyó que le decía atropelladamente dentro de su cabeza una voz que le produjo la misma sensación que una picazón en la nuca: dolor y placer simultáneamente. Gorgojaba y se revolcaba por la superficie de sus pensamientos. Como si también hubieran oído esa voz, los gusanos de su brazo se pusieron rectos de repente y comenzaron a moverse de un modo extraño, lo que provocó una serie de vibraciones y de palpitaciones en el brazo. En lo alto de la escalera flotaba una nube oleaginosa y Grelch oyó el débil zumbido de miles de moscas.

—Mi señor —dijo en un susurro—. ¿Estás cerca?

El fragor de la batalla que estaba librándose abajo pareció debilitarse cuando la voz de su amo retumbó dentro de su cabeza. Grelch vio con el rabillo del ojo que sus guerreros trababan combate con los intrusos más próximos. Los orondos reyes marchitos aporreaban los escudos resplandecientes con las hachas melladas, pero retrocedían cuando el enemigo les devolvía los golpes con sus martillos recubiertos de rayos. A pesar de que se tambaleaban, los elegidos de Grelch no llegaban a caer; las heridas que habían recibido se cerraban como era la voluntad del Abuelo y volvían a lanzarse a la batalla.

—*Estoy cerca, aunque todavía lamentablemente lejos, mi vasallo* —respondió su amo y señor—. *Vengo con mi guardia putrefacta todo lo rápido que pueden traernos los vientos de plaga, pero debes abrirme la puerta para que pueda entrar. Date prisa, Grelch... Me revolcaré en el lodo de los Pantanos de Ghyran, saborearé el dulce corazón de los Claros Verdes y vadearé la Laguna Titilante. Date prisa, mi vasallo. Apila las piedras y derrama la sangre... Abre las puertas del jardín del Abuelo...*

La voz se desvaneció y Grelch dejó salir un suspiro tembloroso. El estruendo de la batalla volvió a ser ensordecedor; los gritos se mezclaban con el estrépito de las armas que entrechocaban. La voz de su amo, su mentor, era prueba suficiente de que contaba con el favor del Abuelo. ¿Por qué si no una figura tan prominente como su señor se habría dignado a hablar con él, y además en un tono tan gentil?

—No te preocupes, mi señor, estamos rodeados de sangre —dijo en voz alta. Recorrió los pantanos con la mirada y observó cómo las filas plateadas de los recién llegados avanzaban con unas zancadas que hacían temblar el suelo y los enormes escudos pegados para formar un muro. Parecían una auténtica muralla resplandeciente, y Grelch sintió una pizca de inquietud cuando vio que se acercaban a la colina y a la escalera. Sin embargo, su marcha se enlenteció cuando los escogidos de Grelch volvieron a interponerse en su camino, pronunciando voz en grito el nombre del Abuelo Nurgle mientras trataban de desbaratar el muro de escudos. Cuando sus guerreros acabaran con aquellos intrusos de piel brillante, les ordenaría que destriparan y exprimieran sus cuerpos para fertilizar las piedras y abrir la puerta del jardín.

Cerró los ojos y se regodeó en la idea. Hacía mucho tiempo que ansiaba volver a ver el jardín del Abuelo en todo su pestilente esplendor. Ahora, por fin se le presentaba la oportunidad. Un poco de sangre, unos cuantos muertos y su deseo se cumpliría.

Sin embargo, su buen humor se esfumó de un plumazo mientras descendía los escalones hacha en mano. A pesar de que sus elegidos jamás habían perdido una batalla, los recién llegados estaban liquidándolos a un ritmo que parecía imposible. Los guerreros rebosantes de las bendiciones del padre de plaga caían bajo unos martillos que hendían armaduras y desgarraban cuerpos con la facilidad de las hachas y de las espadas. Cada golpe de los intrusos iba acompañado por el rugido de un rayo y el ruido seco de un cuerpo humeante que se estrellaba contra el suelo.

Según descendía Grelch los últimos escalones, vio que la desorganización cundía entre sus hombres, salvo en los guerreros más astutos, que se apiñaban en torno a un puñado de caciques. Los demás cargaban en pequeños grupos o en solitario y las plateadas unidades de los recién llegados los aniquilaban sin miramientos. Los intrusos se habían desplegado formando un impenetrable muro de escudos. El telón de escudos bajaba y los guerreros asestaban un rápido golpe con los martillos para a continuación volver a levantar los escudos, todo ello haciendo gala de una disciplina con la que Grelch jamás se había encontrado en su larga experiencia. Los guerreros de plata se movían al unísono, abriendo un sangriento camino hacia la escalera de piedra y el arco, es decir, directamente hacia él. Grelch levantó el hacha en actitud desafiante y acudió a su encuentro.

Algunos de sus seguidores se levantaban del suelo a pesar de que estaban desangrándose por las heridas o desmembrados, pues los profundos tajos en sus obesos cuerpos cicatrizaban y volvían a crecerles las extremidades amputadas. Sin embargo, eso no era suficiente y no tardaban en volver a caer. Las armas del enemigo eran letales, incluso en los seres por cuyas venas corrían las bendiciones de Nurgle.

Grelch apretó el paso y se encaminó directamente hacia el frente de batalla. Si lograba aglutinar sus tropas, tal vez tuvieran una oportunidad. No obstante, esa esperanza se desvaneció cuando vio caer al último de sus caciques de un poderoso mazazo que redujo los cuernos que descollaban de su yelmo a una masa informe. El puñado de guerreros que quedaban en pie se lanzaron contra el enemigo desobedeciendo sus órdenes y acabaron aplastados como si fueran insignificantes moscas.

No quedaba en pie un solo hombre de la tribu Ghyr. Incluso los guerreros más gordos yacían inmóviles y con el cuerpo destrozado en el barro. Todo había sucedido en un abrir y cerrar de ojos. Grelch vio que al otro lado del muro de escudos, los guerreros destruían los ídolos y los altares de piedra que estaban a medio construir. Lanzó un grito ensordecedor. Los yelmos se volvieron y Grelch se vio reflejado en las relumbrantes facciones de sus máscaras. Los intrusos enfilaron hacia él formando un compacto semicírculo, con los escudos levantados. A pesar de que los rayos habían cesado, su resplandor se mantenía. Grelch no soportó su visión y se tapó los ojos con el brazo. La luz y el calor que desprendían los escudos parecía abrasarle hasta lo más recóndito de su ser.

Los gusanos que pululaban por su brazo se secaron y cayeron al suelo. Grelch sintió un miedo repentino, una sensación que no experimentaba desde hacía muchos años. ¿El Cuerno del Canto Fúnebre había sonado para alertar de la llegada de aquellos intrusos? ¿Estarían Kraderblob y el resto de los siervos de Nurgle trabados en combate con los mismos invasores implacables? ¿Qué clase de seres eran estos capaces de matar con tanta crueldad y facilidad? ¿Qué clase de seres llegaban transportados por el estallido de los truenos y el destello de los relámpagos?

—*Son enemigos, mi querido Grelch, y muy superiores a ti* —dijo con voz retumbante su amo y señor.

Grelch percibió la tristeza que denotaban esas palabras. Pronto se reuniría con sus gusanos y sus guerreros en el suelo embarrado, destrozado y muerto.

—*Muerto, sí, pero nunca olvidado, mi más querido y brillante bubónico* —afirmó su señor—. *El Abuelo te observa, Grelch. Demuéstrale lo valiente que eres, siervo mío. Ábreme la puerta y reúnete con el Abuelo en el jardín eterno, donde todo es verde y exuberante y la vida rezuma grasa. Está esperándote, impaciente por recibirte en sus brazos... ¡Date prisa, Grelch! ¡Date prisa!*

Grelch sintió que sus temores lo abandonaban mientras las palabras de su señor, su mentor, resonaban dentro de su cabeza. A continuación descendió con pesados saltitos los escalones resbaladizos, hacha en mano. Grelch tenía la sensación, aunque no sabía en qué se fundamentaba, de que solo se requería un pequeño esfuerzo más. Le demostraría al Abuelo lo valiente que era y luego se instalaría en el jardín, donde llevaría una vida feliz y gloriosa el resto de la eternidad. Era lo único que deseaba; lo que siempre había querido.

—No sé quiénes sois, asesinos, pero voy a deciros quién soy yo —espetó con voz ronca—. Me llamo Grelch, soy el jefe de la tribu Ghyr y señor de los Pantanos de Ghyran. Cuando regreséis al lugar en el que os han engendrado, decid que fui yo quien os envió de vuelta allí. Decid que el Abuelo Nurgle envía recuerdos, ya lo creo.

Levantó el hacha de plaga con las dos manos y la sostuvo delante del pecho, regodeándose en su peso descomunal mientras se dirigía hacia las plateadas filas enemigas.

—¡Venid! ¡Enviadme al jardín si podéis! —bramó. «Solo hace falta un poco más de sangre —pensó—. Esperaba que no tuviera que ser la mía, pero, bueno, no se puede tener todo. El Abuelo nunca me ha pedido más de lo que un hombre puede dar».

Uno de los guerreros se adelantó al resto. Era alto, casi tanto como el propio Grelch, aunque no tan orondo. Su recargada armadura brillaba de un modo extraño a la luz de los fuegos de bruja. Levantó el martillo que empuñaba de una manera que Grelch interpretó como un saludo. En la otra mano sujetaba una espada grabada con unos sigilos que herían los ojos de Grelch. Este escupió a los pies del guerrero.

—¿Cómo te llamas? Al Abuelo le gusta conocer el nombre de las almas que le envío.

El guerrero ladeó la cabeza. Sus ojos tenían una expresión de alerta bajo la máscara de facciones inmóviles y demasiado perfectas. Bajó el martillo.

—Gardus —respondió con una voz que sonó como el nítido tañido de una gran campana. Grelch lo recibió como un puñetazo en el estómago; le subió por la espalda y se quedó reverberando en su cerebro como los truenos que había oído poco antes.

El líder de la tribu Ghyr sacudió la cabeza para despejarse. «Abuelo, dame fuerza».

—Gardus —repitió lentamente Grelch—. Pues bien, Gardus, es un placer.

Grelch levantó entonces el hacha, hizo molinete con él y se lanzó hacia el guerrero.

El jardín del Abuelo estaba esperándolo.

CAPÍTULO UNO

ANTE LAS PUERTAS DEL ALBA

Gardus, Lord-Celestant de los Hallowed Knights, contempló primero el cuerpo que yacía a sus pies y luego se fijó en la capa de ácida bilis que recubría su martillo. El guerrero de plaga había luchado con valor a pesar de su inferioridad. Se había lanzado a una muerte segura sin vacilación ni miedo, y a Gardus le sorprendía la valentía que había demostrado una criatura tan degradada como esa.

«¿Habría hecho yo lo mismo?», se preguntó. Sacudió el martillo para limpiarle la mugre que se había aferrado a él al mismo tiempo que borraba de su mente ese pensamiento.

—¿Quién se alzará con la victoria? —gritó mientras enarbolaba el martillo y la espada rúnica de sigmarita. Su voz retumbó por el claro y llegó a todos los oídos. Algunos lo llamaban el Steel Soul, aunque no sabía de dónde había salido ese nombre. Con independencia de su origen, su cámara de guerreros lo había adoptado como propio y lo llevaba con honor.

—¡Solo los fieles! —respondieron al unísono sus guerreros.

Gardus contempló no sin orgullo a los hombres que lo habían acompañado en la batalla mientras alzaban sus voces triunfalmente. Liberators, Prosecutors, Judicators y Retributors, todos ellos enfundados en sigmarita forjada por las estrellas y empuñando armas del mismo material. Sus panoplias de guerra eran de brillantes plata y oro, con las hombreras de un regio color azul, tan intenso como los cielos, como también lo eran sus pesados escudos. Las armas que portaban refulgían con fuego sacro.

Todos eran héroes. Habían demostrado su valor en batallas que su reforja había condenado al olvido. Los Hallowed Knights eran la cuarta huestormenta en orden de fundación, y sus cámaras de guerreros estaban repletas de fieles procedentes de los Reinos Mortales. Lo único que tenían en común sus miembros era que habían apelado a Sigmar en plena batalla; todos ellos habían recibido respuesta y entregado su vida por una causa justa.

El propio Gardus apenas recordaba quién había sido antes de renacer en la forja eterna de Sigmar. Los relámpagos celestiales le habían arrancado su antigua identidad para sustituirla por una nueva y más preeminente. Los recuerdos de esa vida anterior emergían muy de vez en cuando, aunque Gardus creía (más bien esperaba) ser el mismo hombre que entonces. El mismo a quien Sigmar había juzgado digno de recibir una porción de su poder. De la vida anterior a la reforja solo recordaba el miedo, las batallas, el dolor, la sangre y, en el último momento, el rayo que lo llevó a Sigmaron a través de las estrellas.

No recordaba con claridad la causa por la que había dado su vida ni los nombres de los que habían luchado a su lado en aquella batalla final.

«Y, sin embargo, os recuerdo, amigos míos —pensó—. Recuerdo vuestros rostros y la manera como moristeis. Recuerdo que luchábamos en el nombre de Sigmar contra el mismo mal que combatimos ahora. Lo recuerdo, y honraré vuestra memoria de la única manera que puedo hacerlo ahora: con la espada y el fuego celestial».

Levantó la espada rúnica y contempló los sigilos grabados en su radiante hoja. Parecían brillar con fuego, con la furia reprimida de una tormenta. El mismísimo Sigmar había bendecido la espada después de que Gardus la forjara.

«No te fallaré», prometió para sí, aunque no sabía a ciencia cierta si estaba hablando a Sigmar o a los recuerdos borrosos de camaradas de armas casi olvidados.

Paseó la mirada por el campo de batalla. Lo que vio no era agradable. El lodazal estaba cubierto de monstruos, la mayoría muertos, algunos agonizantes; sus corrompidos cuerpos, figuras deformes y pervertidas que no desentonaban con el paisaje, ya no se regeneraban como lo habían hecho en los momentos iniciales de la batalla. Asqueado, el Lord-Celestant derribó de un golpe un icono de gran altura dedicado a los

Poderes Ruinosos. Había centenares de ellos por todo el claro, clavados en el suelo, y Gardus sintió que se le revolvía el estómago solo de verlos. Achacó la reacción al residuo del hombre que había sido. Allí donde mirara veía florecer la enfermedad.

El mismo aire apestaba y las aguas cercanas corrían contaminadas de sífilis. Un manto de gusanos y de otros seres carroñeros irreconocibles se extendía por un suelo que rezumaba putrefacción. Los enclenques árboles se alimentaban de aquella marga rica en sustancias podridas y por todas partes brotaba una vegetación que semejaba insectos luchando o rostros aullando. Espesas plantas trepadoras, recubiertas de cilios con aspecto enfermizo, parecían querer estrangular toda vegetación con apariencia normal que quedaba. Incluso las piedras exhibían forúnculos purulentos. A Gardus el paisaje le repelía y le fascinaba a partes iguales; nunca había visto algo igual.

Contempló los cuerpos arrugados e infestados de moscas de los adoradores de plaga y luego los ídolos, los altares de piedra y los obeliscos que estaban erigiendo en el momento de la llegada de los Steel Souls. Tal vez hubieran derrotado al enemigo, pero aún había que acabar con sus obras. Cuando su misión aquí terminara, todos aquellos siniestros monumentos habrían sido derribados y destruidos, pero, de alguna manera, Gardus sabía que este lugar jamás estaría libre por completo de la contaminación que lo afligía.

Aun así, eso no era razón para demorarse en el cumplimiento de la tarea.

—Feros, ¿cómo va? —gritó a su Retributor-Prime. Feros, a quien algunos llamaban Heavy Hand, se había ganado el ascenso en la batalla de los Glaciares de Celestina, donde había partido una de esas masas de hielo de un martillazo para tirar a las gélidas y profundas aguas a los guerreros de los Poderes Ruinosos. Como sus camaradas Retributors, Feros era la encarnación de la ira de los cielos. Olía a rayos y a lluvia, y su pesada y ornamentada armadura exhibía la marca del relámpago de Sigmar.

—La limpieza de este lodazal está desarrollándose a paso acelerado, Steel Soul. Mis guerreros habrán reducido a polvo hasta la última piedra que hay en pie en estos pantanos muy pronto —respondió Feros con voz cavernosa mientras demolía con su martillo relampagueante una monstruosa efigie y la hacía trizas.

—Perfecto —dijo Gardus— ¿Tegrus? —Ahora preguntaba a otro de sus subordinados.

El Prosecutor-Prime descendió del cielo solo un instante después y se postró ante él con la cabeza agachada. Sus alas, revestidas con el oro más puro y con plumas de rayos, batieron una vez el aire y se plegaron a su espalda con un persistente chisporroteo.

—Tus deseos son órdenes, Lord-Celestant —dijo Tegrus del Sainted Eye. Su voz se deslizó por la ranura de la boca de su máscara y tembló en el aire como el tañido de una campana. Tegrus fue quien descubrió las hordas del Caos que infestaban las montañas Nihiliad durante la limpieza de Azyr, y gracias a sus flechas llameantes, los ejércitos de Sigmar pudieron determinar su posición.

—Llévate a tus Prosecutors y sobrevolad los márgenes de los pantanos. Estad atentos a cualquier señal del enemigo. En esta región abunda como las moscas y me gustaría estar preparado cuando venga. Porque, no te engañes, vendrá.

—Entendido —dijo Tegrus. Desplegó las alas de nuevo—. Así será más fácil aplastarlo. No tendremos que ir a buscarlo.

Alzó rápidamente el vuelo y se reunió en el cielo con su unidad de guerreros alados.

—Tanto entusiasmo será su perdición —dijo una voz.

Gardus se dio la vuelta y vio a Solus, el Judicator-Prime, que enfilaba hacia él dando largas zancadas, con una mano posada en el enfundado gladius de tormenta que le colgaba de la cadera. Sobre uno de sus hombros llevaba apoyada la voluminosa ballesta de tormenta. Solus no tenía un nombre de guerra, aunque, para ser justos, lo cierto era que tampoco parecía desearlo. De mente fría y mano tranquila cualquiera que fuera la situación, era el subordinado más prudente de Gardus.

—Si no estuvieras tú aquí para cuidar de nosotros, Solus.

—Tú lo has dicho, Lord-Celestant. Mis Judicators y yo no permitiremos que el enemigo coja desprevenida a nuestra cámara de guerreros —afirmó Solus—. Tampoco los aliados… Lo cual es una pena.

Gardus asintió. Sabía a qué se refería Solus. Habían venido para librar una guerra, pero también para restituir una vieja alianza. Solo lo primero lo atañía, y por extensión, atañía a sus hombres. Había otras cámaras ocupadas en la búsqueda de la misteriosa reina de este reino. La tarea de Gardus consistía en garantizar que tendrían buenas noticias para ella cuando la encontraran.

—Nuestro objetivo sigue siendo el mismo. Limpiaremos este lugar y nos quedaremos aquí hasta nueva orden. Eso nos ha pedido Sigmar y es lo que haremos —dijo Gardus—. Cuando Feros termine de destruir esas piedras y controlemos el portal del reino, el Lord-Castellant Grymn, el Lord-Relictor Morbus y los demás podrán reunirse con nosotros aquí. Tal vez entonces, los pueblos de los Reinos de Jade, humanos y no humanos, se levantarán para unirse a nosotros. Hasta que eso ocurra…

—Hasta que eso ocurra seremos nosotros los que lucharemos y muramos por ellos, ¿no?

Gardus se volvió a mirar a los ojos a su Liberator-Prime.

—Aetius…

—No me gusta este lugar —dijo en voz baja Aetius Escudo Nato—. El aire está envenenado y el suelo tiembla como un animal enfermo.

Aetius era valiente como un grifocán, pero siempre miraba con recelo a sus camaradas y el mundo que lo rodeaba. Señaló con la cabeza a Solus cuando este se marchó para cumplir su tarea.

—Por eso estamos aquí —respondió cortésmente Gardus—. Si fracasamos, este reino boscoso podría convertirse en un virulento cáncer en el organismo de los Reinos de Jade, un tumor supurante que ningún fuego podría limpiar ni magia alguna exorcizar. —Dio unos golpecitos con el martillo en la hombrera de Aetius—. Mucho se exige…

—… a quienes mucho se concede —dijo Aetius para terminar la frase mientras inclinaba la cabeza. Desvió la mirada de Gardus—. ¿Y nosotros qué, Lord-Celestant? ¿Cuál es nuestra misión ahora que hemos derrotado al enemigo?

—Vigilar que no vengan más mientras Feros y sus Retributors terminan de destruir esos abominables altares. Echad una mano donde os necesiten. Cuanto antes acabemos, mejor. No sé qué se proponían construir aquí, pero no debe quedar ni rastro de ello, Aetius —dijo Gardus—. Solo entonces podremos apropiarnos de las Puertas del Alba y el Lord-Castellant y el resto de nuestros hermanos podrán reunirse con nosotros desde las Puertas de Azyr.

—A tus órdenes. —Aetius se despidió acercando resueltamente el martillo a la frente, dio media vuelta y se puso a repartir unas órdenes que los Stormcast Eternals se apresuraron a obedecer.

Gardus se quedó mirando al Liberator-Prime y sacudió la cabeza. Sabía dónde radicaba el germen de la irritación de Aetius, o al menos lo sospechaba.

Los Hallowed Knights no habían sido los elegidos para formar la punta de lanza de la misión; ese honor había recaído en los Hammers de Sigmar, como no podía ser de otra manera. Sin embargo, la espera se había hecho larga y pesada, y no solo para sus subordinados. La incertidumbre de Gardus crecía a medida que aquella se alargaba, pues no podía evitar cuestionarse si su preparación y su disciplina serían suficientes para los conflictos que se avecinaban. Había renacido para combatir, pero hacía mucho tiempo desde la última vez que había medido su destreza con las armas y su fuerza fuera de los campos de entrenamiento de Sigmaron.

«Me preguntó qué diría Grymn si lo supiera», pensó. Gardus jamás había visto mostrar el más leve atisbo de duda ni de vacilación al Lord-Castellant de los Steel Souls. Ese hombre era una roca, capaz de resistir cualquier tormenta. Era el único miembro de la cámara de guerreros capaz de aguantar un duelo con el Lord-Celestant, pero no era la persona a la que acudir en un momento de inseguridad. Gardus tampoco podía compartir sus preocupaciones con sus colegas Lord-Celestants, pues estaban ocupados con la preparación para el combate de sus propias cámaras de guerreros.

Gardus solo había confesado sus dudas a otra persona, Zephacleas, el Lord-Celestant de los Astral Templars. Se sonrió al pensar en el otro comandante de los Stormcasts. Zephacleas había sido un hombre grande, incluso antes de su reforja, y después de esta se convirtió en un verdadero gigante que le sacaba más de una cabeza a Gardus. Vestido con una armadura oscura en contraste con la brillante de Gardus, Zephacleas había adivinado las dudas que lo carcomían por dentro y le había dedicado unas palabras de ánimo mientras contemplaban juntos las estrellas en aquellas últimas horas antes de que los llamaran para sumarse a la batalla. Ahora esas palabras tranquilizadoras del otro Lord-Celestant se revelaban ciertas; todo atisbo de duda se había esfumado. Se habían enfrentado con el enemigo y lo habían derrotado.

Rememoró los primeros momentos tras la llegada aquí, con la mente y el cuerpo vigorizados por el rayo celestial que lo había transportado desde Azyr, así como el furioso júbilo que se había apoderado de él nada más ver la carga de los guerreros corrompidos. Los Hallowed Knights habían luchado como verdaderos guerreros, ejecutando las órdenes y recurriendo a la iniciativa propia para contrarrestar amenazas imprevistas con una destreza inalcanzable para cualquier siervo mortal de los Dioses Oscuros.

Y ahora, las Puertas del Alba eran suyas.

Gardus se volvió y siguió con la mirada la escalera de piedra que subía por la escabrosa ladera hasta el arco del portal del reino. No se parecía en nada a como lo había imaginado. Esperaba encontrar una puerta monumental palpitante de poderosas energías. Por el contrario, era una construcción en ruinas con aspecto inocuo, recubierta de enredaderas y ligeramente inclinada, como un hombre vencido por la edad. ¿De verdad era una entrada a Aqshy, el Reino del Fuego?

Sacudió la cabeza. Qué más daba. Lo habían enviado allí para tomarla en el nombre de Sigmar y eso había hecho. Le llegó el estrépito de las piedras al partirse y los gritos de sus guerreros en plena faena. Entre las diferentes huestes de su cámara de guerreros había una rivalidad sana, una competitividad que no se circunscribía al campo de batalla. Algunos de sus pares fruncían el ceño al oír ese bullicio fuera de Sigmaron, pero Gardus sabía que la risa era la sigmarita del alma.

En todo caso, estaban de celebración, pensó. «Nuestra primera batalla y nuestra primera victoria. —Miró arriba y se preguntó si Sigmar estaría observándolos—. No te fallaremos, mi señor».

Feros y Aetius aunaron esfuerzos para tirar abajo un obelisco alto y que triplicaba el tamaño de cualquiera de sus hombres. La proeza provocó una ovación general. Pero un nuevo sonido se coló entre las voces de los guerreros; era un zumbido penetrante que fue atenuando el entusiasmo de los Stormcast Eternals hasta eliminarlo por completo a medida que aumentaba su volumen. Los hombres miraron alrededor, tratando de identificar el origen de aquel ruido. Gardus, más cerca que el resto de las Puertas del Alba, fue el primero en dar con él y sintió que el sabor de la victoria se agriaba en su lengua.

Un escalofrío le recorrió la espalda cuando se volvió para mirar el portal del reino. Las extremidades le pesaron como si fueran de plomo y el aire se hizo denso e irrespirable. Una niebla miasmática se elevaba desde el suelo y se aferraba a sus piernas y al borde de su capa. Un repugnante hedor le colmó las fosas nasales y comenzó a sufrir arcadas. El sonido seguía creciendo, expandiéndose, transformándose en otra cosa… en algo peor.

Risas.

—Oh, no, no, no, amigos míos. Las cosas no son así. ¿El juego no ha hecho más que comenzar y ya estáis celebrando la victoria? No, en absoluto son así —dijo riendo una horripilante voz, pastosa por la flema, que resonó procedente de todas partes y de ninguna y se introdujo en la cabeza y en los oídos de todos los hombres. Ascendía del barro y palpitaba en las purulentas enredaderas que trepaban por todo.

Gardus levantó el martillo y sus hombres instantáneamente formaron con los escudos levantados y las armas prestas. Algo se acercaba y debían estar preparados para recibirlo.

El Lord-Celestant y Feros cruzaron una mirada y el Retributor-Prime asintió con gravedad. Los Prosecutors de Tegrus sobrevolaban a sus camaradas con las armas preparadas y los Judicators de Solus habían formado sus unidades justo detrás de Aetius y del resto de los Liberators. Todas las miradas buscaron a Gardus, que dio un paso al frente para que todos pudieran verlo.

—Mantened las posiciones —dijo, con la esperanza de que su voz transmitiera más confianza que la que sentía. Lo que quiera que fuera que se acercaba, que había hablado, no guardaba ningún parecido con nada de lo que habían visto antes. Sus palabras le habían estrujado el corazón y habían estado a punto de arrebatarle todo el valor. Si hubiera sido un hombre normal, probablemente se habría desmoronado en ese momento, pero era un Stormcast Eternal; el miedo no tenía ningún poder sobre él.

Arriba, las Puertas del Alba comenzaron a temblar y la vegetación y el polvo que las cubrían se precipitaban mientras las antiquísimas piedras se deslizaban una sobre otra. Algo indefinible borboteaba al otro lado del arco, y una ráfaga de pestilente viento frío se propagó por el aire repentinamente espeso.

—Grelch fue leal y diligente, y su sangre es tan válida o incluso más que la de cualquier esclavo llorica —añadió la horrenda y gargajienta voz—. La sangre es la llave y ha abierto la cerradura. Toc, toc, pequeños nubarrones, dejadme entrar.

Un agujero negro fluctuó al otro lado del arco como si fuera un espantoso tajo en el mismo aire, y en los oídos de Gardus resonó el zumbido de innumerables moscas mientras la ráfaga de viento frío lo azotaba. La puerta comenzó a estremecerse y a retorcerse como si estuviera sufriendo un dolor insoportable.

Y entonces, ante la mirada horrorizada de Gardus, dos inmensas manos putrefactas salieron del interior del arco y aferraron cada una de sus jambas. Casi al mismo tiempo, una criatura abominable trató de entrar por las Puertas del Alba a pesar de que era inconcebible que con su tamaño consiguiera hacerlo. Sus podridos colmillos entrechocaron en su mandíbula bulbosa cuando el monstruoso demonio se puso a reír alegremente. El arco se tambaleó peligrosamente cuando la criatura logró sacar a empellones el cuerpo por el portal del reino. Los Stormcasts que estaban más cerca de la puerta corrieron hacia allí con la esperanza de alcanzar la cima de la ladera a tiempo, pero los escombros de la tambaleante puerta que se precipitaban por la pendiente los aplastaron. Los que lograron esquivarlos quedaron atrapados en el torrente de espuma ácida que caía desde el ahora corrompido portal. Gardus gritó a los supervivientes que se retiraran.

—Mis saludos, cachorros de un dios insignificante —dijo con jovialidad la gigantesca criatura que Gardus acertadamente identificó como un demonio de Nurgle. Se dio unas palmadas en la groseramente hinchada barriga y echó el cuerpo hacia delante sobre las piernas arqueadas—. Permitidme que me presente… Soy Bolathrax. Y vuestras almas me pertenecen.

CAPÍTULO DOS

AL OTRO LADO DE LAS PUERTAS DE AZYR

Zephacleas, el Lord-Celestant de los Astral Templars, permanecía sentado con los ojos cerrados, escuchando con atención la tormenta que descargaba encima de las cúpulas de aéter que se extendían a lo largo de la vasta plataforma del Sigmarabulum. Creía oír los gritos agónicos de los camaradas caídos en cada trueno y en el restallido de cada rayo mientras sus espíritus se sometían al proceso de reforja. «La victoria a cualquier precio», pensó, esbozando media sonrisa.

Abrió los ojos y se inclinó hacia delante, con la cabeza ladeada para que la luz del mundo devastado le bañara las magulladas facciones. Alzó la vista hacia la enorme esfera suspendida en los cielos, por encima del anillo artificial. A pesar de que solo era un fragmento del mundo que había sido, su núcleo de hierro era del tamaño de una luna y brillaba con una extraña iridiscencia que provocaba las sombras alargadas de las vastas forjas, los laboratorios, las armerías y las factorías de almas del anillo.

«Es hermoso a su manera», dijo para sí Zephacleas. Aun así, él preferiría haber estado en otro lugar. Sus hermanos Stormcasts estaban en los Reinos Mortales, luchando para desterrar a los siervos de los Poderes Ruinosos. De las huestormentas escogidas para atacar Ghyran, a los Astral Templars les había tocado permanecer en la reserva. No obstante, muy pronto los desplegarían para llevar a cabo la venganza de Sigmar contra los Poderes Ruinosos y todos sus corrompidos seguidores.

Zephacleas estaba impaciente por que llegara ese momento. Había probado el sabor la guerra y echaba de menos el fragor de la batalla. Le había despertado viejos recuerdos y había removido las cenizas del hombre que había sido antes de que Sigmar lo trajera a Azyr. Estaba seguro de que todos habían vivido la misma experiencia, desde el poderoso Vandus Hammerhand hasta el taciturno Gardus, Lord-Celestant de los Hallowed Knights.

«Gardus», pensó con una sonrisa en los labios. Sacudió la cabeza. El Steel Soul era el mejor de todos ellos. Poseía un sentido del deber muy superior al del resto de los Stormcasts, salvo quizá al del propio Ionus Cryptborn. Le deseó toda la gloria del mundo dondequiera que Sigmar lo hubiera enviado.

Gardus, para gran decepción suya, no había participado en el ataque a Aqshy. Los Hallowed Knights aún no estaban preparados, así que cuando su cámara de guerreros fue elegida para formar parte de la ofensiva en los Reinos de Jade, Zephacleas vio la inseguridad en los ojos de Gardus, como si creyera que él y sus hombres no contaban aún con la confianza de Sigmar.

Era una inseguridad que él mismo había sentido antes de su primera batalla. Recordó el silencio que se instaló en Sigmaron el día que comenzó la guerra. El estruendo, el ruido de máquinas cotidiano de las instalaciones cesó cuando se interrumpieron los trabajos en las grandes forjas y las factorías. Fue como si contuvieran el aliento justo antes de que llegara un momento que llevaban esperando con ansia mucho tiempo. Y entonces, en medio de ese silencio sepulcral, se produjo un sonido: una campana repicó. Su tañido, lóbrego y afligido, se propagó por las grandes avenidas, los cuarteles y los sótanos y llegó a todos los rincones de la Ciudad Celestial. El eco del lastimero sonido resonó en las plazas vacías hasta que finalmente regresó el silencio.

Entonces estalló el ensordecedor trueno que señalaba la apertura de las Puertas de Azyr y el comienzo de la guerra. Zephacleas vivió su primera experiencia en una batalla real (muy distinta del entrenamiento en el gladiatorium o de la cacería de orruks en las tierras salvajes de Azyrheim) durante el ataque en la península del Azufre después de que los Hammers de Sigmar hubieron tomado el delta Ígneo. Y descubrió que le gustaba.

Zephacleas flexionó las manos enfundadas en los guanteletes de sigmarita. Con el martillo y la espada había abatido a hombres de las tribus de Aqshy y monstruosos khorgoraths junto a sus hermanos de las huestormentas. Él y su cámara de guerreros se abrieron paso por la península del Azufre antes de regresar a las cámaras de celestina para que sus hombres se curaran de sus heridas. Allí, Zephacleas asistió a una reunión del gabinete de guerra con el resto de los líderes de las huestormentas y se enteró de que el Caos había corrompido la mayoría de los portales del reino. Sus colegas hablaron de llamas con conciencia que ardían en el Puente de Fuego y de corrientes de agua contaminada que manaban de los arcos de las cinco puertas de Ghyran. Era como si la misma materia de la que estaba hecha la realidad se encontrara en peligro. Los Poderes Ruinosos libraban una guerra en los Reinos Mortales.

Para Zephacleas, todo aquello era una prueba irrefutable de que Sigmar había tomado la decisión acertada al enviar las huestormentas a la batalla. La guerra había estallado y solo había dos finales posibles: la victoria o la muerte.

—Como no podría ser de otra manera —dijo en voz alta. Los Stormcasts habían sido forjados para la guerra y estaban preparados para cualquier cosa que estuviera esperándolos al otro lado de las Puertas de Azyr.

La vastedad que se extendía ante él engulló su voz. Las estrellas se remolinaban en el contorno de las irregulares nebulosas; era un mar de color y de luz, pero inquietantemente silencioso y de una extensión infinita.

Jamás había comprendido del todo la fascinación que despertaban en Gardus el precipicio del Sigmarabulum y lo que había más allá de él, pero tenía que reconocer que su visión resultaba en cierta manera relajante. Se echó a reír. Relajante, sí, y también vigorizante. Aquí se resumía la totalidad de la existencia, plasmada en un lienzo celestial y colocada ante sus ojos. Era hermoso, pero también aterrador… Las estrellas luchaban y morían como los hombres. Fugaces destellos pugnando con la oscuridad que pronto caerían en el olvido, aunque siempre aparecían nuevos para sustituirlos.

«No se me ocurre una definición mejor de un Stormcast», pensó Zephacleas.

—*No, Zephacleas. El olvido jamás* —dijo una voz retumbante dentro de su cabeza. Era una voz afable, pero enérgica, como una tormenta de verano. En todo caso, Zephacleas se inclinó bajo su peso.

—Mi señor Sigmar… ¿Ha llegado el momento? —preguntó, tratando de disimular su impaciencia. La pregunta no exigía una respuesta, pues Sigmar no se habría dignado a hablar con él a menos que fuera estrictamente necesario—. ¿Vas a enviarnos de nuevo a la batalla?

—*Sí, Zephacleas. Se requiere la presencia de los Astral Templars.*

La voz de Sigmar resonó dentro de su cabeza como el tañido de una campana y su cuerpo vibró hasta los tuétanos. El Rey Dios le hablaba con la voz de los mismísimos cielos, y en sus palabras podía oírse el rugido de los cometas, el zumbido de las nebulosas y el eco perpetuo de la negritud que envolvía las estrellas.

—¿Dónde, mi señor? ¿En los Claros Verdes? ¿En la Ciudad de las Ramas? —inquirió. ¿Qué hermanos Stormcasts necesitarían su ayuda? ¿Lanzaría Sigmar su rayo a los Reinos de Jade? «Qué más da dónde nos envíe —pensó Zephacleas—. Por fin ha llegado el momento».

—*Los Pantanos de Ghyran. Los Hallowed Knights están enfrentándose a un enemigo muy superior.*

Una imagen asaltó a Zephacleas y lo dejó helado: figuras en resplandeciente armadura luchando con una criatura gigantesca y repugnante. No se trataba de un bruto monstruo o paladín, henchido con el poder de su vil dios, sino del propio fragmento de un dios. Una criatura superior a cualquier Stormcast, incluso a un Lord-Celestant.

—Estoy preparado, mi señor. Los Astral Templars no te fallaremos —dijo Zephacleas al mismo tiempo que se ponía en pie. La pesada armadura no le impidió levantarse con agilidad. Con el yelmo bajo el brazo y el martillo en la mano, dio media vuelta y enfiló de regreso a los salones de Sigmaron. Advirtió el olor a muerte en el aire, aunque no fue capaz de discernir de la muerte de quién.

«Aguanta, amigo mío. Estoy en camino».

CAPÍTULO TRES

DONDE PISA BOLATHRAX

Gardus supo quién era la bestia en el mismo momento en el que se mostró en toda su inmensidad.

«La Gran Inmundicia —pensó—. Sigmar, guíame y dame fuerza».

—Aguantad —ordenó, echando un vistazo a izquierda y a derecha. Un murmullo de incertidumbre recorrió las filas de la unidad que tenía a su espalda. De él dependía que no fuera a más—. ¡Mantened las posiciones!

El gran demonio de Nurgle tenía un aspecto imponente en lo alto de la escalera de piedra. Los pliegues de grasa se acumulaban en torno a él, y su piel estaba tirante en algunas zonas o plagada de heridas supurantes en otras que dejaban a la vista la sustancia nauseabunda de la que estaba hecho. De entre esas dobleces devastadas surgían unos tentáculos que chorreaban bilis y sangre alquitranada. En sus articulaciones brotaban unas pústulas inmensas, y brillantes forúnculos hinchados de veneno decoraban su vil semblante y su seboso torso como si fueran un grotesco collar. De la cabeza inclinada, que era poco más que un bulto sobre sus hombros, sobresalían dos grandes cuernos de hueso sucio y pestilente, de los que colgaban unos trozos de carne que se agitaban como obscenos estandartes de batalla con las sacudidas y las carcajadas de la criatura. La bestia llevaba puesta una hombrera oxidada y agujereada y una cota de malla andrajosa y mugrienta con un enorme agujero a la altura de la barriga. En una mano empuñaba un gigantesco y nauseabundo mayal.

—¡Formad! —bramó Gardus al mismo tiempo que reprimía las náuseas. Aquella criatura era la encarnación de los conceptos más repugnantes, y el mero hecho de estar cerca de ella le revolvía el estómago.

Un Liberator próximo a él se tambaleó y vomitó a través de la rendija de la boca de la máscara. Gardus lo sujetó para que no se cayera.

—Tranquilo —le dijo en voz baja. El hombre intentó hablar y excusarse, pero Gardus lo interrumpió—. No hay de qué avergonzarse. Ocupa tu sitio en la línea, Stormcast.

El Lord-Celestant se dio la vuelta cuando advirtió un zumbido y vio una nube negra procedente de la arboleda. «Moscas», dijo para sí Gardus. Del arco del portal surgieron más, incluso del interior del monstruoso demonio.

—Por el reino celestial —masculló Gardus cuando las nubes de moscas se fundieron alrededor de la cabeza con cuernos de la Gran Inmundicia—. ¡Formad! ¡Seguidme! —bramó, e hizo entrechocar las armas; un rayo salió rugiendo del lugar del impacto—. ¡Retroceded y formad! ¡Mantened la línea sea lo que sea lo que salga de ese portal!

Los Steel Souls obedecieron sin perder un segundo y pusieron tierra de por medio con los corrompidos ídolos de piedra y el portal. Gardus gruñó con satisfacción cuando oyó que sus subordinados repetían la orden a lo largo de las unidades de guerreros. Sabía que podía contar con que Feros y el resto la cumplirían a rajatabla.

—¡Formad, formad! ¡Qué disciplinados! —espetó el demonio burlonamente—. Colocaos ordenadamente en fila como si fuerais juguetitos para que Bolathrax pase un rato divertido. —Ladeó la enorme cabeza con cuernos y fijó sus ojos saltones en Gardus—. No te hagas ilusiones, cachorro, nunca ganarás. Si yo fuera tú, me iría corriendo a casa y le diría a mi dios que este lugar ya tiene dueño.

Los ojos del demonio ardieron en los de Gardus, que por un momento sintió un calor infernal, como si tuviera un acceso de fiebre. Luego le sobrevino la sensación de que tiraban de él, como si unos dedos largos estuvieran hurgando en sus pensamientos y robándole aquellos que juzgaban interesantes. *Vio las hileras de camas en las que yacían los leprosos y los atormentados convalecientes. Se sintió débil y oyó los gritos cuando los invasores superaron la muralla y entraron en Puerto Demesnus...* Estuvo a punto de caerse, pero esas extrañas sensaciones se disiparon con la misma rapidez con la que habían aparecido. Bolathrax gruñó.

—Eres duro, fuerte… Mucho más fuerte de lo que esperaba. La calidad de tu esencia ha mejorado mucho desde la última vez que nos vimos.

—Nunca antes nos hemos visto, bestia —espetó Gardus, aunque sabía que no debía hablar con el demonio, pues era la encarnación de la mentira. Sin embargo, alguna clase de necesidad persistente lo impulsó a añadir—: Creo que recordaría a alguien tan feo como tú.

Sus palabras resonaron por todo el claro y Bolathrax se inclinó hacia delante con los ojos entornados. Una leve sonrisa se dibujó en la cara rolliza del demonio cuando los Hallowed Knights comenzaron a golpear los escudos con los martillos. El ritmo lento y constante silenció el zumbido que había acompañado la aparición del demonio, y a Gardus se le pasó fugazmente por la cabeza la idea de que solo con ese sonido podrían devolver a la asquerosa criatura al infierno donde había sido engendrada. Sin embargo, el monstruo negó con la cabeza como un padre decepcionado.

—Tú lo has querido —dijo Bolathrax. Levantó una gorda zarpa y pronunció una sola y deplorable palabra cuya fuerza hizo rechinar los dientes a Gardus.

Las nubes de moscas se lanzaron de repente hacia las líneas de Stormcasts.

—¡Levantad los escudos! —ordenó Gardus con un rugido mientras afirmaba los pies en el suelo ante la inminente llegada de los insectos.

Sin embargo, ya no eran solo los insectos. Otras criaturas con largas extremidades y los vientres hinchados corrían dando saltos hacia los guerreros, arrastrando unas herrumbrosas espadas. «Portadores de plaga», pensó Gardus. Tampoco, como a Bolathrax, los había visto nunca, pero supo que eran ellos en cuanto los vio y una sensación de vacío se instaló en su estómago y en su cabeza. Así reconocía un mortal a su enemigo. Los monstruos, de un solo ojo, tenían las tripas salidas del cuerpo e irradiaban la misma sensación de disparate que el propio Bolathrax, aunque en un grado menor… Era como si no fueran de este mundo.

Siguieron apareciendo más monstruos de las nubes de moscas. Los Hallowed Knights estaban rodeados por ellos y su número no paraba de crecer. Los demonios emitían un zumbido monótono mientras avanzaban, como imitando a las moscas que los habían engendrado.

—¡Formad a mi alrededor! —bramó Gardus—. ¡Retroceded, formad en círculo, pero mantened la línea! ¡Hacedles pagar caro cada paso, hermanos!

«¿Así caí?». Ese pensamiento resonaba dentro de su cabeza como el zumbido de los demonios. ¿A esto se había enfrentado antes de Sigmaron, antes de la reforja? «¿Así morí?». Arrinconó ese pensamiento y trató de concentrarse en la amenaza que se cernía sobre él en lugar de un pasado remoto, *los robapieles se abalanzaron sobre él con las lanzas embadurnadas de la sangre de sus acólitos. Agarró uno de los candelabros con cuatro patas de hierro, lo levantó y* redujo a puré la cabeza de un portador de plaga. Paró con la espada la acometida de un acero forjado con enfermedades y lo hizo trizas. Aetius se colocó a su lado para cubrirle el flanco con el escudo y con el martillo trazó un amplio arco en el aire que hizo tambalearse a los demonios.

—¿Quién saldrá vencedor? —gritó Gardus, tratando de no prestar atención al persistente zumbido de las moscas ni a las voces olvidadas.

—¡Solo los fieles! —respondieron las gargantas de todos los miembros de su cámara de guerreros. El grito se alzó por encima del fragor de la batalla, del ruido de los martillos al triturar huesos y del zumbido de los demonios.

Gardus hizo añicos las facciones obscenas de un portador de plaga y lo lanzó por los aires, *el candelabro le pesó en la mano cuando cogió otro igual y salió del hospicio.*

—Si caemos, ¿quién renacerá? —gritó, sacudiendo la cabeza para despejarse.

—¡Solo los fieles!

—¡Solo los fieles! —exclamó con voz ronca el Lord-Celestant mientras bloqueaba un golpe que habría partido por la mitad la cabeza de Aetius. Acabó con el demonio y echó un rápido vistazo al campo de batalla. Los Hallowed Knights estaban luchando como verdaderos guerreros, pero las fuerzas enemigas parecían ilimitadas. Tenían que contrarrestar esa ventaja. «Necesitamos espacio para maniobrar», pensó Gardus. Alzó la vista al cielo e hizo una señal con la espada rúnica a Tegrus.

Los Prosecutors se lanzaron en picado arrojando sus martillos celestiales. Las armas se estrellaron contra las filas enemigas con la fuerza de un meteorito. Tierra, polvo y cuerpos destrozados saltaron por los aires con cada impacto. El implacable avance enemigo se ralentizó por un momento.

Gardus evaluó sus opciones.

—¡Aetius, juntad los escudos! —bramó—. ¡Feros, conmigo!

Aetius dio la orden y varias unidades de Liberators pegaron los escudos para formar un sólido muro de resplandeciente sigmarita. Tal como Gardus había esperado, Solus y sus Judicators comprendieron al instante lo que debían hacer y se replegaron rápidamente detrás del parapeto proporcionado por los escudos de sus camaradas. Feros y sus Retributors se abrieron paso por las filas de los Liberators y de los Judicators y abatieron con sus martillos relámpago a los demonios más próximos a los Hallowed Knights. Feros se echó a reír mientras reducía a cenizas a un demonio de un martillazo.

—¡Alabado sea Sigmar por este regalo! —bramó el Retributor-Prime—. ¡Incalculables enemigos para golpear y tiempo para disfrutarlo!

Se adelantó y estrelló el martillo contra el suelo. De la tierra surgió un relámpago chisporroteante que sacudió a los portadores de plaga y los carbonizó. Entre los Prosecutors y los Retributors estaban manteniendo a raya al enemigo, pero Gardus sabía que solo se trataba de un respiro temporal.

—¡Aetius, muro de escudos! —ordenó el Lord-Castellant, señalando al Liberator-Prime.

Aetius levantó el martillo y los guerreros de la primera línea del muro de escudos se arrodillaron e hincaron los escudos en el suelo. Los miembros de la segunda línea se pegaron a ellos y juntaron los escudos encima de las cabezas de sus camaradas de la primera línea. Los Liberators que no participaban en la formación del muro de escudos se adelantaron para unirse a Aetius y a Gardus como primera línea de defensa y se desplegaron en grupos de cinco o seis guerreros que se apostaron entre los Retributors.

Los Judicators de Solus comenzaron a disparar inmediatamente sus armas parapetados tras el muro de escudos mientras Gardus y los demás intentaban contener las filas de los portadores de plaga. Solus y sus guerreros acribillaban al enemigo y los truenos y los rayos estallaban furiosamente. El humo y el ruido colmaron el aire rápidamente, pero los demonios seguían avanzando con su zumbido incesante sin importarles el castigo que estaban infligiéndoles los Stormcast Eternals. De las Puertas del Alba continuaban saliendo demonios para unirse a sus viles compañeros en el implacable ataque contra la cámara de guerreros de Gardus; pasaban por encima de los cuerpos carbonizados y destrozados de sus camaradas y de los demoníacos cadáveres amontonados con el único objetivo de llegar hasta los Hallowed Knights.

Gardus y Aetius luchaban espalda con espalda.

—Si esto sigue así, no tardarán en superarnos, mi señor —dijo Aetius mientras estampaba el escudo contra la espalda de un portador de plaga; este se tambaleó y Aetius le rebanó la cintura con la espada como si fuera un leñador talando un árbol. El demonio cayó partido en dos mitades que se retorcieron en el suelo.

—Habrá esperanza mientras uno de nosotros siga en pie —respondió Gardus. Echó un vistazo a la batalla y divisó a los Retributors, luchando como islas solitarias en medio de un mar de mugre, y a los Liberators, combatiendo espalda con espalda en grupos reducidos. Ninguno de ellos conseguía aminorar el avance enemigo a pesar de los estragos que estaban causando en sus filas. Los portadores de plaga arremetían contra el muro de escudos y de vez en cuando sacaban a un Liberator de la formación, lo aislaban de sus compañeros y se ensañaban con él. A Gardus se le encogía el corazón cada vez que veía morir a un camarada; tenía la sensación de que ya había vivido esa experiencia, mientras *contemplaba cómo los miembros de su rebaño caían atravesados por las lanzas de los robapieles.* Sacudió la cabeza para arrinconar ese inoportuno pensamiento. No estaban enfrentándose con robapieles. Oyó las risas de Bolathrax deslizándose por el campo de batalla y alzó la vista hacia él. La Gran Inmundicia estaba inclinado hacia delante sobre sus carnosas piernas; era la viva imagen de un atento espectador.

—¡Eso es, luchad! —gritó Bolathrax—. ¡No os servirá de nada! ¡El Archivista os dará vuestro merecido! ¡No importa lo bien que empleéis esos martillitos!

Gardus habría dado cualquier cosa por borrar esa sonrisita de la cara de la criatura. Le hervía la sangre y, mientras luchaba, vio sobreimpresas en las máscaras de sigmarita una serie de rostros que recordaba vagamente. Oyó unas voces que no reconoció y los monstruos verdes de los Pantanos de Ghyran fluctuaron y parecieron desaparecer sustituidos por otro lugar y otro tiempo. *Vio sábanas salpicadas de sangre mientras los robapieles aullaban y* trató de borrar esa imagen de la cabeza, de desterrar esos fragmentos de recuerdos, pero *el hospicio estaba ardiendo y* se negaban a abandonarlo. Asestó un tajo a un portador de plaga *y el guerrero enfundado en una armadura carmesí y de latón se tambaleó, con la cabeza llena de cicatrices aplastada por el candelabro de hierro que Garradan tenía en la mano.*

—¡Sigmar! —gritó Gardus. *Los guerreros lo rodearon con sus brutales hachas con los filos dentados y* él giró en redondo con la espada rúnica extendida, cortando brazos y haciendo trizas espadas de plaga. Estas espadas *estaban manchadas con la sangre de su rebaño y eso lo sacaba de sus casillas.* Lo golpeó una espada de plaga y se tambaleó, *y sintió cómo la lanza le atravesaba la ropa y le perforaba los órganos vitales, y* cayó de rodillas—. ¡Sigmar, dame fuerzas!

—¡Mi señor... Gardus! —gritó alguien.

Gardus dudó un momento. «¿Quién es Gardus? Me llamo Garradan», pensó mientras un cuerpo pesado lo golpeaba y lo tiraba al suelo. De regreso de sus recuerdos, el Lord-Celestant giró sobre sí mismo y vio que Aetius se tambaleaba mientras una hoja de plaga se deslizaba a través de su armadura y le hendía el vientre. Gardus se quedó paralizado, pero solo brevemente. Mientras Aetius se desplomaba, él se levantó de un salto espada en mano. La hoja rúnica cortó el aire silbando y cercenó la mano del portador de plaga. Este retrocedió, con su único ojo abierto con una expresión de sorpresa que desapareció en medio de una explosión de pus y bilis en cuanto el martillo de Gardus le partió el cráneo.

Gardus sacudió la cabeza para expulsar los persistentes recuerdos del pasado. Se había desconcentrado y había permitido que la ira se impusiera a la disciplina. No podía permitirse estos lapsus, ahora menos que nunca. Aetius estaba encogido en el suelo, con las manos apretadas contra el estómago.

—¿Aetius, puedes levantarte?

Aetius gruñó y, con la ayuda de Gardus, se puso en pie. La sangre escapó de entre sus dedos cuando estiró el brazo para pasarlo por encima de los hombros del Lord-Celestant. Gardus sujetó con firmeza la espada en la mano y, rodeando la cintura de Aetius con el otro brazo, abrió un camino entre los enemigos en dirección al muro de escudos. Dejó al malherido Aetius con un par de Liberators y se volvió hacia las Puertas del Alba.

La Gran Inmundicia hacía gestos obscenos con las manos que dirigía al portal. Cada vez que movía las manos, el arco se encogía como una criatura agonizante y una espantosa luz se precipitaba desde el espacio delimitado por sus piedras ancestrales. El zumbido de insectos que resonaba en el aire se había hecho más fuerte y ahora lo acompañaba otro sonido: el de las pisadas de unos pies enormes, cada vez más cerca.

—¡No podéis negarme que traté de advertiros! —espetó Bolathrax con su voz ronca mientras el arco temblaba hasta sus cimientos—. ¡Os di una oportunidad, pequeñas pústulas, pero rechazasteis mi amable oferta! —El demonio lanzó una mirada preñada de malicia directamente a Gardus, a quien inexplicablemente localizó en medio del caos de la batalla. Detrás del demonio, las piedras del arco parecieron temblar con las reverberaciones de los pasos del monstruo que se acercaba—. Aunque lo cierto es que no esperaba menos de la prole de Sigmar.

Gardus dudó al oír el nombre de su dios saliendo de los carnosos labios de la bestia. Bolathrax ensanchó su sonrisa al advertir el efecto que habían causado sus palabras.

—Sí, sé a quién sirves. Reconozco ese símbolo en tu armadura. Y no le temo, pústula. Ya resistí su ira una vez y volveré a hacerlo. He sobrevivido a muchos dioses. Bolathrax estuvo en la batalla de los Cielos Negros, cuando el Nigromante cayó. Bolathrax corrompió el Roble Celeste y aniquiló a los paladines humanos en la Guerra de Todaspartes. Y Bolathrax fue quien arrasó la Ciudad de las Ramas e hizo llorar lágrimas de jade a Alarielle. —Acompañaba cada alarde con una palmada en la barriga—. ¡Bolathrax, pústula! ¡Bolathrax, el que ha recibido más bendiciones de entre todos los hijos del Abuelo Nurgle! ¡Bolathrax, el más grande de los que viven en el jardín!

El demonio extendió una zarpa enorme, como si diera una orden, y luego exclamó rugiendo:

—¡Prestadme atención, hijos míos! ¡Venid, hermanos de bilis! ¡Venid, guardia putrefacta!

CAPÍTULO CUATRO

EN LAS CÁMARAS DE AZYR

Zephacleas se movía con rapidez por las cámaras celestinas. Gardus era su amigo (en muchos sentidos, su único amigo) y la idea de que pudiera estar en peligro no era agradable. Los Stormcasts no morían, en el sentido estricto de la palabra, pero el proceso de reforja no era sencillo. Los que caían y regresaban eran... diferentes. Nadie era capaz de decir en qué sentido ni por qué, pero lo eran, y esa idea imprimía velocidad a los pasos de Zephacleas. No quería que Gardus cambiara, que se convirtiera en un hombre distinto al que era. No quería que tuviera que soportar el dolor del renacimiento por segunda vez.

«No quiero perder a mi amigo», pensó. Mientras pasaba por las Cámaras Prohibidas, bajó la mirada como exigían la tradición y la prudencia. No era el único Stormcast que transitaba las cámaras; se vislumbraba el azul turquesa de las armaduras de los Celestial Vindicators y el dorado de las panoplias de los Hammers de Sigmar. La gran campana funeraria repicaba con un ritmo constante y su sonido de desesperación resonaba en todos los rincones mientras él se dirigía adonde lo esperaba su cámara de guerreros.

Agarró del brazo a uno de los Celestial Vindicators.

—¿Hay noticias? ¿Cómo está la guerra en los portales del reino de Chamon? ¿Qué tal va en los Valles Colgantes de Anvrok? ¿Se sabe algo de Thostos Acerotormenta y del Lord-Castellant Eldroc?

El otro Stormcast se zafó del agarrón de Zephacleas. Los Celestial Vindicators no destacaban precisamente por su buen temple, y Zephacleas retrocedió con las manos levantadas.

—Paz, hermano. Solo tenía curiosidad.

—La batalla va bien —dijo con voz retumbante el otro Stormcast—. El Camino de Plata ya es nuestro. Chamon lo será pronto. —Ladeó la cabeza—. ¿Tú sabes algo de Ghyran?

—Mal —respondió lacónicamente Zephacleas—. Allí me dirijo, a ver podemos hacer algo. Que Sigmar te acompañe, hermano —añadió, tendiéndole la mano. Se agarraron los antebrazos y se dieron la vuelta para cada uno retomar su camino. Zephacleas apenas había dado un par de pasos cuando oyó que lo llamaban y se detuvo en seco.

—¡Espera, Beast-Bane! —gritó una voz ronca—. Me gustaría hablar un momento contigo.

Zephacleas obedeció, más por curiosidad que por respeto a la autoridad de quien le hablaba. Se había ganado el sobrenombre en las tierras salvajes de Azyrheim, dando caza a las monstruosas bestias que aún merodeaban en los altos peñascos y los profundos cañones de las montañas del Reino Celestial. Se había enfrentado con el Toro Negro de Nordrath y había hostigado a las manadas de bestias de las montañas Antarktos y asesinado uno a uno a los siervos del Caos de pelaje blanco y cabeza de carnero hasta que no quedó un solo ungor. Se dio la vuelta.

—Salve, Lord-Castellant. ¿No deberías estar con el resto de tu cámara, esperando la orden para partir?

—¿Quién eres tú para decirme dónde debería o no debería estar? —respondió Lorus Grymn, Lord-Castellant de los Steel Souls.

Era un tipo achaparrado y con una constitución que lo hacía parecer un muro bajo. Lo acompañaban dos hombres en armadura plateada. Uno era Morbus, el Lord-Relictor de la cámara de guerreros de Gardus. En cuanto al otro, a Zephacleas le pareció que era Machus, uno de los paladines de Grymn y Decimator-Prime. El hacha de doble filo que llevaba, de un resplandor cegador, tenía un aspecto aterrador. Sus ojos eran inescrutables y la expresión de su rostro se mantenía oculta debajo del anodino yelmo de guerra, pero Zephacleas sospechaba que estaba tan preocupado como debía de estarlo su superior para abordar al Lord-Celestant de otra cámara de guerreros.

—Te ruego que me disculpes… —comenzó a decir Zephacleas, levantando las manos con gesto apaciguador.

Grymn lo interrumpió con evidente impaciencia.

—Acepto tus disculpas. Sigmar te ha requerido para que ayudes a los Steel Souls —dijo Grymn, mirando al Lord-Celestant con gravedad.

—Así es —dijo Zephacleas. El grifocán que estaba al lado del Lord-Castellant emitió un suave gruñido por la garganta recubierta de plumas, como si desaprobara su parquedad. Zephacleas miró al animal con cautela. Era una criatura fornida, con las extremidades y el torso de un gran perro cazador y la cabeza de un ave rapaz. Podría degollar a un hombre desarmado en cuestión de segundos, e incluso a un Stormcast podría hacérselo pasar mal unos minutos. Esta en concreto lo miraba como si fuera un trozo de carne pinchada en un palo. Aunque Grymn era igual; su ferocidad con la palabra era tan célebre como la que demostraba en sus actos. Más de un Stormcast había montado en cólera por las palabras del Lord-Castellant.

—Tranquilo, *Tallon* —musitó mientras daba unas palmadas en la cabeza al grifocán. Miró a Zephacleas—. Gardus es un guerrero fabuloso, no hay otro como él, pero... le falta experiencia.

—Ya —repuso Zephacleas—. Como a ti. Como a mí al principio.

—No se trata de eso —insistió Graymn—. Morbus lo ha visto, en sueños.

—Está en peligro —señaló Morbus. El aspecto del Lord-Relictor era imponente, con las armas y la armadura repletas de iconos de fe. Tenía la responsabilidad de proteger las almas de los Hallowed Knights de su cámara de guerreros de las tinieblas del inframundo, así que tanto él como Ionus Cryptborn, o incluso el propio Seker Gravewalker de los Astral Templars, estaban demasiado cerca de ese vil reino como para que Zephacleas se sintiera cómodo en su compañía—. Oscuras fuerzas se ciernen sobre él, Lord-Celestant.

—Soy plenamente consciente de ello, Lord-Relictor. —Zephacleas hizo una indicación a Morbus para que se apartara. El Lord-Relictor vaciló y volvió su ardiente mirada hacia Grymn. Zephacleas había llegado al colmo de su paciencia y se abrió paso a empujones. Cada segundo que perdía representaba un retraso en la ayuda a Gardus.

Pero Grymn se interpuso rápidamente en su camino. Su rostro severo había adquirido una expresión tan desagradable que Zephacleas pensó en un primer momento que le había hecho daño. Parecía estar haciendo un esfuerzo para encontrar las palabras adecuadas.

—Habla de una vez, Lord-Castellant. Algunos tenemos batallas esperándonos —dijo Zephacleas.

—Me gustaría que cuidaras de él, Lord-Celestant —dijo Grymn—. Pase lo que pase, protégelo.

Zephacleas parpadeó, sorprendido.

—¿Cómo?

—Me refiero a Gardus —aclaró Grymn—. Cuida de él, Astral Templar. O tendrás que responder ante nosotros. —Clavó el dedo en el pecho de Zephacleas y se produjo un sonido de fricción de sigmarita con sigmarita.

Zephacleas sonrió.

—Temes por él, ¿verdad?

—No quiero que digas nada de esto, zoquete —añadió gruñendo Grymn mientras Zephacleas lo apartaba para continuar su camino—. Concentra tus energías en mantenerlo vivo, no en burlarte de nosotros.

—Como si fuera a hacer otra cosa —replicó Zephacleas. Se detuvo y lanzó una mirada por encima del hombro. Grymn tenía los ojos clavados en el suelo y flexionaba distraídamente las manos. Morbus miraba fijamente al Lord-Celestant con una expresión indescifrable. Manchus, por su parte, estaba apoyado en el hacha, con la cabeza agachada.

«Ay, amigo mío, todas las dudas que pudieran quedarte se disiparían en un instante si vieras lo preocupados que están por ti», pensó Zephacleas. Un Lord-Celestant no era solo un líder, sino el alma y el corazón de su cámara de guerreros, y sobre sus hombros recaían las esperanzas y el valor de sus hombres.

—¡Lord-Castellant! —dijo en voz alta.

Grymn levantó la cabeza como impulsada por un resorte y miró con ferocidad al Lord-Celestant.

—Lo protegeré, Lord-Castellant —dijo Zephacleas en un tono más suave—. Si fracaso, mi alma acompañará a la suya en las forjas de Sigmar.

CAPÍTULO CINCO

LA LLEGADA DE LA GUARDIA PUTREFACTA

El hueco del arco se expandió como una herida que se abriera y unas figuras obesas bregaban para salir de las tinieblas que se extendían al otro lado. Gardus oyó el traqueteo de las armaduras y los rugidos retumbantes de voces monstruosas. Lo que fuera que venía era grande de verdad.

—¡Demasiado tarde! —espetó Bolathrax, dando una palmada sarcástica—. Demasiado tarde, mis pequeñas pústulas. Los queridos hijos de Bolathrax ya están aquí. ¡La guardia putrefacta marcha de nuevo!

El arco vibró cuando salió disparado un chorro de gas nocivo de la oscuridad que había al otro lado de la puerta y, de uno en uno, los miembros de la guardia putrefacta entraron en el Reino de la Vida. Siete Grandes Inmundicias, todos ellos del tamaño de Bolathrax y de su mismo aspecto asqueroso. Sus armas y armaduras eran similares a las de su amo y señor. Se colocaron a lo largo de la escalera, como en espera de instrucciones.

—Por el martillo de Sigmar —masculló Aetius mientras dos Liberators lo llevaban a un lugar seguro detrás del muro de escudos—. Son siete.

Incluso el aire parecía temblar en previsión de la pesadilla que se preparaba para abrirse paso con las garras y entrar por las Puertas del Alba.

—Una ya era problema suficiente —dijo Solus cuando se reunió con ellos detrás del muro de escudos. El Judicator-Prime parecía cansado y tenía la armadura llena de marcas y de quemaduras infligidas por los aceros enemigos a pesar de los escudos de los Liberators—. Tenemos que reagruparnos, Steel Soul.

—Podemos derrotarlos —afirmó Gardus. ¿Había dicho lo mismo cuando Sigmar posó la mirada en él por primera vez? No podía permitirse volver a perderse en sus recuerdos—. Tenemos que hacerlo. No fracasaremos. Eso nunca. —Levantó la espada rúnica—. ¡Retributors, Prosecutors, conmigo! —bramó. Echó un vistazo a Solus—. Mantén la línea. No permitas que ceda.

El Judicator-Prime asintió lacónicamente y Gardus dio media vuelta y echó a andar. Feros corrió a su lado. Tenía la armadura sucia y cubierta de mugre demoníaca.

—¿Vamos a por el grande? —preguntó con su voz tronante el Retributor-Prime. Cuando Gardus asintió con la cabeza, Feros soltó una risotada ronca y enarboló el martillo como si fuera un estandarte.

El resto de los Retributors se abrieron paso en dirección a su comandante. En el cielo, Tegrus y sus Prosecutors cortaron el aire con sus alas de relámpagos y despejaron el camino para Gardus y el resto de los Stormcasts. Mientras los martillos místicos lanzaban ráfagas explosivas contra el suelo y hacían saltar por los aires a los portadores de plaga, Gardus lideraba a Feros y a sus Retributors en la carrera hacia las Puertas del Alba.

Si conseguían interrumpir el ritual que el demonio estaba llevando a cabo, tal vez aún estarían a tiempo para obligar al enemigo a retroceder. Gardus se quitó de encima con el martillo y la espada a todo aquel demonio lo suficientemente estúpido para tratar de cortarle el paso. Los martillos de los Retributors crepitaban y chisporroteaban a su lado cada vez que abatían a un demonio de un poderoso golpe. Con el rabillo del ojo vio que Feros derribaba a un portador de plaga con el hombro y luego le aplastaba el cráneo con la bota. Los Prosecutors se deslizaban casi a ras de suelo y causaban estragos entre las filas enemigas.

El primer Retributor cayó cuando ya casi habían alcanzado la escalera de piedra, abatido por tres portadores de plaga. Se produjo una explosión de energía azul en la armadura del guerrero, un rayo cegador salió disparado hacia el cielo y atravesó los nubarrones. «Otro para la reforja», pensó Gardus con pesadumbre.

Los Stormcasts habían abierto una amplia senda a través de la masa de demonios, pero ahora su inferioridad numérica comenzaba a notarse.

Los demonios se lanzaban contra ellos sin contemplaciones, sin disciplina alguna ni el más leve atisbo de preocupación por su vida. Sin embargo, su número era incontable. Por cada uno que caía, dos ocupaban su lugar. Las espadas de plaga buscaban el estómago de Gardus, que se vio forzado a aminorar el paso cuando los demonios que se precipitaban por la escalera cargaron hacia él.

—¡Continúa! —gritó a Feros cuando este se detuvo para ayudarlo—. ¡Hay que detener a la bestia!

Alzó la vista y buscó a Tegrus. Los Prosecutors remontaban el vuelo, envueltos en una nube de moscas. Gardus vio que las moscas que asediaban a uno de los guerreros alados se transformaban en un portador de plaga, cuyo repentino peso, sumado al tajo que abrió con la espada en la armadura del Prosecutor, hizo a este precipitarse. Stormcast y portador de plaga se estrellaron juntos contra el suelo, donde quedaron hechos un amasijo. Tegrus y el resto de sus guerreros enseguida sufrieron la misma transformación de sus perseguidores, y martillos celestiales y espadas de plaga se batieron en desesperados duelos en las alturas.

Gardus cruzó las armas para bloquear el golpe de un acero enemigo y lo hizo trizas en el mismo movimiento. El demonio se abalanzó sobre él con la intención de hundirle la espada partida en el cuello, pero Gardus retrocedió y giró para detener el golpe con la hombrera de la armadura y derribó al demonio de un empujón. Volvió a girar sobre sí mismo con la espada rúnica extendida y rebanó las hinchadas tripas de otro portador de plaga. El demonio se plegó alrededor de su espada y agarró el antebrazo de Gardus con unos dedos ennegrecidos. Puso en blanco su único ojo desorbitado mientras el propio peso de su cuerpo le hacía perder el equilibrio. Gardus maldijo y trató de soltarse del portador de plaga en vano.

Otro demonio saltó a su espalda, le hundió las garras en el yelmo y estuvo a punto de arrancarle la cabeza de los hombros del puro frenesí. Los aceros que impactaban en la coraza de sigmarita hacían saltar oleosas chispas. Unos brazos putrefactos le rodearon el brazo libre y de repente Gardus se encontró inmovilizado, incapaz de defenderse con ninguna de sus armas. El nauseabundo miasma de sus oponentes le colmó la nariz y la boca, y el zumbido de las orejas amenazaba con dejarlo sordo.

Gardus consiguió dar un tambaleante paso adelante cuando de pronto el portador de plaga que tenía enganchado a la espalda salió volando envuelto por el resplandor de un relámpago. Un segundo golpe le liberó el brazo, y Gardus se volvió para descargar el martillo contra la criatura que le colgaba del brazo con el que empuñaba la espada. Feros se puso a su lado e hizo molinete con el martillo para asestar un golpe descomunal en el vientre de un demonio, que salió disparado hacia atrás y subió los primeros escalones de la escalera de piedra dando tumbos. Gardus le dio las gracias al Retributor-Prime con una escueta cabezada y levantó la mirada hacia las Puerta del Alba.

Las siete monstruosas Grandes Inmundicias estaban descendiendo con decisión los peldaños de piedra. El que encabezaba la columna soltó una atronadora carcajada y se dejó caer escalera abajo. Su cuerpo rodó por los escalones de piedra como una roca gelatinosa dejando un rastro de bilis y de pus. Gardus y Feros retrocedieron cuando la criatura impactó contra un rellano y salió disparado sin gracia alguna; se estrelló contra un árbol caído, al que hizo trizas. El Lord-Celestant se dio la vuelta para protegerse de la lluvia de astillas que acribilló su armadura.

Cuando se volvió de nuevo hacia el demonio, este ya se había puesto en pie y hacía girar ferozmente el mayal por encima de la cabeza. Un Prosecutor, alcanzado por la vil arma, cayó del cielo a los pies de la bestia, hecho un amasijo de armadura destrozada y extremidades rotas. Feros y sus Retributors cargaron hacia el demonio, pero este arremetió contra ellos con el mayal y un Retributor se desplomó sobre las rodillas. Feros le asestó un martillazo en el costado y la Gran Inmundicia se tambaleó. Un rayo le recorrió el cuerpo, pero el demonio no pareció advertirlo y, por el contrario, estampó un golpe con el dorso de la mano a Feros que lo arrojó contra la escalera de piedra, al mismo tiempo que levantaba un pie inmenso para aplastar al Retributor que acababa de derribar. El pie cayó sobre el guerrero con un halo de fatalidad e hizo puré la armadura y al hombre que la vestía. Un rayo destelló y el demonio retrocedió tambaleándose y profiriendo un chillido ensordecedor cuando la sacra irradiación de la muerte del guerrero carbonizó su inverosímil piel.

Gardus agarró el borde de su capa de guerra acorazada y la agitó hacia delante para liberar la magia que almacenaba en su interior. De los pliegues de la prenda salieron disparados unos martillos que relumbraban con la luz azul de los cielos. Las armas mágicas impactaron en el miembro de la guardia putrefacta, le abollaron la armadura y le desgarraron partes del cuerpo. El demonio dio medio paso atrás.

Sin darle tiempo para que se recuperara, Feros y sus guerreros se abalanzaron sobre él y lo aporrearon implacablemente con sus martillos relámpago. Los demonios que merodeaban en los alrededores les dieron la espalda chillando y aullando, incapaces de soportar el resplandor de las fuerzas desatadas. El aire vibraba con la furia del ataque de los Retributors y se oyó un beligerante alarido cuando la Gran Inmundicia sucumbió definitivamente. El demonio se tambaleó y trató de escapar de la ira de los Stormcasts, pero Feros no le daba tregua y lo acosaba insistentemente, golpeándolo una y otra vez con el martillo. Entonces, el gran demonio se echó hacia atrás, con las heridas supurantes, y Feros le asestó un golpe brutal en el cuello con el martillo aferrado con las dos manos. La cabeza de la Gran Inmundicia salió volando.

El resto del cuerpo del demonio cayó desplomado, como un montón de estiércol desinflado. Feros se volvió hacia Gardus y levantó el martillo con gesto triunfal, pero, antes de que pudiera hablar, el resto de la guardia putrefacta se sumó a la batalla. Su irrupción hizo temblar el suelo pantanoso y dispersó a los Retributors. Feros giró sobre sí mismo, con el martillo levantado para defenderse, pero pagó caro el momento de distracción que se había permitido. Gardus no pudo avisarlo a tiempo y el Stormcast recibió un golpe de la bestia que creía haber derrotado. El herido demonio, con el cuerpo humeante, le soltó un mamporro a Feros y lo lanzó por los aires. El mayal de otro miembro de la guardia putrefacta lo cazó en pleno vuelo y lo derribó. Feros se estampó contra el suelo y ya no se movió. Los Retributors se replegaron, consternados, cuando unos rayos de luz cegadora señalaron el regreso de dos de sus integrantes a la forja de Sigmar por cortesía de las Grandes Inmundicias.

—¡Retroceded! —bramó Gardus al mismo tiempo que envainaba la espada al ver la determinación con la que avanzaban los demonios.

Los Retributors vacilaron. El motivo de sus dudas era obvio: esa orden atentaba contra todo lo que les habían enseñado a propósito de retirarse y abandonar a un camarada.

—¡Vamos! —insistió Gardus—. ¡Yo cuidaré de Feros! —El Lord-Celestant echó a correr y le gritó a Tegrus—: ¡Contenlos si puedes!

Gardus se agachó para evadir un monstruoso mayal que cortó el aire encima de su cabeza. Pasó como un rayo junto al tambaleante demonio y continuó corriendo mientras el miembro de la guardia putrefacta era cosido a martillazos por los Prosecutors.

Gardus embistió al grupo de demonios sin aminorar el paso, decidido a llegar hasta el cuerpo inmóvil de Feros. Un mayal le cortó el paso con la intención de derribarlo, pero Gardus salvó la cadena de un salto, aterrizó hecho un ovillo y rodó por el suelo acompañado por el traqueteo de su armadura hasta que se puso en pie junto al cuerpo tendido del Retributor-Prime. Nada más levantarse, agarró el borde de la capa y la sacudió encima de él y de Feros. Una batería de mágicos martillos atestó el aire y obligó a la guardia putrefacta a retroceder.

Gardus apoyó entonces una rodilla en el suelo y se echó a Feros sobre los hombros. Un mayal segó el aire, lo roció con estiércol y le desgarró la capa, pero el Lord-Celestant se puso en pie de un brinco y giró en redondo como buenamente pudo para apartar la infernal arma de cráneos chillones cuando el demonio que la portaba arremetía de nuevo contra él. La potencia del golpe dejó a Gardus tambaleándose y a punto de perder el equilibrio. Alzó la vista y se topó con tres rostros obscenos y del tamaño de un hombre que lo miraban fijamente. Los demonios estrecharon el círculo en torno a él mientras reían salvajemente.

Tegrus se lanzó en picado y sus alas crepitantes dejaron estelas llameantes mientras seccionaban los cuerpos de la guardia putrefacta. En la superficie se produjo una erupción de fuego sagrado. Los martillos celestiales hendían el suelo y cegaban a los imponentes demonios.

—¡Dame la mano, Gardus! —gritó Tegrus con la suya tendida.

Gardus se pasó el martillo a la otra mano y agarró la que le ofrecía Tegrus. Un segundo después, sus pies se despegaron del suelo y Tegrus lo asió del brazo y los alejó a él y a Feros del peligro. El resto de los Prosecutors los siguieron y se dedicaron a distraer a los grandes demonios de la guardia putrefacta. Luego se desplegaron en torno a Tegrus en formación abierta y se deslizaron hacia el muro de escudos. Por el camino fueron arrojando los martillos contra las interminables filas de portadores de plaga y abriendo un camino para los Retributors que quedaban.

Tegrus soltó a Gardus en cuanto llegaron a la línea de Liberators y el Lord-Celestant absorbió con facilidad el impacto contra el suelo. Todavía cargado con Feros, corrió a ponerse a salvo en los confines de las disciplinadas líneas de Liberators, con los Retributors pisándole los talones.

Feros gruñó cuando Gardus lo depositó en el suelo y entreabrió un ojo.

—Deberías haberme dejado allí… Steel Soul —dijo con voz anhelosa.

—Deberías saber que nunca haría eso —respondió con sequedad Gardus mientras inspeccionaba con la mirada el muro de escudos. Los portadores de plaga, imparables e inexorables como la muerte misma, no cejaban en su ataque y habían abierto sangrientas brechas en las primeras filas del parapeto de escudos. El sonido de sus voces, que salían de sus bocas abarrotadas de flema, su odioso zumbido monótono, se elevaba por encima del resto de los ruidos.

Los Hallowed Knights estaban rodeados y su número no paraba de descender. Las explosiones de luz deslumbrante que daban fe de ello eran constantes. Gardus atisbó a Solus y le gritó:

—¡Hay que retroceder! ¡Tenemos que recomponer la línea!

Sabía que muy pronto no tendrían adónde retroceder. Pero mantendrían la línea hasta que cayera el último de ellos. Eran Stormcasts y morirían como tales.

Solus asintió y se puso a bramar órdenes sin dejar de disparar la ballesta. Poco a poco pero de manera constante, los Hallowed Knights comenzaron a ceder terreno. Las filas de Liberators recompusieron el muro de escudos mientras retrocedían formando un círculo más estrecho. Los Judicators seguían disparando.

—¿Puedes levantarte? —preguntó Gardus a Feros.

—No —respondió el Retributor-Prime en voz baja. Miró a Gardus e hizo una mueca de dolor—. Me duele la espalda… y las piernas. Me las aplastaron con sus espantosos mayales. Apenas puedo levantar los brazos. Déjame aquí.

—No —aseveró Gardus, sacudiendo la cabeza. Tendrían que establecer aquí la línea defensiva.

—Entonces, envíame tú mismo a Azyr, Steel Soul. —Feros apretó los dientes cuando una punzada de dolor volvió a recorrerle el cuerpo—. No me da miedo la reforja. Envíame de vuelta. Regresaré al servicio cuando sea digno de ello. —Agarró débilmente el brazo de Gardus. Este miró a su amigo y *vio al leproso aferrarse a la cama mientras su cuerpo se sacudía con dolorosas convulsiones. Brotaron unos enormes forúnculos en su piel que reventaron y embadurnaron con pus su maltrecho cuerpo—. Por favor —suplicó con un hilo de voz—. Por favor, ayúdame…*

Gardus se puso en pie y levantó el martillo.

—Lo siento —masculló.

Feros esbozó media sonrisa.

—Yo no lo siento —dijo el Retributor-Prime—. Fue una batalla honrosa, Steel Soul. Pero yo ya he cumplido mi papel. —Cerró los ojos—. Envíame a casa.

El martillo cayó con fuerza y sonó un trueno ensordecedor.

Gardus se volvió hacia los Stormcasts que se batían en retirada. El corazón le aporreaba el pecho. Todos sus hombres sangraban y tenían la armadura abollada y sucia. El enemigo arremetía incansablemente contra la línea de batalla de sigmarita y sus guerreros retrocedían paso a paso. Aun así, sus opciones parecieron disminuir drásticamente cuando Bolathrax bramó una orden y se formaron más demonios a partir del denso aire y de los enjambres de moscas que salían de las Puertas del Alba.

—Estamos en apuros —dijo Aetius nada más llegar junto a Gardus. El Liberator-Prime apoyó una mano en la cadera mientras recuperaba el aliento, sin bajar en ningún momento el martillo—. Son infinitos.

—Entonces debería consolarnos el hecho de que conservaremos la fe hasta que caiga el último de los nuestros, Aetius —repuso Gardus—. ¿Quién luchará hasta que no quede nadie de nosotros?

—¡Solo los fieles! —respondieron con la voz exhausta los guerreros.

Los rayos salían disparados hacia el cielo a medida que caían Liberators y Judicators. Tegrus y sus Prosecutors, incapaces de volar por el aire atestado de moscas, habían bajado a tierra. El muro de escudos retrocedió otro paso.

—¿Quién resiste cuando todo está perdido?

—¡Solo los fieles! —respondieron los Stormcasts, esta vez con más energía. Las espadas de plaga aporreaban los escudos que formaban el parapeto y los rayos que señalaban la muerte de los guerreros continuaban surcando el cielo oscuro.

—¿Quién será recordado? —preguntó con voz atronadora para tratar de sofocar el zumbido de las legiones de moscas. Desenvainó la espada rúnica y la hizo chocar con el martillo.

—¡Solo los fieles!

—¡Solo los fieles! —gritó Gardus, volviendo a entrechocar las armas. En ese preciso momento, un trueno escindió el cielo y estalló un relámpago.

Sigmar había escuchado sus plegarias.

CAPÍTULO SEIS

A LA BATALLA

Zephacleas rugía con un júbilo primigenio mientras el rayo que lo transportaba al suelo se expandía a través de él, de su cuerpo y de su alma, ponía en ebullición la sangre que le corría por las venas y lo henchía del poder divino de Sigmar. Se sentía fuerte, capaz de enfrentarse con cualquier enemigo por monstruoso que fuera sin necesidad de descansar ni de recuperarse. No había una sensación igual.

Las bóvedas celestinas de Sigmaron desaparecieron, sustituidas por la mugre y el lodo de los Pantanos de Ghyran. Estaba arrodillado en el suelo, pero rápidamente se puso en pie y, todavía con el rayo de Sigmar chisporroteando en la armadura, arremetió contra el primer enemigo que tuvo a mano. El portador de plaga se dio la vuelta y abrió con estupefacción los ojos justo un instante antes de que el martillo de Zephacleas le arrancara la cabeza de los hombros.

—¡No hay tiempo para discursos! —bramó Zephacleas mientras las unidades de los Astral Templars surgían de la tormenta y se sumaban a la batalla—. ¡Todavía no hemos encontrado un enemigo imbatible y no pienso hacerlo hoy! ¡Adelante!

Sus hombres profirieron al unísono un bramido de conformidad y las huestes de Liberators, Decimators y Retributors se organizaron en formación de punta de lanza, tal como Zephacleas les había enseñado.

Era una formación que le había dado muy buenos resultados en el Bosque Nudoso, cuando se ganó el derecho a lucir el sigilo de Sigmar en los escudos, y posteriormente en Aqshy. Los Stormcasts avanzaron divididos en tres columnas. Los Liberators, con los escudos y los martillos levantados, emprendieron la carga a través de la densa niebla que ascendía de los pantanos.

Zephacleas se situó en la vanguardia, como era su derecho por tratarse del Lord-Celestant, y junto a sus hombres acudió al encuentro del enemigo, que ya era consciente de lo que significaba la repentina aparición de los Astral Templars. A su espalda, Seker Gravewalker repartía instrucciones a los Judicators y a los Prosecutors con su voz cavernosa y los enviaba para que protegieran los flancos de la punta de lanza. Los Judicators tomaron posiciones en las inmediaciones de las monstruosas piedras erguidas que moteaban el suelo enlodado, mientras que los Prosecutors se deslizaron por el cielo con sus chisporroteantes y relumbrantes alas.

Zephacleas no dudó en ningún momento en dejar al Lord-Relictor al cargo de la tarea; de hecho, no creía que nadie más fuera capaz de llevarla a cabo. Gravewalker mantendría a los Astral Templars en la batalla por muy cruenta que esta se volviera. Procedía de unas tierras desoladas, de altos riscos y estériles mesetas azotadas por los vientos, así que poseía un carácter tan implacable como la tormenta.

El Lord-Celestant abrió los brazos y con cada arma que empuñaba derribó a un demonio. Luego juntó el martillo y la espada y abatió a un tercero mientras lideraba a sus guerreros en la carga contra la horda de portadores de plaga.

El plan, por llamarlo de alguna manera, era bastante simple: el enemigo rodeaba a Gardus y tenía depositada toda su atención en los Hallowed Knights. Por lo tanto, los Astral Templars tenían vía libre para asestar un golpe devastador. La hueste de portadores de plaga se vería obligada a dividirse y Zephacleas pretendía hacérselo pagar caro.

Cortó por la mitad a un portador de plaga y del icor de sus venas brotaron unas extrañas figuras. Al principio, las diminutas y gordas criaturas cabecearon en el repugnante fluido, pero luego comenzaron a saltar hacia Zephacleas, riendo de una manera estridente. El Lord-Celestant hizo una mueca de asco y pisoteó los nurglings que trataban de trepar por sus grebas. El campo de batalla estaba infestado de ellos. Las criaturitas se deslizaban entre los pies de los guerreros y los distraían en el momento más inoportuno, o los acosaban como insectos voraces.

—¡Gravewalker, quémalos! —gritó.

Al instante, un relámpago resquebrajó el cielo y una serie de crepitantes rayos acribilló la tierra y abrió boquetes en las filas enemigas. Los portadores de plaga se estremecieron con la tormenta que los abrasaba de dentro afuera mientras los rayos bailaban por sus herrumbrosas armaduras y las puntas de sus espadas. Los que simplemente no explotaron al contacto con la luz purificadora quedaron reducidos a antorchas vivientes que agitaban brazos y piernas antes de caer reducidos a cenizas. Zephacleas levantó la espada a modo de saludo mientras el Lord-Relictor devolvía la atención a lo que estaba haciendo.

Ahora comprendía por qué Sigmar los había enviado allí. No era solo que Gardus estaba en peligro, el mismo portal del reino había sido corrompido. No conducía a ningún lugar bueno y, como una herida supurante, solo podía ir a peor. Las piedras se levantaban del suelo como si vibraran al ritmo del omnipresente zumbido de las moscas que se remolinaban en el pestilente miasma y alrededor de los blasfemos iconos que salpicaban el paisaje y que brillaban de una manera nauseabunda. Unas sombras extrañas se extendían en el aire y cubrían todas las superficies. El viento soplaba denso y colmado de embrollados susurros proferidos en una lengua que no era humana.

El aire mismo había adquirido un sabor amargo mientras avanzaba. «Esta tierra está agonizando», sospechó Zephacleas. La putrefacción estaba expandiéndose y, a menos que lograran cauterizar la infección, lo más probable era que contagiara al resto de Ghyran.

Zephacleas avistó el imponente portal del reino, que se alzaba por encima del campo de batalla, iluminado por el fluctuante fuego de bruja. Había una Gran Inmundicia acuclillada en el rellano, ante el gran arco, gesticulando y pronunciando con voz cavernosa las abominables palabras del conjuro que estaba llevando a cabo. Debajo de él, a lo largo de la escalera, había otros demonios de gran tamaño; sin duda conformaban alguna especie de guardia de honor, y Zephacleas se regodeó en la idea de medirse con alguna de aquellas enormes criaturas. Pero antes debía llegar hasta los Hallowed Knights y desbaratar el cerco de carne putrefacta que los rodeaba. Solo entonces sus dos huestes podrían cumplir la orden de Sigmar y hacerse con el control de las Puertas del Alba.

Una marea incesante de demonios salía del arco y se desparramaba por la escalera sin temor alguno a perder la vida o algún brazo o pierna. La mayoría se precipitaban por los escalones de piedras, empujados por compañeros excesivamente entusiasmados, y acababan convertidos en puré al final de la escalera. Pero siempre aparecían otros para sustituirlos, acompañados por otras criaturas peores. El poder de Nurgle crecía con cada salida de seres inmundos a través del portal: bestias demoníacas, nurglings y otras monstruosidades reforzaban a los portadores de plaga en la batalla.

Los zánganos de plaga surcaban el cielo infestado de moscas; los jinetes de las moscas pútridas azuzaban a sus monstruosas monturas para trabarse en una batalla aérea con los Prosecutors de los Astral Templars recién llegados. Sangre y otros fluidos peores caían del cielo y rociaban a Zephacleas y a sus hombres, que se abrían paso a golpes de espada y de martillo para llegar hasta los Hallowed Knights. Algunos Stormcasts dudaron.

—¡Seguid! —bramó Zephacleas al mismo tiempo que se quitaba de en medio a un portador de plaga. De un martillazo aplastó a otro. Delante atisbó el resplandor de las armaduras de plata y apremió a sus hombres para que apretaran el paso mientras se sucedían las explosiones de rayos que ascendían al cielo. Sabía que el enemigo era infinitamente superior en número. «¿Cuántos Hallowed Knights quedarán? —se preguntó—. Aguanta, amigo mío… Solo un poco más… ¡Aguanta!».

CAPÍTULO SIETE

LA SALVACIÓN LLEGA DESDE EL CIELO

La salvación.

Los rayos que caían desde el tenebroso cielo significaban la salvación para Gardus y los guerreros que quedaban a su lado. Sigmar había respondido sus plegarias cuando la aniquilación parecía inevitable. Ahora, sin embargo, a medida que los rayos surcaban el cielo incesantemente e iluminaban la impenetrable oscuridad de los pantanos, las hordas que asediaban a sus diezmados hombres disminuyeron. Los demonios se daban la vuelta para enfrentarse con la nueva amenaza.

Gardus hizo una señal a Tegrus y a su reducido grupo de Prosecutors para que alzaran el vuelo.

—Abrid un camino en ese mar de inmundicia. Quiero verme cara a cara con las fuerzas aliadas —ordenó cuando los guerreros alados ya echaban a volar.

Gardus ignoraba a qué hueste pertenecían los nuevos Stormcasts, pero se alegraba de verlos a pesar de que aún temía que la ayuda llegara demasiado tarde. Solo quedaban un puñado de los Judicators de Solus; los Liberators de Aetius estaban sufriendo un acoso similar. El otrora impenetrable muro de escudos se había descompuesto en una multitud de pequeñas unidades que corrían el peligro de caer en cualquier momento. Los pocos Retributors que quedaban se apiñaban en torno a Gardus, con los martillos levantados a pesar del dolor que se cebaba en sus brazos. Aun así, el Lord-Celestant tenía claro cuál era su obligación, y esta era la última esperanza que les quedaba de llegar a las Puertas del Alba.

—No podemos desperdiciar esta oportunidad. Aetius, Solus, debemos arrebatarle la iniciativa al enemigo. Ya sabéis lo que tenéis que hacer. Yo iré delante.

—Te seguiremos adonde vayas —dijo Aetius. Se tambaleó, pero se mantuvo en pie. Solus lo sujetó del brazo. El Judicator-Prime había desenvainado el gladius, con la hoja manchada de demoníaco icor, y señaló con ella el portal del reino—. Aunque quizá no sea muy lejos… ¡Mirad!

Gardus se volvió y vio que Bolathrax ya se había percatado de la llegada de los nuevos Stormcasts. Sus contraídas facciones habían adquirido una expresión de incertidumbre, como si no hubiera tenido en cuenta ese factor al esbozar su plan. Toda esperanza que nació en el interior de Gardus al reparar en esa expresión se desvaneció en cuanto Bolathrax bramó una orden y, todos a una, los seis miembros de la guardia putrefacta que le quedaban intervinieron en la batalla, haciendo salvajes molinetes con los mayales por encima de la cabeza. Las armas con los cráneos prendidos con cadenas causaron estragos cuando los demonios embistieron las menguadas filas de Hallowed Knights. Sus poderosos y atronadores golpes hicieron volar por los aires los cuerpos en armadura plateada y enviaron Liberators al otro mundo. Los escudos apenas pudieron hacer nada contra la fuerza demoledora de los demonios, que hacía añicos las espadas y los martillos que se interponían en su camino.

«Son imparables —pensó Gardus—. Imparables». Desterró ese pensamiento. Nada era imparable. Más grande y más fuerte, tal vez, pero nunca imparable.

—¡Seguidme! —bramó, agitando el martillo en dirección a las demoníacas criaturas—. ¡Hallowed Knights, seguidme!

Alzó la vista al cielo y cruzó una mirada con Tegrus. El Prosecutor se ladeó ligeramente para virar con una elegancia suprema. Sus guerreros lo imitaron inmediatamente y los Prosecutors se lanzaron en picado contra la guardia putrefacta. Gardus los siguió corriendo por la superficie, liderando el contraataque a la cabeza de sus hombres. Lentamente pero con paso firme, los Stormcasts abrieron una senda a través de la masa de portadores de plaga y de nurglings.

—¡Estamos aquí, Lord-Celestant! —dijo Solus al mismo tiempo que con el gladius amputaba la mano con la que empuñaba la espada un portador de plaga. Mientras este, aturdido, se miraba el muñón, Solus lo noqueó de un puñetazo. Él y Aetius corrían al lado de Gardus, cubriéndole los flancos.

—Debemos... —comenzó a decir Gardus, pero sus palabras quedaron en suspenso cuando varios de los gigantescos demonios interrumpieron la carnicería que estaban perpetrando para vomitar chorros de corrupción y bañar con mugre tóxica a los Hallowed Knights que tenían más cerca. Una de las bestias se dio la vuelta y profirió un gruñido quejumbroso cuando se dio cuenta del plan de Gardus. Este, anticipándose a lo que iba a ocurrir, levantó como una exhalación el martillo y lo colocó en paralelo al suelo—. ¡Levantad los escudos!

Todas a una, las hermandades de Liberators que lo seguían levantaron los escudos por encima de la cabeza para protegerse y proteger a los Judicators del vómito de la Gran Inmundicia. Aetius se adelantó con el escudo levantado para cubrir a Gardus justo cuando la bilis ya se precipitaba sobre ellos. El ácido fluido hizo un ruido de siseo al contacto con la sigmarita. El olor era repugnante, y allí donde la bilis tocaba el suelo brotaron nurglings. Estas criaturas correteaban a los pies de los guerreros y se aferraban a sus tobillos.

—Asquerosos diablillos —rezongó Aetius mientras pisoteaba las diminutas criaturas.

—No les prestes atención —dijo Gardus—. ¡Tegrus! ¡Derriba a esa criatura, oh, Sainted Eye!

Gardus señaló con la espada rúnica a la Gran Inmundicia que les había arrojado el vómito y los Prosecutors se abatieron sobre él para aporrearlo por todos los lados con sus martillos celestiales. El hedor a carne quemada impregnó el aire. El demonio dejó caer el mayal y comenzó a lanzar alaridos de ira y de dolor mientras daba manotazos a ciegas para tratar de quitarse de encima a sus veloces agresores. Tegrus se lanzó en picado hacia él, como un ave rapaz, se posó sobre el yelmo de la vil criatura y con sus crepitantes martillos excavó un cráter en la armadura de la bestia. El enorme demonio se tambaleó e hincó una rodilla en el suelo gimiendo de dolor. Tegrus remontó el vuelo con una simple batida de sus benditas alas.

—¡Adelante! —gritó Gardus.

Liberators y Retributors avanzaron, y los martillos recubiertos de rayos y las espadas forjadas en fuegos celestiales no tardaron en dar buena cuenta de la carne necrótica del miembro de la guardia putrefacta. El demonio intentó en vano golpear y desgarrar a los Stormcasts, pero acabó con las dos rodillas apoyadas en el suelo.

—¡Levantad los escudos! —ordenó Gardus mientras avanzaba con grandes zancadas.

Cuatro Liberators formaron delante de él, dos arrodillados y los otros dos de pie, y levantaron los escudos sobre las cabezas para formar una rampa. Gardus cogió carrerilla y ascendió a la carrera por los escudos con el martillo firmemente sujeto con las dos manos.

La Gran Inmundicia dobló el grasiento cuerpo devastado por las heridas y humeante. Gardus se elevó por encima de él, con el martillo levantado. La criatura se retorció y se lo quedó mirando con estupefacción cuando el Lord-Celestant ya caía sobre él. «Sigmar, guía mis manos, pues con ellas golpeo en tu nombre», rezó Gardus en el mismo momento del impacto.

Su martillo de guerra partió con un ruido atronador la cabeza de la Gran Inmundicia como si esta fuera un fruto maduro. Gardus aterrizó con las piernas flexionadas mientras el cuerpo decapitado del demonio se desplomaba. Un líquido alquitranado brotó de su cuello destrozado y se extendió por el suelo en torno a los pies del Lord-Celestant. Los Stormcasts lo vitorearon cuando se puso en pie.

—¿Quién saldrá victorioso? —preguntó.

Un portador de plaga salvó de un salto el cuerpo devastado del demonio y le lanzó un espadazo dirigido a la cabeza. Gardus lo esquivó y vio que llegaban más portadores de plaga trepando por el cadáver de la Gran Inmundicia para sumarse al ataque.

—¡Solo los fieles! —respondieron sus hombres mientras se defendían.

Gardus acabó con su oponente y echó un vistazo al campo de batalla. Sus unidades de guerreros se habían enzarzado en combate con el resto de los miembros de la guardia putrefacta con escaso éxito. En medio del caos de la muchedumbre había perdido de vista a Solus y a Aetius. Tegrus se deslizaba por el aire como una flecha con sus Prosecutors, directamente hacia otra Gran Inmundicia. Los demonios rodeaban a Gardus con la firme intención de abalanzarse sobre él, como habían hecho con tantos de sus guerreros.

—¡Solo los fieles! —bramó al mismo tiempo que seccionaba la mano de un portador de plaga que pretendía clavarle la espada en el costado—. ¡Luchad, hermanos! ¡Luchad y mostradle a Sigmar que los fieles resistimos! ¡Mostradle que, pase lo que pase, los fieles no nos rendimos! ¡Los fieles siempre lucharán en su nombre! ¡Solo los fieles!

—¡Solo los fieles! —exclamó una voz nueva que se elevó por encima del fragor de la batalla.

Gardus se dio la vuelta y vislumbró un destello de amatista y una espada que cortaba en dos a un demonio. Al momento supo quién había acudido en su ayuda.

—¡Ja, ja, ja, Gardus! —dijo Zephacleas—. ¡Ya veo que me has guardado unos cuantos! Siempre fuiste un tipo considerado, Steel Soul.

Riendo, el Lord-Celestant colega de Gardus, con un golpe de revés con el martillo, derribó en pleno vuelo a un portador de plaga que ya caía sobre él. La maltrecha criatura intentó levantarse, pero Zephacleas le hundió la espada en el vientre y lo fijó al suelo. El demonio se puso rígido, chilló y finalmente se quedó inmóvil. Zephacleas extrajo la espada y se acercó a Gardus. Los dos Lord-Celestants lucharon espalda con espalda durante unos momentos mientras un pequeño destacamento de Astral Templars reforzaba las diezmadas filas de los Hallowed Knights.

—Me alegra verte, amigo mío —dijo Gardus mientras desviaba una acometida con el martillo—. Tu llegada es oportuna cuanto menos.

Zephacleas rio y cortó el brazo de un portador de plaga mientras la oxidada espada que empuñaba se deslizaba por su coraza y dejaba una grasienta marca de arañazo. Una de las Grandes Inmundicias enfiló con sus andares bamboleantes hacia ellos, cortando el aire con la espada para espantar indiscriminadamente a los portadores de plaga y Stormcasts que se interponían en su camino. Zephacleas juntó las armas e hizo un gesto provocativo al enorme demonio.

—Ya tenía la intención de venir —señaló Gardus.

Zephacleas sonrió y se preparó para recibir la carga del miembro de la guardia putrefacta. El mayal del demonio golpeó el suelo y salpicó de barro la armadura del Lord-Celestant. Zephacleas le clavó la espada en las piernas gruesas como el tronco de un árbol y de la herida manó un chorro de pus y de gusanos. El demonio chilló y, en un mismo movimiento, levantó el mayal de calaveras y arremetió con él contra Zephacleas. El Lord-Celestant de los Astral Templars cruzó las armas y bloqueó el golpe, pero la mera fuerza del impacto lo empujó hacia atrás.

Gardus aprovechó el momento de distracción del demonio y le asestó un martillazo en una rodilla. Unos huesos que no eran naturales crujieron y la gran mole del cuerpo del monstruo, repentinamente perdido el equilibrio, se tambaleó. La Gran Inmundicia lanzó un alarido y se quitó de encima a Gardus de un manotazo. En su intento por mantener el equilibrio había soltado el mayal, así que Zephacleas aprovechó para recogerlo del suelo, encaramarse a su espalda y trepar por los pliegues de grasa y de forúnculos hasta su cabeza. Se agarró a uno de sus cuernos y le hundió la espada en la prominente coronilla con una velocidad que, sospechó Gardus, tenía parte de su origen en la desesperación.

El demonio se desplomó de bruces, hundió las garras en el suelo y trató de deslizarse hacia Gardus como una gigantesca ola de mugre y putrefacción. Zephacleas había logrado mantenerse encima de él y continuaba acuchillándole brutalmente la cabeza con la espada mientras se arrastraba por el suelo en dirección a Gardus.

—Es como clavar la espada en el barro —espetó con los dientes apretados el Astral Templar.

Gardus se puso en pie y recibió el ataque final de la inmunda criatura, cuya embestida sonó como el cuchillo de un carnicero haciendo un tajo en un trozo de carne. Gardus se estampó contra el suelo, sin aire en los pulmones, inmovilizado por el peso descomunal de la bestia, que con manos torpes trataba de agarrarle el yelmo, como si pretendiera arrancarle la cabeza de los hombros. Gardus le golpeó en los dedos con el martillo y el miembro de la guardia putrefacta se echó hacia atrás, arrastrando a Gardus. El Steel Soul asestó un martillazo hacia arriba y el arma impactó en la mandíbula de su rival. Al mismo tiempo, Zephacleas le hundió la espada por última vez, de manera definitiva. Las dos armas se encontraron en el interior de la cabeza del demonio y se produjo un estallido atronador. Gardus salió disparado y se estrelló contra el suelo. Zephacleas se unió a él segundos después.

El cuerpo descabezado de la Gran Inmundicia se tambaleó unos instantes y luego se desplomó entre los dos Lord-Celestants. De su cuello destrozado salió una horda de risueños nurglings que Gardus pisoteó mientras se ponía en pie. Agarró del brazo a Zephacleas y lo ayudó a levantarse.

—Tus guerreros… Su avance se ha estancado —dijo Gardus. Señaló las filas de los Astral Templars con el martillo todavía humeante. La furia inicial de su carga los había ayudado a adentrarse en la masa enemiga, pero no lo suficiente, y ahora estaban aislados y rodeados por las legiones de demonios.

—Ya lo veo —dijo Zephacleas, torciendo el gesto—. Nosotros somos pocos y su número crece por momentos. Si tienes alguna idea, es el momento de compartirla. —Miró a Gardus.

Gardus negó con la cabeza. Estaba cansado. No recordaba que hubiera estado tan cansado antes. No solo por el ritmo implacable de la batalla, también porque esta tierra le robaba las fuerzas. Nurgle la había corrompido y estaba transformándose en un lugar que era la antítesis de la pureza. Incluso la fuerza que le había infundido Sigmar tenía un límite, y estaba acercándose a él a pasos agigantados. Lo mismo podía decirse de sus hombres.

Sin embargo, perseverarían. «Mucho se exige a quienes mucho se concede». Esa era la divisa por la que los Hallowed Knights vivían, luchaban y morían. Ellos, y todos los Stormcast Eternals, tenían una deuda con quien los había forjado para convertirlos en una fuerza capaz de arrebatar los Reinos Mortales a los Poderes Ruinosos. Y Gardus no estaba dispuesto a ser el primero que fracasara en esa empresa. Ni ahora ni nunca.

Examinó someramente el campo de batalla y le bastó un vistazo para hacerse una idea del desarrollo de la lucha. Hordas de portadores de plaga y oleadas de nurglings infestaban la refriega y asediaban con tanto afán a los Hallowed Knights y a los Astral Templars que estos apenas podían aplicar las tácticas más básicas. Muchos de sus Stormcasts seguían trabados en combate con las Grandes Inmundicias, pero eran incapaces de abatirlos. Recordó un combate de entrenamiento que había presenciado en los campos de práctica de Sigmaron: dos guerreros se enfrentaban sobre una tarima no más ancha que su espalda; se daban puñetazos y patadas hasta que uno de los dos caía. Era una prueba de resistencia más que de habilidad. Eso mismo era esta batalla. Por desgracia, si por alguna cosa destacaban los siervos de Nurgle era precisamente por su resistencia.

Gardus alzó la vista hacia las Puertas del Alba. Bolatrhax no se había movido del arco y seguía entonando las repugnantes palabras de su invocación para atraer las moscas del palpitante vacío que se extendía al otro lado del portal. Como venía ocurriendo desde hacía tiempo, siguiendo sus órdenes, los enjambres de moscas descendían al campo de batalla y transmutaban en terroríficos portadores de plaga ciclópeos que inmediatamente se sumaban a la lucha.

—Si no cerramos ese portal, acabaremos sepultados por una marea de carne putrefacta —dijo Gardus—. Yo he perdido muchos guerreros, y tus hombres están haciendo todo lo que pueden para sobrevivir.

—Nada indica que haya más ayuda en camino —dijo con los dientes apretados Zephacleas. Un portador de plaga con la mandíbula caída fue dando saltos hacia ellos y empujó a Gardus al mismo tiempo que arremetía con su espada contra los dos. Zephacleas trazó con la espada un estrecho arco en el aire, de abajo arriba, y le hizo tres tajos al demonio, que se derrumbó y ya no volvió a moverse—. La pregunta es: ¿qué hacemos?

—Lo que tenemos que hacer —respondió Gardus—. Hemos venido para tomar la puerta en el nombre de Sigmar y pretendo hacerlo. —Empezó a caminar, pero Zephacleas lo sujetó del brazo.

—No puedes hacerlo solo. Acosaremos a los demás. Concentraremos nuestras fuerzas en ellos.

Gardus se soltó el brazo.

—No hay tiempo para eso. A cada momento que pasa, el enemigo se regenera y su número se multiplica. ¡Cuidado! —Gardus levantó el martillo y apartó de un empujón a Zephacleas, que chocó con otro Stormcast, justo en el mismo momento en el que el mayal de la Gran Inmundicia ocupaba el espacio que acababa de dejar libre el Lord-Celestant de los Astral Templars.

Zephacleas rodó por el suelo, se puso en pie y partió por la mitad el mango del mayal del demonio, que ya estaba levantándolo de nuevo. El Lord-Celestant de los Astral Templars regresó junto a Gardus mientras la demoníaca criatura dejaba caer el arma rota y hacía el ademán de desenvainar la pesada espada que guardaba dentro de la harapienta funda que le colgaba de la barriga.

Zephacleas echó un vistazo por encima del hombro y sacudió la cabeza en dirección a Bolathrax.

—¿Y bien? ¿A qué esperas? —dijo el Astral Templar—. Yo me encargo de este. El otro es todo tuyo.

Gardus asintió, dio media vuelta y echó a correr. Con el escudo por delante, embistió a la masa de portadores de plaga; los demonios salían disparados hacia los costados o acababan pisoteados por él. Gardus tenía la firme determinación de no detenerse ante nada ni nadie. Llegaría a las Puertas del Alba o moriría en el intento.

CAPÍTULO OCHO

ENJAMBRE CONTAGIOSO

Zephacleas retrocedió para evadir la acometida de la espada con forma de cuña de la Gran Inmundicia, que era más herrumbre que hierro. El Lord-Celestant se deslizó hacia un lado para esquivar el golpe y la mellada hoja hendió el suelo embarrado. El demonio extrajo la espada y volvió a atacarlo con ella con una velocidad sorprendente para una bestia de su descomunal tamaño. Zephacleas desvió el golpe con el martillo, pero el brazo, desde la muñeca hasta el codo, le quedó entumecido. Atisbó a un grupo sus guerreros, liderado por Seker Gravewalker, justo detrás de la bestia, abriéndose paso por la masa de enemigos para llegar junto a él. Un plan comenzó a cobrar forma dentro de su cabeza.

Retrocedió, con los dientes apretados bajo la inexpresiva máscara de su yelmo de guerra, y abrió los brazos. El demonio enfiló hacia él con sus pasos tambaleantes; su espada se contoneaba ante sí como si fuera la lengua de una serpiente.

—¡Ven! —espetó Zephacleas—. ¡Ven a por mí!

El demonio lo atacó con la espada. El Lord-Celestant cruzó las armas y atrapó la punta cuadrada de la hoja demoníaca. Por un momento, la imagen se congeló. Luego, muy lentamente, Zephacleas tuvo que retroceder. El enorme peso del demonio lo empujaba hacia atrás mientras su cuerpo colosal se alzaba por encima del Stormcast como si fuera un granjero peleándose con una raíz terca.

—¡Ajá! —exclamó con los dientes apretados Zephacleas—. No voy a moverme. —Comenzaron a dolerle las muñecas y los hombros mientras trataba de mantener alejada la espada de su rival—. Aún no.

Un enjambre de moscas se arremolinó en su cara, buscando las rendijas en su armadura para llegar hasta sus ojos.

—¡Ahora, Gravewalker!

Un rayo impactó en la Gran Inmundicia y unos tentáculos crepitantes le envolvieron el cuerpo obeso y se deslizaron bajo su armadura. El demonio se convirtió en una bola de fuego. La espada cayó de sus dedos llameantes y aterrizó en el barro, a los pies de Zephacleas. La humeante criatura se tambaleó y se derrumbó de bruces, consumida por el fuego. Zephacleas se levantó el yelmo y le escupió.

—Apesta a estiércol quemado —dijo entre dientes.

—Eso mismo es —repuso Gravewalker.

El Lord-Relictor, como todos sus pares, tenía un aspecto aterrador. Llevaba puesta una pesada y ornada armadura marcada con los sigilos de poder. El pellejo raído de un wyrm de fuego ondeaba prendido de una de sus hombreras, mientras que su cráneo coronaba el estandarte relicario de Gravewalker. Los adornos de radiante hueso del estandarte brillaban con el resplandor del rayo que crepitaba en torno a la cabeza del martillo de guerra que aferraba en la otra mano. La batalla había hecho mella en su armadura, y Zephacleas se fijó en que su arma estaba cubierta de mugre cuando la levantó para triturar una tambaleante columna de nurglings.

Una figura alada surcó el cielo como un rayo y aterrizó entre los portadores de plaga. Zephacleas reconoció al Prosecutor-Prime de los Hallowed Knights. El polvo y la mugre habían apagado el brillo de su armadura, y el penacho de su yelmo, en otro tiempo motivo de orgullo, había quedado reducido a un puñado de plumas destrozadas. Desplegó las alas con una velocidad vertiginosa y las crepitantes plumas hendieron con facilidad los cuerpos demoníacos. Los pocos demonios que sobrevivieron a su alrededor cayeron casi de inmediato bajo sus martillos. Incluso Zephacleas tenía problemas para seguir con la vista los ágiles y letales movimientos del Prosecutor-Prime.

Cuando el último de sus rivales cayó, con el cuerpo destrozado y humeante, Tegrus se acercó a Zephacleas con los ojos llameantes.

—¿Dónde está Gardus? —preguntó con sequedad—. ¿Dónde está el Steel Soul? Mi deber es estar a su lado.

En torno a ellos, la batalla había alcanzado nuevos grados de ferocidad. Los Astral Templars y los Hallowed Knights luchaban hombro con hombro, integrándose en las tácticas de cada uno con suma facilidad. Poco a poco, las dos huestes conformaron una única, y las unidades aisladas de los Hallowed Knights engrosaron sus filas con la llegada de los Astral Templars, que asistieron a los camaradas heridos y exhaustos.

Sin embargo, no era suficiente.

Una de las Grandes Inmundicias que seguían en pie había pasado al ataque. Los portadores de plaga seguían su estela mientras el demonio hacía una escabechina con los Stormcasts cada vez que daba un golpe con el mayal. El resto de los enormes demonios se dirigían a las Puertas del Alba, como si persiguieran a Gardus. «Sería lógico», pensó Zephacleas. Gardus era un guerrero fabuloso, pero ni siquiera él podía enfrentarse solo con dos Grandes Inmundicias a la vez.

—Tenemos que abrirnos paso. Gardus necesita... —Zephacleas enmudeció cuando un nuevo sonido perforó el neblinoso aire. Era un ruido como el de un millón de garras arañando simultáneamente la piel del mundo. La niebla que ascendía de los pantanos se agitó como si algo estuviera moviéndose debajo de ella. Entonces se produjo una erupción en el suelo y el estrépito de un millón de chillidos desgarró la realidad. Pero de repente se hizo el silencio. Unas criaturas peludas, vestidas con túnicas raídas, aparecieron de pronto de las profundidades del pantano, de otro lugar, y se lanzaron contra los Stormcasts profiriendo un espantoso y estridente grito de guerra. Una de las criaturas corrió hacia Tegrus, que la aplastó con el martillo.

Parecía una rata, vestida con una cogulla verde y raída como si fuera un hombre perteneciente a una orden religiosa. Su raquítico cuerpo estaba plagado de llagas nauseabundas y protuberancias.

—Skavens —dijo Zephacleas—. Por Sigmar, ¿de dónde han salido?

Una criatura grande, mucho más que el resto de los skavens y de las criaturas mutadas y más ágil, saltó por encima de las cabezas de sus seguidores y destripó a un Liberator distraído con la ayuda de dos espadas con las hojas maliciosamente curvas. Zephacleas ya se había enfrentado antes con los skavens y sabía lo que representaba aquella bestia cornuda y peluda: los skavens eran unos siervos de los Poderes Ruinosos tan fieles como los adoradores de la sangre o los amantes de la putrefacción, y, para demostrarlo, poseían sus propios mecenas demoníacos. «Señores de las alimañas», dijo para sí el Lord-Celestant mientras veía cómo la bestia mataba a otro Stormcast. Así se llamaban, aunque era la primera vez que veía uno con sus propios ojos.

Zephacleas salió disparado hacia él, rugiendo con ferocidad, seguido de cerca por Tegrus y Gravewalker. Su martillo cortó el aire silbando y aplastó a un hombre rata que tuvo la mala suerte de encontrarse en el lugar equivocado cuando su señor de las alimañas saltó para esquivar el golpe. Zephacleas giró el cuerpo cuando la criatura aterrizó detrás de él. El señor de las alimañas le desgarró la capa y le arañó la armadura con las dos hojas que blandía mientras él asestaba espadazos a ciegas. El hombre rata se burló de él con una risita chirriante mientras evadía sus acometidas y hacía saltar chispas de su armadura con sus dos espadas. El señor de las alimañas le golpeó con las pezuñas en la espalda y Zephacleas cayó de cara contra el suelo; su rival dio un salto hacia atrás y aterrizó con las patas flexionadas. Zephacleas se dio la vuelta para ponerse bocarriba y el hombre rata volvió a saltar hacia él, pero un martillo lo interceptó en el costado en pleno vuelo y lo lanzó dando volteretas por el aire.

Tegrus se deslizó volando y atrapó el martillo al vuelo. Gravewalker ayudó a Zephacleas a levantarse.

—¿Estás herido, Lord-Celestant?

—Solo en el orgullo. ¡Esa bestia es mía, Tegrus! —gritó, agitando un puño en dirección al Prosecutor-Prime. Zephacleas no supo si Tegrus lo había oído, ya que el guerrero alado tuvo que virar y remontar el vuelo cuando el señor de las alimañas retrocedió para ponerse a salvo entre las apretadas filas de sus seguidores.

—¡Matad-matad, por Vermalanx! —chilló el señor de las alimañas mientras se encaramaba a uno de los escasos monolitos que se mantenían en pie sobre el suelo enfangado frente a las Puertas del Alba—. ¡Matad a las cosas-tormenta! —espetó, lanzando una dentellada al aire con sus amarillentos colmillos como demostración de su furia. No paraba de gesticular para que sus seguidores avanzaran. Estos se movían en oleadas que se escurrían entre los más lentos portadores de plaga y saltaban por encima de los retozones nurglings para llegar hasta los Stormcasts.

Mientras la masa de hombres rata cargaba, grupos de esclavos skavens salían del agujero del que habían surgido los otros, arrastrando desvencijadas catapultas y otras máquinas de guerra más esotéricas que orientaron hacia los Stormcasts. El cielo rápidamente se pobló de estelas venenosas y de fragmentos de brillante roca verde que cortaban el aire silbando.

—Hay que destruir esas máquinas —dijo Gravewalker mientras derribaba en mitad de un salto a un hombre rata que espumajeaba por la boca—. Si no, nos destrozarán.

Él y Zephacleas luchaban espalda con espalda. El Lord-Celestant vio que Tegrus extendía las alas y sus crepitantes plumas cortaban por la mitad a un hombre rata.

—Sí, y conozco al Stormcast perfecto para hacerlo. ¡Eh, alado, haz algo útil… Encárgate de esas catapultas! —gritó Zephacleas.

El Lord-Celestant no pudo ver si el Prosecutor-Prime cumplía la orden, ya que una horda de skavens cargó hacia él y se vio obligado a defenderse. Oyó gritar y morir a sus hombres y el sordo rugido de sus espíritus cuando ascendían para regresar a Azyr para la reforja. Las nubes negras que cubrían el cielo estaban moteadas de centenares de pequeños orificios abiertos por esos destellos de luz cegadora. ¿Cuántos guerreros habrían vuelto ya a las forjas cósmicas?

«Demasiados», pensó mientras espetaba a un skaven con la espada. Se volvió hacia las Puertas del Alba y vio la diminuta figura de Gardus enzarzada en combate con la abotagada monstruosidad instalada junto al arco. «Date prisa, amigo mío. Si no, todo esto será en vano. ¡Date prisa, Gardus!».

CAPÍTULO NUEVE

DUELO EN LAS PUERTAS DEL ALBA

A Gardus le ardían los pulmones mientras ascendía por la escalera de piedra y no tardaron en dolerle las piernas, pero luchó contra el impulso de aminorar el paso. Hasta sus oídos llegaba el estrépito de uno de los guardaespaldas de la Gran Inmundicia que lo perseguía, pero no podía permitirse detenerse y enfrentarse con él. Había que cerrar las Puertas del Alba como fuera. Si lograba destruir el portal del reino, ganarían la batalla.

Cuando llegó al último rellano, el arco comenzó a temblar y las piedras que lo conformaban se deslizaron unas sobre otras. Bolathrax lanzó las manos al cielo y la oscuridad que se extendía al otro lado de la puerta se solidificó de repente y explotó. Una docena de moscas monstruosas, cada una de ellas del tamaño de un hombre y llevando sobre el lomo a un portador de plaga, salieron del arco y se lanzaron hacia la batalla, seguidas por un millar de sus iguales más pequeñas.

Gardus se quedó mirando con asombro a los zánganos de plaga cuando pasaron ante él y luego se volvió de nuevo hacia las Puertas del Alba. Sabía que el portal estaba corrompido; ya no era más que un cáncer en el organismo de la realidad que conducía al mismísimo Caos. El corazón se le aceleró en el pecho mientras miraba fijamente las abominables tinieblas que se remolinaban en el espacio delimitado por el arco. Palpitaban con un ritmo infernal, como si fueran un ser vivo. «Tengo que destruir el portal», se dijo, transformando la duda en determinación.

—Mira quién está aquí —dijo Bolathrax, bajando la mirada hacia Gardus—. ¿Vienes solo, pequeño forúnculo? Supongo que tus amigos están un poco ocupados, ¿eh? —La Gran Inmundicia se echó a reír.

—Uno como yo es más que suficiente para encargarse de seres como tú —respondió Gardus, haciendo girar el martillo por encima de la cabeza y arremetiendo con él contra el demonio.

La cabeza del martillo impactó en el estómago de Bolathrax y le hizo un desgarrón en la carne fofa. Gardus lo golpeó repetidamente y le hizo varias heridas en el cuerpo. Bolathrax se encogió y abrió la boca en un gesto burlón.

—Oh, no lo creo, querido —dijo con voz tronante la Gran Inmundicia—. No soporto las bravatas infundadas en alguien tan insignificante como tú. —La criatura asestó un golpe al suelo con el mayal que hizo trizas las piedras; la fuerza del impacto estuvo a punto de tirar a Gardus escalera abajo—. No eres nadie, mortal. Una simple distracción, una emisión gaseosa pasajera y condenada al olvido —continuó Bolathrax—. Lo mismo que ese debilucho desgraciado al que llamas dios. ¿Dios? ¡Bah! Yo he conocido dioses y he luchado con ellos en el nombre del Abuelo. Tu lanzarrayos no es ningún dios. Solo una vieja herida que aún no se ha curado. —Volvió a fustigar el suelo con el mayal y una ráfaga de piedras golpeó la armadura de Gardus—. Nos encargaremos directamente de él, no temas. La Edad del Caos acaba de empezar y durará toda la eternidad.

Gardus se echó a un lado cuando el demonio volvió a levantar el mayal y le golpeó en la mano con la que lo blandía. Se oyó un crujido de huesos y Bolathrax encogió el brazo y quedó expuesto a Gardus. Este volvió a golpearlo y de la herida que le produjo manaron unos repugnantes fluidos que se precipitaron por la escalera. Gardus casi resbaló en las excrecencias y pasó apuros para mantener el equilibrio. Asqueado, observó cómo los nurglings brotaban de la sangre derramada y se ponían a cabriolar y a bailar mientras él y Bolathrax intercambiaban, evadían y bloqueaban acometidas y golpes a los pies del arco.

—Eso… ha dolido —espetó con los dientes apretados Bolthrax mientras se apretaba el brazo herido. Con un rugido que hacía vibrar los huesos, extrajo una espada oxidada de una funda putrefacta que le colgaba de la cadera y atacó con ella a Gardus—. ¡Me has herido, pústula!

Mientras luchaban, el Lord-Celestant echó un vistazo con el rabillo del ojo a la batalla que se desarrollaba abajo, pero la altura apenas le permitió distinguir a sus camaradas Stormcasts que luchaban a vida o muerte mientras él hacía lo propio en solitario. Sin embargo, atisbó una agitada muchedumbre de skavens que corrían para unirse al combate y a sus Prosecutors batiéndose con los zánganos de plaga.

Los roñosos estandartes de los portadores de plaga ondeaban por encima de ellos mientras aumentaban la presión sobre los Stormcasts, y Gardus oyó el sonido atronador de las campanas de guerra skavens. Luego se fijó en las explosiones de luz que ascendían por el cielo y alzó la vista hacia los nubarrones.

Bolathrax le asestó un tajo en la hombrera de la armadura y estuvo a punto de derribarlo. La Gran Inmundicia cargó hacia él mientras volvía a acometerlo con la espada con una velocidad endiablada y obligó a Gardus a retroceder por las piedras cubiertas de pus. Cada golpe que le asestaba el demonio parecía más fuerte que el anterior.

Gardus bloqueó otra acometida atronadora con el martillo y aprovechó el punto de apoyo para girar y apartarse de Bolathrax. Se acercó al arco del portal. Gardus había dejado que el demonio lo asediara para que no se diera cuenta de cuál era su verdadero propósito. Ahora, esa fase del plan había terminado.

—Eres una pulga con determinación, ¿eh? —espetó Bolathrax, siguiéndolo.

—Mucho se exige a quien mucho se concede —dijo Gardus, con la respiración acelerada. Notaba la sangre que corría por su cuerpo debajo de la armadura y los brazos y las piernas le temblaban de un cansancio que aumentaba gradualmente. Los Stormcasts eran más fuertes que los hombres mortales, pero también se cansaban, sobre todo cuando se enfrentaban con una criatura como esta, que ignoraba qué eran la debilidad y la duda.

—Un sentimiento digno —dijo socarronamente el demonio, levantando la espada—. Es una pena que salga de los labios de una criatura tan frágil.

Bolathrax lo atacó con la espada. Gardus interpuso la suya en la trayectoria y saltaron chispas. La fuerza del golpe estuvo a punto de arrancársela de la mano. Gardus retrocedió tambaleándose.

—Eres débil, débil como ese dios de pacotilla tuyo —aseveró Bolathrax—. ¿Querías desafiar al Abuelo en su jardín? ¡Qué vergüenza!

El demonio sacudió la fofa cabeza en un fingido gesto de decepción y atacó de nuevo con la espada a Gardus, quien esquivó el golpe por los pelos arqueando el cuerpo. La espada de Bolathrax quedó incrustada en las piedras y Gardus pudo tomarse un momento de respiro.

«El jardín», pensó el Lord-Celestant. Echó un vistazo al arco y al fétido vacío del otro lado. Supo lo que tenía que hacer. La muerte era una certeza, pero el fracaso… Sonrió y miró de reojo las nubes. En algún lugar detrás de aquellos nubarrones, la rueda de las estrellas seguía girando. Sintió una paz interior; todo rastro de duda o de miedo había desaparecido. Sigmar le había encomendado la misión de privar al enemigo del portal del reino y eso haría. Miró a los ojos a Bolathrax.

—¿Quién se hará con la victoria?

Bolathrax dudó y sus repugnantes facciones se arrugaron para componer una expresión inquisitiva.

—Solo los fieles —se respondió el mismo Gardus. Luego giró sobre los talones, tan rápidamente que el demonio fue incapaz de seguirlo con la mirada, y se arrojó al otro lado de las Puertas del Alba enarbolando el martillo.

CAPÍTULO DIEZ

LA APARICIÓN DE LOS ARBÓREOS

Zephacleas hizo puré la cabeza con cuernos de un portador de plaga y levantó la mirada cuando Bolathrax lanzó un rugido de ira y de lo que parecía terror. Vio que Gardus se arrojaba al vibrante hueco del portal e instintivamente tendió una mano, como si pudiera agarrar al otro Stormcast y salvarlo de caer por el precipicio.

—¡No, Gardus! —gritó, pero era tarde. Gardus desapareció antes de que terminara de pronunciar esas palabras.

Bolathrax levantó la cabeza con cuernos y aulló. A continuación, con un solo y desmañado movimiento, la Gran Inmundicia se arrojó al portal detrás del Lord-Celestant de los Steel Souls. Para caber por las Puertas del Alba, el demonio tuvo que apretarse contra las piedras del arco y empujar. Mientras las atravesaba, el arco se estremeció y se tambaleó sobre las piedras angulares, hasta que, con un estrépito ensordecedor, se derrumbó reducido a un montón de escombros. Mientras se desmoronaba, la magia que impregnaba las Puertas del Alba se liberó y se produjo una explosión de fuerza arcana. Los demonios que se hallaban más cerca del portal terminaron incinerados por la magia destructiva que se había desatado. Sin embargo, había muchos, muchísimos más, que siguieron acosando a los Stormcasts con una ferocidad renovada.

—Lo ha hecho —dijo Gravewalker—. La puerta está cerrada. Ya no recibirán más refuerzos. —Hizo un gesto y el rayo que salió de sus manos arrasó a un puñado de portadores de plaga.

Zephacleas profirió un grito atronador y con el martillo aplastó a un demonio que se abalanzaba sobre él.

—Sí, lo ha hecho —dijo con un tono desprovisto de sentimientos. A lo largo y a lo ancho del campo de batalla, los pocos Stormcast Eternals que quedaban redoblaron sus esfuerzos. El cansancio y las heridas quedaron arrinconados mientras los Hallowed Knights y los Astral Templars embestían implacablemente las filas enemigas, con una disciplina que se había diluido en el abrumador sentimiento de dolor y de rabia que se había apoderado de ellos.

Gardus se había ganado el respeto y el amor de sus hombres y de todas las personas que lo habían conocido, y Zephacleas no tenía el valor ni las ganas de intentar refrenar a los guerreros. De hecho, se sumó a ellos y comenzó a proferir juramentos y maldiciones en la misma medida mientras luchaba con un arrebatado desenfreno.

—¡Si hoy va a ser el día de tu muerte, hagamos que sea un día memorable! —exclamó rugiendo.

Enganchó con el martillo el cuerno de un portador de plaga y tiró de él hasta que su cabeza putrefacta se pegó a la sigmarita de su yelmo. El demonio se tambaleó y Zephacleas le asestó un tajo desde el hombro hasta la entrepierna.

—¡Luchad, por Gardus! ¡Por Sigmar! ¡Y por el Reino Celestial!

—Muy conmovedor —repuso Gravewalker—. Tal vez tengas futuro como Lord-Celestant, Zephacleas.

El Lord-Relictor había plantado su estandarte en el suelo y se había colocado delante de él, una posición desde la que asestaba rápidos y certeros martillazos. Con cada golpe acababa con un skaven de boca espumajosa.

—Deja de cotorrear y lucha, Gravewalker —le reprendió Zephacleas.

Un skaven saltó hacia él y su espada llena de agujeros se hizo añicos al impactar en el costado del Lord-Celestant. Zephacleas le asestó un codazo en la cara y lo inmovilizó en el suelo con el pie antes de poner fin a su forcejeo con el martillo. Siguieron llegando skavens, que trepaban por los escudos de los Stormcasts y aporreaban con las espadas los yelmos de guerra de los guerreros en busca de las ranuras de los ojos.

Gravewalker extendió la mano libre hacia los Liberators que se encontraban delante de él y comenzó a murmurar con voz ronca. En su oscuro guantelete brotó un débil resplandor azul que fue expandiéndose para envolver a los Liberators, que se pusieron derechos, como si las palabras del Lord-Relictor los hubiera aliviado del cansancio y de las heridas.

Zephacleas pulverizó a un skaven que ya caía sobre él y se dio la vuelta para bloquear la espada de un demonio que se dirigía a sus órganos vitales. «Atrapado en medio de alimañas y de demonios», pensó mientras apartaba de un empujón a un portador de plaga. No era exactamente la manera como había imaginado que encontraría su final.

Miró a su alrededor buscando al señor de las alimañas. Si el destino que lo aguardaba era la reforja, quería llevarse un bonito recuerdo para el viaje al fuego. Divisó a la criatura, encaramada a uno de los obscenos obeliscos desperdigados por el pantano. Estaba exhortando a sus seguidores con desagradables chillidos y agitaba la cola con frustración porque los Stormcasts se negaban a sucumbir a las incesantes arremetidas de las legiones de plaga. El Lord-Celestant se sonrió y juntó las armas. Estaba decidido a luchar a brazo partido con el demonio rata.

Sin embargo, antes de que pudiera dar el primer paso, el sonido de un cuerno de caza desgarró el pestilente aire. A continuación sonó otro, y luego otro; hasta que el bosque que rodeaba el pantano retumbó con las notas de una multitud de cuernos. El pánico cundió en la muchedumbre de skavens cuando sufrieron un ataque en un flanco. Zephacleas hizo puré a un hombre rata enfundado en una túnica y trató de ver a los recién llegados. Su aparición no había estado precedida por truenos ni relámpagos, así que Sigmar no los había enviado.

El Lord-Celestant aprovechó el momento de distracción para cargar hacia el señor de las alimañas. La inesperada irrupción de los desconocidos, quienesquiera que fueran, había proporcionado a los Stormcasts una oportunidad y Zephacleas no estaba dispuesto a desperdiciarla. Mientras corría, oyó el estrépito de madera partida que indicaba que una catapulta de los skavens había sido destruida. Con el rabillo del ojo vio skavens que volaban por los aires o que desaparecían de su vista.

El señor de las alimañas gruñó con los dientes apretados, consternado, mientras contemplaba cómo sucumbía el flanco de sus tropas. Zephacleas llegó a él en ese preciso momento y golpeó con el martillo el menhir en el que estaba subido. La roca se agrietó y se desmoronó.

El señor de las alimañas saltó chillando de los cascotes, dejando una estela de humo hediondo, y arremetió contra el Lord-Celestant con las espadas curvas que empuñaba en las garras.

Pero Zephacleas levantó a tiempo la espada para bloquear la acometida de las dos hojas y, antes de que la rata demonio cayera de lleno sobre él y lo aplastara, le hundió la cabeza del hacha en el estómago y empujó el cuerpo plegado del señor de las alimañas. La enorme bestia intentaba una y otra vez alcanzarlo con las dos espadas curvas, y logró arañarle la armadura mientras el impulso del Lord-Celestant los llevaba hasta la piedra caída. Se tambalearon y cayeron. Zephacleas aterrizó encima del señor de las alimañas y rápidamente le presionó el cuello peludo con el antebrazo para impedir que lo mordiera. El skaven se lo quitó de encima y Zephacleas impactó contra el suelo con un estrépito de sigmarita.

El demonio rata, rápido como el odio, llegó a él y sus espadas destellaron cuando ya se dirigían a las ranuras de su armadura, pero Zephacleas, con la velocidad de la desesperación, se arrastró por el lodo mientras bloqueaba las acometidas de su oponente. «Por Sigmar, sí que es rápido», pensó. El demonio rata se inclinó hacia él y le asestó un espadazo. La hoja curva resbaló por el yelmo de guerra del Stormcast provocando una lluvia de chispas grasientas. Zephacleas le propinó una patada en el estómago con los dos pies y el señor de las alimañas salió volando por encima de él y aterrizó, abriendo un surco en el barro con el hocico, a un par de metros de donde se encontraba.

Zephacleas se puso en pie de un salto, martillo en mano, y por poco esquivó las patadas que le lanzó a la desesperada el señor de las alimañas. El demonio rata se puso a cuatro patas y su cuerpo adquirió una espantosa postura de bestia. Lanzó un latigazo con la cola y la afilada punta arrancó con una fuerza descomunal el arma de las manos del Lord-Celestant, que se tiró a un lado cuando su oponente saltó hacia él. Tenía el rostro cubierto de sudor y el aire le abrasó los pulmones cuando apoyó una rodilla en el suelo y estiró la mano hacia la empuñadura de la espada rúnica. Zephacleas dio un brinco instintivamente cuando la cola cortante del señor de las alimañas le rozó el yelmo y estuvo a punto de cegarlo. Rápidamente asió la cola fibrosa de su rival cuando esta regresaba a su posición inicial y, en el mismo movimiento, agarró la espada y seccionó el retorcido y sinuoso apéndice. El demonio rata lanzó un alarido de dolor y de rabia.

Zephacleas lanzó el trozo de carne que aún se contorsionaba en su mano, pero el señor de las alimañas gruñó con los dientes apretados y se abalanzó sobre él con los brazos abiertos. Las espadas de la criatura arrancaron una de las hombreras de la armadura del Stormcast. Zephacleas se dio la vuelta frenéticamente y hundió la espada en el pecho del demonio rata. La punta del arma emergió por la espalda de su rival acompañada por un vapor pestilente y un chorro de sangre salobre. El propio peso del señor de las alimañas lo hizo caer y Zephacleas extrajo la espada antes de que su cuerpo, que ya había comenzado a fragmentarse en trozos de pelo en estado de descomposición y carne putrefacta, se estampara contra el suelo. De la convulsa masa surgieron unas ratas sin pelo y ciegas que se dispersaron chillando estridentemente.

Zephacleas apenas tuvo tiempo para contemplar los restos del señor de las alimañas. El resto de los skavens ya huían profiriendo agudos chilliditos de pánico, arañándose unos a otros en su desesperación por escapar del enemigo. Las legiones demoníacas, sin embargo, no mostraron ninguna preocupación por la derrota aplastante que habían sufrido sus aliados. Los portadores de plaga continuaban asediando las diezmadas filas de los Astral Templars y de los Hallowed Knights mientras los nurglings correteaban delante de ellos riendo socarronamente.

El Lord-Celestant puso los músculos en tensión y se preparó para recibir la carga enemiga. Pero entonces tuvo que apoyar una rodilla en el lodo. Del suelo brotaron de repente una multitud de zarcillos de corteza y de enredaderas que sepultaron a los demonios por todos lados.

No estaban solos en el destino que los aguardaba.

A su alrededor emergieron del suelo enfermo, con una velocidad comparable a la de la ballesta de un Judicator, enormes raíces que desgarraban y estrangulaban demonios cuando los encontraban, y aquellas criaturas que escapaban a su abrazo letal acababan destrozadas o aplastadas por las enormes garras del ser que avanzaba hacia ellos con unos pasos que hacían temblar el suelo. A Zephacleas le pareció un árbol, pero rezumaba una determinación, un odio y una ferocidad que rebasaban los de cualquier criatura normal. El recién llegado se alzaba por encima del enemigo y lo machacaba con unos puños descomunales.

«Un señor de los árboles», se dijo Zephacleas con horror y admiración. Era la primera vez que veía uno, pero había oído historias...

Todos los Stormcasts las habían oído; historias de bosques que libraban batallas y de la ira de espesas arboledas contra todo aquel que amenazaba los reinos de la señora de Sylvaneth.

Desde detrás del gigante de corteza llegaba el clamor de las dríades de Sylvaneth que entonaban una inquietante canción de aniquilación. Con unas garras alargadas y mortíferas apuñalaban y estrangulaban a todos los demonios que habían sobrevivido al paso del señor de los árboles. El Lord-Celestant retrocedió cuando una dríade saltó justo delante de él para abalanzarse sobre un portador de plaga. Zephacleas levantó el martillo con la intención de ayudar al arbóreo, pero la dríada se volvió hacia él y le lanzó un gruñido con los dientes apretados.

El Stormcast bajó el arma y dio un paso atrás. La dríada devolvió la atención a su presa y le clavó las garras como dagas en el ojo legañoso. El portador de plaga dobló el cuerpo y se puso a patalear mientras la dríada le desgarraba la cabeza.

Un momento después, la dríada se puso derecha y volvió a gruñir a Zephacleas antes de alejarse trotando. El Lord-Celestant se quedó mirando a la extraña criatura sin saber si debía seguirla o no. ¿Habrían encontrado a Alarielle los mensajeros de Sigmar? ¿O estos arbóreos estaban actuando tan salvajemente por iniciativa propia?

Un instante después obtuvo la respuesta. El último demonio cayó con el cuerpo desgarrado por un par de dríadas que se lo disputaban. El señor de los árboles apartó a las dos criaturas y enfiló hacia los Stormcasts que habían sobrevivido a la batalla. Zephacleas fue a reunirse con sus hombres. Gravewalker y el Judicator-Prime de los Hallowed Knights lo siguieron.

—Solus —dijo en un susurro el Lord-Celestant—. Me alegra verte vivo.

—Al menos de momento —repuso Solus mientras limpiaba el lodo que ensuciaba su gladius. Una capa de barro y mugre resecos recubría su armadura, que había perdido el brillo habitual—. ¿Y Gardus?

—Ya no está —respondió Zephacleas.

Solus asintió. Sabía perfectamente a qué se refería.

—Como la mayoría de los nuestros —dijo en voz baja.

Zephacleas echó un vistazo a su espalda. Quedaban menos de tres docenas de guerreros que pudieran mantenerse en pie sin ayuda. Los Hallowed Knights y los Astral Templars habían pagado un alto precio para hacerse con los Pantanos de Ghyran.

—Es posible que los demás no tardemos en reunirnos con ellos —añadió Solus, señalando con la cabeza al señor de los árboles que se dirigía hacia ellos.

—Bueno, solo hay una manera de averiguarlo —repuso Zephacleas. Miró a Gravewalker—. Ya sabes lo que tienes que hacer. Si deciden que no somos aliados, invoca a los rayos hasta que no quede ningún árbol en pie.

—Y luego, ¿qué? —preguntó Gravewalker, apoyándose en el estandarte.

—Luego haz lo que te parezca oportuno... Para entonces yo ya habré regresado a las forjas —respondió Zephacleas por encima del hombro mientras caminaba con determinación al encuentro del señor de los árboles. Miró a la inmensa criatura y la estudió minuciosamente buscando alguna pista de sus intenciones.

«Ojalá estuvieras tú en mi lugar, amigo mío», pensó mientras lanzaba una mirada a los restos del portal del reino. Estaba convencido de que Gardus habría sabido qué hacer. Se apoyó el martillo en el hombro y enfundó la espada. El señor de los árboles crujió al detenerse frente a él. La ancestral criatura se lo quedó mirando fijamente durante unos segundos; sus ojos emitían un extraño resplandor verde. Zephacleas sintió un escalofrío cuando sus miradas se cruzaron. Nunca había visto un poder parecido al que ahora tenía delante. Detrás del señor de los árboles merodeaban las dríadas, que hacían ruido con sus garras cubiertas de hojas y el siseo de sus voces. Tampoco había visto nunca unas criaturas como esas, y la manera como se movían le ponía los pelos de punta. Lo observaban con lo que a él le pareció que era recelo, y sospechaba que, si decía algo que no debía, las dríadas se abalanzarían sobre él y lo descuartizarían.

Zephacleas se aclaró la garganta y dudó. ¿Cuál era la manera apropiada de dirigirse a un árbol que caminaba? ¿Cómo se hablaba a una criatura como esa? ¿Acaso entendería siquiera lo que le dijera?

—Te... damos las gracias, señor del bosque.

El señor de los árboles miró largamente al Lord-Celestant.

—Heeemos... veeenido —respondió lentamente, como si le costara hablar como los humanos. Su voz sonó como el crujido de las ramas agitadas por un fuerte viento—. Heeemos... veeenido... paaara... ayuuudaros.

—Y te damos las gracias, oh, poderosa criatura. Tu llegada ha sido de lo más oportuna y te estamos eternamente agradecidos —repuso

Zephacleas, todavía con la voz de su interlocutor reverberando en su interior. De repente se alegró de no tener que luchar con aquel ser. Estaba seguro de que lo derrotaría, pero la lucha estaría reñida.

El señor de los árboles se mantuvo en silencio unos momentos. Luego, con un susurrante graznido, dijo:

—Aaazyr… Haaay… uuuna… maaanera… de… volver… a… Aaazyr. —Se volvió ligeramente para seguir la mirada de Zephacleas hasta el portal del reino. Un sonido como de hojas sacudidas por el viento surgió de la boca recubierta de corteza del arbóreo—. Ooootra… maaanera. —Miró de nuevo al Stormcast—. Teee… la… mooostraremos.

Lentamente, con unos pasos que hacían temblar el suelo, el señor de los árboles se puso en movimiento. Las dríadas se apiñaban en torno a él como solícitas cortesanas. Zephacleas sacudió la cabeza. «Un ser de pocas palabras —se dijo. Paseó la mirada por los restos de los skavens destrozados—. Pero, ¿quién necesita las palabras?».

—¡Gracias! —gritó al señor de los árboles. Dio media vuelta para dirigirse a sus hermanos—. Seker, ve con Solus y con otros dos Stormcasts, a ver qué quieren enseñarnos nuestros… aliados.

Aún no estaba seguro de que la aparición de los arbóreos significara que los emisarios de Sigmar habían tenido éxito en su misión, o si, en cambio, las criaturas habían venido por iniciativa propia. Sin embargo, eso apenas tenía importancia. Si conocían un portal del reino operativo que les proporcionara una vía de comunicación con Azyr, sería el colmo de la estupidez no prestarles atención. Necesitaban desesperadamente refuerzos, y los Hallowed Knights necesitaban a su Lord-Castellant ahora que habían perdido al Lord-Celestant.

Zephacleas echó otro vistazo a las ruinas del portal del reino. De sus piedras derrumbadas se alzaban unas columnas de polvo y humo que señalaban el lugar del descanso definitivo del Lord-Celestant de los Hallowed Knights. Ignoraba si un alma era capaz de encontrar el camino de regreso a Azyr desde las entrañas del Reino del Caos. En el fondo no lo creía; de lo contrario, ¿qué sentido tendría todo esto? ¿Por qué molestarse en librar una guerra si era tan fácil derrotar a los Poderes Ruinosos? Gardus nunca reaparecería fuerte y robusto en las cámaras celestinas del lejano Sigmaron.

«Grymn nunca me lo perdonará», pensó. El Lord-Castellant le había pedido que protegiera a Gardus y había fracasado. Daba igual que Gardus hubiera elegido su destino como guerrero.

Suspiró y agachó la cabeza. «Lo siento, amigo mío».

Hincó lentamente una rodilla en el suelo y depositó el martillo y la espada ante él. El resto de los Stormcasts hicieron lo mismo a su alrededor y tanto Hallowed Knights como Astral Templars elevaron sus plegarias silenciosas por Gardus, el Steel Soul.

Zephacleas cerró los ojos.

«Ve en paz, Gardus. Lucha con valor. Espero que, dondequiera que estés ahora, tu fe no te haya abandonado».

EPÍLOGO

SOLO LOS FIELES

Gardus corría.

El aire le quemaba los pulmones. El corazón le aporreaba frenéticamente el pecho. Cada paso suponía un esfuerzo titánico y las piernas le pesaban como si fueran de sigmarita pura. Las armas que empuñaba eran más pesadas de lo que recordaba, pero no se atrevía a soltarlas. Aquí no.

Corría, arrastrándose con esfuerzo, hundido hasta los muslos en el lodo y en la inmundicia que lo absorbía. Sabía que solo su fe había evitado que muriera un centenar de veces.

—Solo los fieles —dijo con la voz jadeante—. Solo los fieles. —Las palabras escapaban de sus labios resecos y ensangrentados una y otra vez, como un mantra contra la locura, para recordarse quién era. Las palabras mantenían en movimiento sus piernas y hacían que sus pulmones continuaran inhalando el pestilente aire.

Oyó un atronador plaf a su espalda, pero no se atrevió a volverse. Sabía que de todos modos no habría visto nada salvo la niebla miasmática que cubría este lugar. En cierto sentido lo prefería así, pues ningún mortal que viera los abominables horrores del jardín de Nurgle saldría de aquí cuerdo.

«Pero, quizá ya has enloquecido», se dijo, y reprimió una carcajada. Si comenzaba a reír ya no podría parar. En torno a él oía las risitas metálicas de los nurglings y de otras criaturas peores que lo veían pasar. Hasta el momento, nadie había intentado cortarle el paso. Pero, ¿por qué iba a hacerlo? No había manera de escapar del jardín y él ya estaba marcado por una criatura superior a todas las demás.

—Solo los fieles —repitió con los dientes apretados—. Solo los fieles. Solo los fieles.

Otro plaf, esta vez más cercano. Sintió que el lodo temblaba bajo sus pies a medida que su perseguidor se aproximaba.

—¿Por qué corres, pequeña pústula? —La voz de Bolathrax, henchida de un nauseabundo alborozo, retumbó procedente de algún punto detrás de él—. ¿Por qué no paseamos juntos por los espesos jardines del Abuelo, Gardus?

Gardus agachó la cabeza y siguió adelante, intentando no prestar atención a la voz, al hedor que reinaba en este lugar, a nada que no fuera lo que tenía justo delante.

—Solo los fieles —masculló.

—Hay tantas cosas que ver, Gardus… Tanto que aprender junto al Abuelo. Ojalá tomaras la sabia decisión de escuchar —insistió la voz cavernosa de Bolathrax—. Para, detente un momento…

La voz se apagó, y Gardus se preguntó si la criatura, a diferencia de él, tendría alguna idea de adónde se dirigían. Pero entonces se dijo que eso daba igual. Para Bolathrax él no era más que un placentero entretenimiento de media tarde.

Gardus consideró de nuevo la idea de detenerse, darse la vuelta y enfrentarse con el demonio como un verdadero Stormcast, martillo en mano. Pero sabía que eso solo sería otra clase de locura. Ya se había enfrentado con él y había comprobado que no podía derrotarlo. Aquí, en la mismísima sede del poder de Nurgle, no tenía ninguna posibilidad. Lo único que podía hacer era correr.

Así que Gardus siguió corriendo.